KB267497

삶의 끝에서 만난 수업

THE DEATH CLASS

삶의 끝에서 만난 수업

THE DEATH CLASS

THE DEATH CLASS

Copyright ⓒ 2014 by Erika Hayasaki

All Rights Reserved

Korean translation copyright ⓒ 2026 by THEBOOKMAN

Korean translation rights arranged with Greene & Heaton, Ltd. on behalf of

David Halpern Literary Management through EYA Co.,Ltd

이 책의 한국어판 저작권은 EYA Co.,Ltd를 통해

Greene & Heaton, Ltd. on behalf of David Halpern Literary Management와

독점 계약한 '주식회사 책읽어주는남자'에 있습니다.

저작권법에 의하여 한국 내에서 보호를 받는 저작물이므로

무단전재 및 복제를 금합니다.

삶의 끝에서 만난 수업

THE DEATH CLASS

에리카 하야사키 지음

이은주 옮김

죽음이 가르쳐준 후회 없는 삶

북모먼트

말해보세요.

단 한 번뿐인 이 거칠고 소중한 삶을

당신은 어떻게 살아갈 건가요?

_메리 올리버Mary Oliver, 〈여름날The Summer Day〉

Part 3. 다시 세상으로

죽음이 남긴 질문

1995년 4월 어느 수요일, 아침 7시가 조금 지난 때였다. 한 남자가 이삿짐용 트럭에 올라타 시동을 걸고 폰카 시티를 출발했다. 행 선지는 오클라호마 시티였다. 무언가 각오를 다진 표정에 아주 짧 게 깎은 머리, 좁고 뾰족한 콧날을 가진 그는 에이브러햄 링컨 얼 굴 옆에 'SIC SEMPER TYRANNIS(폭군에게는 항상 이렇게 하라. 버지니아 주 표어)'라는 문구가 적힌 티셔츠를 입고 있었다. 남자는 1시간 45분 동안 쉬지 않고 달려 어느 어린이집 옆에 차를 세워놓 고 자리를 떴다. 차 안에는 폭탄의 도화선이 쉭쉭 소리를 내며 타 들어가고 있었다. 아침 9시 2분, 엄청난 굉음과 함께 트럭이 폭발 했다.

당시 열여섯 살의 나는 친구의 집에서 TV 화면으로 그 오클 라호마 시티의 참극을 지켜보았다. 그곳에서 3,200킬로미터는 더 떨어진 워싱턴 주 린우드에서 고등학교에 다니던 때였다. 뉴스에서는 폭탄 테러 사건이 계속 나왔다. 피범벅이 된 아기를 안은 소방관의 모습과 알프레드 P. 머러 연방 청사의 거대한 잔해, 전선과 파이프가 대롱대롱 늘어진 영상이 반복되는 동안 우리는 거실 카펫 위에 멍하니 앉아 있었다. 이 폭탄 테러로 어린이 19명을 포함해 모두 168명이 목숨을 잃었다. 하지만 희생자들 중 어느 누구도 나의 관심을 끌지는 못했다. 적어도 그때 그 순간에는 아니었다.

테러범 티모시 맥베이가 오클라호마 시티로 떠나기 직전, 또 다른 남자가 내가 살던 곳에서 불과 몇 분 거리에 있는 위스퍼링 파인즈 아파트로 향하고 있었다. 그의 이름은 제임스 유콘 맥크레이. 그가 가진 것은 총 한 자루와 상처 입은 마음이었다. 어두운 색 옷에 모자를 쓴 그가 아파트에 도착한 것은 새벽 4시쯤이었다. 그 아파트 265호에는 한 소녀가 혼자 집에 있었다. 바로 나의 학교 친구인 산기타 랄이었다.

산기타는 열여섯 살이었지만 아직 어린 티를 벗지 못한 귀여운 친구였다. 긴 웨이브의 검은 머리를 늘 코코넛 오일로 매끄럽게 빗어 넘기고 다녔다. 그날 아침이 밝았을 때 그녀는 평소처럼 학교에 있어야 했다. 즐겨 입는 아주 큰 청바지와 녹색 윈드브레이커를 걸친 채로 말이다.

산기타의 가족은 원래 피지 섬에서 살다가 시애틀 북부 교외 마을로 이민을 왔다. 사건이 일어나기 전날, 산기타는 학교가 끝나고 나를 주차장으로 데리고 가더니 생일 선물로 받은 흰색 세단을 보여주면서 조만간 함께 드라이브를 하자고 말했었다. 그리

 삶 의 끝 에 서 만 난 수 업

고 창문에 입술 자국을 남기고는 나를 끌어안은 뒤 떠났다. 산기타의 어머니는 싱글맘으로, 워싱턴 주 레드몬드에 있는 닌텐도 아메리카 본사에서 교대 근무를 하며 모은 돈으로 그 차를 사주었다. 그녀는 주간 근무 조였고, 그날 아침 911에 처음 신고가 접수되었을 때는 이미 회사로 떠난 뒤였다.

새벽 4시 18분, 911로 신고가 접수되었다. 신고자는 누가 자기 집의 창문을 두들기고 있다고 다급히 말하는 산기타였다. 그녀는 창문을 깨고 침입하려는 사람이 있다고 했다. 그때 와장창 유리가 깨지는 소리와 함께 판자가 쪼개지고 못이 뽑히는 듯한 소리가 들렸다. 침입자는 이미 창문턱을 넘어서고 있었다. 전화가 툭 끊겼다. 911 안내원이 다시 전화를 걸어봤지만 자동응답기만 작동했다. 경찰이 상황을 확인하기 위해 아파트로 출동했다.

침입한 사람은 산기타의 남자친구 제임스였다. 우리는 그 남자가 종종 산기타에게 손찌검을 한다는 걸 알았고 둘을 헤어지게 하려고 애썼다. 그를 피해 산기타가 우리 집에 숨은 적도 있었다. 제임스는 산기타보다 다섯 살 연상이었는데 같은 학교에 다니지 않았지만 종종 산기타를 데리러 왔다. 그는 잔인한 성향이 있었다. 언젠가 파마를 해준다며 산기타의 친구를 꾀어서 파마약에 제모 크림을 몰래 섞은 적도 있었다.

산기타는 그와 헤어지려 애써왔다. 그해 초, 교내 경찰관에게 폭행 사실을 신고한 적이 있어서 교감 선생님도 사정을 알고 있을 정도였다. 사건이 있기 몇 주 전에 그녀는 완전히 마음을 정리했지만 제임스는 아랑곳하지 않고 그녀의 주위를 맴돌았다. 산기타가 나에게 차를 보여줬던 그날, 그녀는 또 다른 교내 경찰관에게 제임스에 대해 이야기했고 오후 4시쯤에는 아파트 이웃에게 제임스가 자신과 엄마를 가만두지 않겠다고 협박했음을 알렸다. 그리고 만일의 경우에 대비해 이웃의 전화번호를 받아두었다.

그 컴컴한 새벽에 산기타는 제임스를 피해 집 밖으로 도망쳤다. 이웃들이 잠든 시간, 개들이 짖는 소리만 간헐적으로 들렸다. 몇몇 주민들이 밖에서 나는 비명과 발소리를 들었지만 침대에서 일어나지는 않았다. 산기타는 1층으로 내려가 어느 집 앞에 이르렀다. 경찰 보고서에 따르면 셔먼이라는 남성이 미닫이 유리문 근처에서 자고 있다가 누군가 문을 두드리는 소리를 들었다고 했다. 몸을 일으켜 밖을 내다보니 공포에 질린 한 소녀와 눈이 마주쳤다. "도와주세요! 도와주세요! 문 좀 열어주세요!"

하지만 그가 뭘 어떻게 해보기도 전에 소녀보다 20센티는 더 큰 남자가 나타나 소녀를 잔디밭으로 질질 끌고 가버렸다. 셔먼은 그 남자가 9mm 자동 권총의 슬라이드를 당기고 소녀를 향해 겨누는 것을 보았다. "이러지 마!" 산기타가 울부짖었다. 제임스와 눈이 마주치자 이웃집 남자 셔먼은 반사적으로 몸을 숨겼다. 이윽고 한 발의 총성이 울리고 말았다.

잠에서 깬 다른 주민이 창문 너머로 잔디밭에 있는 한 소녀를 보았다. 소녀는 주저앉아 있는 것처럼 보였고 한 남자가 그 주위를 맴돌고 있었다. 소녀는 가슴에 총을 맞은 상태였다.

"나쁜 년!" 남자가 소리쳤다.

"일어나!"

그러자 산기타가 애원했다.

"제발…… 이러지 마!"

두 번째 총성이 울렸다. 산기타가 푹 고꾸라졌다. 고개를 든 제임스는 창문으로 자신을 내다보는 주민과 눈이 마주치자 미친 듯이 달려서 산기타의 집으로 직행했다. 그리고는 세 번째 총알을 자신의 머리에 겨누어 스스로 목숨을 끊었다.

나와 몇몇 친구들은 다른 학생들보다 먼저 산기타가 죽었다는 소식을 들었지만, 교내 방송이 나올 때까지 그 사실을 믿을 수 없었다. 교장 선생님의 목소리가 교내 스피커에서 흘러나왔다. "린우드 고등학교 2학년 산기타 랄 양이 오늘 새벽 피살되었습니다." 교실은 삽시간에 혼란에 빠진 10대들의 흐느낌으로 가득 찼다.

우리는 멍하게 눈물을 훔치며 학교를 배회했다. 그러다 내 낡은 파란색 혼다 어코드에 친구들이 올라탔다. 애도의 분위기는 학교 밖으로 이어졌다. 차를 타고 정처없이 돌아다니다가 한 친구의 집으로 갔다. 우리는 거실에 자리를 잡고 앉아 TV를 켰다. 총격 사건이 발생하면 뉴스에 나오게 되어 있으니까. 아니면 신문에 실리든지.

그러나 그날 뉴스에서 산기타에 대한 소식은 한마디도 들을 수 없었다. 모든 채널이 오클라호마의 소방관들과 유가족의 인터뷰를 반복해서 내보냈다. 다음 날 신문에 위스퍼링 파인즈의 살인 및 자살 사건 기사가 실리긴 했는데 산기타의 나이가 10대 후

반으로 잘못되어 있었다. 아니, 20세라 했던가? 이름은 아예 언급되지도 않았다. 그 다음 주에는 산기타의 죽음이 신문 단신으로 기사화되었다. 자세한 정보는 없었다. 사건의 전말을 세세히 전할 정도로 중요한 죽음이 아니었던 것이다.

경찰은 산기타의 침실에서 학생증과 운전면허증을 찾아냈고 제임스의 시신 근처에서 총 한 자루를 발견했다. 오후 12시 55분, 경찰관 한 명과 목사가 닌텐도 사에 찾아가 산기타의 엄마에게 딸의 비보를 전했다. 그리고 시신을 확인하러 검시관 사무실로 가줄 것을 요청했다.

그 후 며칠 동안 나는 산기타의 엄마를 몇 번 만났다. 그녀는 아파트 거실에서 끙끙대며 소파에 널브러져 있었다. 산기타와 닮은 내 친구 로즈마리의 얼굴을 보며 "내 딸 산기타……" 하고 중얼거리기도 했다. 나는 장례식에서 산기타 엄마의 뼈를 깎는 듯한 비명을 들었다. 그녀는 장례식 내내 정신이 혼미한 증세를 보였다. 딸의 시신이 화장터로 옮겨질 때는 특히 심했다. 딸과 함께 관 속으로 들어가고 싶어 하는 것처럼 끝까지 관을 붙들고 따라갔다. 나는 그 모습과 목소리를 결코 잊지 못한다.

당시 나는 학교 신문사의 편집장이었는데 지역 신문에 실리지 않은 자세한 내막을 담아 산기타에 관한 기사를 써서 1면에 실었다. 몇 주 후에는 《시애틀 타임스》에서 발행하는 청소년 신문에 산기타에 대한 글을 기고했다. 산기타는 내 주변에 있는 사람들 중 처음으로 폭력으로 사망한 사람이었으며 그녀의 죽음은 내가 기자로서 취재한 첫 사망 사건이었다.

　　　삶 의 끝 에 서 만 난 수 업

시간이 흘러 2007년 4월 16일 월요일. 수많은 미디어와 뉴스 업계가 술렁였다. 버지니아 공대에서 총기 난사 사건이 발생한 것이다.《로스앤젤레스 타임스》통신원으로 뉴욕에 있던 나는 사무실에서 기사를 읽었다. 사망자 수가 20명 정도로 추정되며 아직 최종 집계는 나오지 않았다는 내용이었다. 나는 즉시 버지니아로 날아가 캠퍼스로 향했다.

졸업반 학생 승희 조Seung-Hui Cho가 총기를 난사한 지 24시간이 채 지나지 않은 때여서 아직 가족의 생사를 모르는 사람들도 있었다. 캠퍼스 안에 호텔 겸 회의장으로, 당시 가족들과 친구들의 집결지가 된 건물 '더 인The Inn'에 여장을 푸는 동안 그 상황을 알 수 있었다. 도착한 지 얼마 되지 않아서 눈이 충혈된 어느 남자가 호텔 주차장을 뒤덮은 수백 대의 보도 차량들과 위성 안테나가 있는 쪽으로 정신없이 다가왔다. 그는 나에게 국제학부 1학년인 딸 에린이 전화를 받지 않는다며 다급하게 털어놓았다. 큰딸이 여덟 살 때 암으로 죽었고 하나 남은 딸인 에린은 농구 선수인데 그녀라면 어떻게든 가족에게 연락을 취해 자신이 무사하다는 사실을 알렸을 것이라고 했다.

에린의 아버지는 주변의 병원이란 병원은 다 뒤져봤지만 에린을 찾을 수 없었다고 했다. 어떤 병원에 있는 것 같다는 소리를 듣고 달려갔으나 다른 사람이었다. 이제 그는 딸에 관한 어떤 정보라도 얻기를 바랐다. 혹시 모르니 닥치는 대로 기자들을 붙잡고 도움을 요청할 작정이었다. 그는 내게 번호를 주면서 딸에 관해 무슨 소식이라도 들으면 꼭 연락해 달라고 말했다.

그날 밤, 버지니아 공대 드릴필드에서 촛불 추모식이 열렸다. 검붉은 하늘이 보랏빛으로 물들어가는 동안, 수백 명의 사람들이 학교 이름이 적힌 담요로 몸을 감싼 채 종이컵에 꽂힌 초에 불을 밝혔다. 작은 불빛이 점점이 번진 드릴필드에 "부디 이 캠퍼스에 평화가 깃들기를……"이라는 잔잔한 기도 소리가 퍼져나갔다.

나는 석조 건물인 노리스홀을 힐끗 바라보았다. 그 건물 안에서 학생과 교수를 합해 서른세 명이 목숨을 잃었다. 중급 프랑스어 수업이 있던 211호 강의실에서 가장 많은 희생자가 발생했다. 승희 조는 거기서 사람들을 죽이고 부상을 입힌 뒤 자살했다. 에린 피터슨도 211호에서 사망했다는 사실을 알게 되었다. 나는 바로 그 장소에 대해, 그 안에서 살고 죽은 사람들에 초점을 맞춰 글을 쓰기로 했다.

소수의 생존자를 찾아내는 데 일주일이 걸렸는데 그들을 인터뷰할 때마다 같은 인물이 중심으로 부각되었다. '마담 쿠튀르'라는 별명을 가진 조슬린 쿠튀르 노왁 교수였다. 그녀는 안타깝게도 학생들을 보호하려다 피살되었다. 쿠튀르는 프랑스어를 사랑했고 열정적으로 프랑스어를 가르쳤다. 학생들의 과제에 감탄사를 날리며 꼼꼼히 평을 써주는가 하면 수업 도중에도 불쑥 프랑스어 노래를 부르다가 학생들이 따라 부르기 시작하면 지휘자처럼 양팔을 신나게 휘젓곤 했다.

그녀의 장례식은 총격 사건 후 8일 만에 페기 리 한 가든 파빌리온Peggy Lee Hahn Garden Pavilion에서 치러졌다. 나무로 된 관에는 아카디아 국기가 드리워져 있었다. 남편인 예르지 노왁은 원예학과 학과장이었는데, 그녀도 남편만큼이나 꽃과 식물을 사랑했다. 그녀의 장례식은 남편의 생일에 거행되었다.

"내 사랑 조슬린, 만약 천국이 존재한다면 여기가 당신의 천국이야." 그는 700여 명의 조문객 앞에서 이렇게 말했다. "당신이 소중하게 여겼던 가족과 친구들, 당신이 존중하고 열정적으로 도움을 주었던 제자들이 지금 당신 곁에 있어."

장례식에서 추도사를 읽은 학생은 사건이 있던 날 211호 강의실에 있어야 했지만 늦잠을 자느라 출석하지 못했다. 그날의 총격 사건으로 친구들을 잃은 그는 학우들을 대신해 스승에 대한 존경과 사랑의 마음을 전했다.

"조슬린 선생님께서는 평생 잊지 못할 방식으로 우리 모두를 감동시키셨습니다. 우리는 영원토록 선생님을 사랑하게 될까요?" 그 학생은 잠시 멈추었다가 말을 이었다. "그럼요, 선생님. 그렇고 말고요."

그것이 내가 쓴 마지막 문장이었다. 기사는 신문에 실렸고 나는 며칠 뒤 뉴욕으로 돌아가 울적한 나날을 보냈다.

산기타가 죽은 후 십수 년이 지나는 동안 나는 수많은 장례식에 참석했다. 수백 건의 부고 기사를 썼으며 비극을 겪은 희생자와 생존자들의 현관문을 두드렸다. 많은 유족과 사망자의 친구들을 인터뷰했다. 저널리스트가 되어 이 세상에서 벌어지는 사건들을 설명하고 해석하려고 노력했다. 그러나 아무리 많은 이야기들을 글로 옮겨도 나는 죽음의 무자비함과 의미를 이해할 수 없었다.

버지니아에서 돌아와 며칠이 지날 때까지 뉴욕의 겨울 추위는 수그러들 줄을 몰랐다. 어느 날 아침, 컴퓨터 모니터에 뉴저지에 관한 웹 링크가 하나 떴는데 단박에 내 시선을 사로잡았다. 뉴욕에서 멀지 않은 대학에 다니는 학생이 폭발적인 인기를 누리고 있는 어떤 교수에 관해 쓴 글이었다. 제목은 이랬다. '삶을 바라보는 관점을 얻다: 인생의 매 순간을 죽음 안에서 새롭게 포착하기. 킨 대학교에서 선사하는 놀라운 수업.' 나는 생각했다. 죽음학 수업 교수라니. 그녀의 강의를 소재로 어쩌면 기사를 쓸 수도 있겠군. 또 모르지. 내가 그 과정에서 무언가를 배우게 될지도.

교수의 이름은 노마 보위Norm Bowe. 보건 정책학 박사이자 보건 행정 분야의 석사학위를 가진 공인 간호사였다. 그리고 뉴저지 주에 위치한 킨 대학교Kean University 종신교수였다. 킨 대학교는 뉴욕에서 급행열차를 두 번 타고 가거나 자동차로 30분 동안 달리면 닿는 거리에 있었다. 두 딸을 훌륭하게 키운 그녀는 응급실, 중환자실, 정신병동에서 20년을 근무한 다음 킨 대학교로 자리를 옮겨 정신건강과 간호, 공중보건에 관한 수업을 해왔다. 무엇보다 노마는 킨 대학교에서 가장 인기 있는 강의를 만들어 낸 교수로 대학가에서 이미 유명인사였다. 인간의 성性 강의 외엔 경쟁 과목이 없을 만큼 인기가 높은 그녀의 죽음학 수업 「죽음을 바라보는 관점Death in Perspective」은 수강 대기자만 3년 치가 쌓여 있을 정도였다.

나는 노마 교수를 만나 얘기를 나눴고 한 가지 결심했다. 저널리스트 자격으로 그녀를 따라다니면서 죽음학 수업과 그 체험을 상세히 기록하기로. 이미 그녀를 6개월가량 졸졸 따라다니고 있긴 했지만 말이다. 노마의 연구실에 내가 발을 들인 순간부터 그녀는 자신 또한 죽음과 무관하지 않다고 분명히 말했다. 그런 드라마들의 한복판에 던져진 경우가 많았다는 것이다.

그녀는 겨울방학 때 있었던 일을 이야기했다. "수강생 한 명이 새해 첫 날부터 전화를 걸어왔어요. 감정에 복받쳐 울더군요. 저는 집에 혼자 있었고요. 그 여학생의 아버지가 경제적인 문제로 아내와 아들이 있는 집을 폭파시키려고 했답니다. 돌아버린 상태였겠지요. 처자식이 하늘나라로 가는 게 더 나을 거라고 판단했으니 말이에요."

그 여학생이 집에 돌아왔을 때 집안은 가스로 가득 차 있었다. 아버지란 사람에게 정신 감정이 필요하다고 판단한 노마는 학생과 함께 그를 병원으로 데려갔다.

한편 또 다른 학생의 어머니는 새해 첫 날 직후 자살을 시도했다. 노마가 아는 어느 젊은 남자는 실제로 자살에 성공했다. 노마는 그때마다 사람들에게 도와달라는 요청을 받았다.

노마는 강의계획서 더미를 꺼냈다. 그녀의 문서 보관함에는 이런 글귀가 적힌 자동차 범퍼 스티커가 붙어 있었다. '조심해. 내 우울증 약이 방금 다 떨어졌어.' 그리고 연구실 문에는 '버지니아 공대 사건 1년 후'라는 제목의 기사가 테이프로 붙어 있었다. 바닥에는 '죽음의 자서전', '삶과 죽음 그리고 그 사이 어디쯤', '강제 퇴출: 조력 살인부터 합법적 살인에 이르는 위험한 비탈길', '추억

과 기념: 추도사, 편지, 묘비명에 대한 책', '노화의 실상', '다리에서 뛰어내리기' 같은 여러 제목의 비디오와 책들이 널브러져 있었다. 책상 위에는 한 학생이 준 유서의 복사본이 놓여 있었는데 다름 아닌 그 여학생의 어머니가 쓴 것이었다. 가장 자리에 핏자국이 말라붙은 종이에는 '너희들은 더 행복할 자격이 있어. 이것밖에 안 되는 엄마라서 미안하다'라는 말이 적혀 있었다.

그 옆에는 '안녕하세요. 다시 이라크에 왔습니다'라는 제목의 이메일 인쇄물도 있었다. 발라드 공군기지 병원에 하사로 배치된 노마의 옛 수강생이 보낸 편지였다. 편지에는 몸의 70퍼센트에 화상을 입은 두 살 아기와 28세의 이라크인 총상 환자를 치료하는 과정이 묘사되어 있었다. 그는 이 여인이 투팍, 비기 스몰즈, 50센트 같은 흑인 힙합 뮤지션보다 더 많이 총을 맞았다면서 자기 편지를 수강생들에게 읽어 달라고 부탁했다. 노마는 강의계획서 뭉치 안에 그 편지를 끼워 넣고 책들을 주섬주섬 챙긴 뒤 강의실로 향했다.

20세기 초반에는 죽음에 관해 노골적으로 이야기하는 건 고상하지 못하다고 여겨졌다. 강의실에서는 특히 더 그랬다. 그러나 1960년대에 이르러서는 일부 학자들이 죽음에 대한 교육이 성교육만큼 중요하다고 믿게 되었다. 1969년 《타임》지의 기사를 신호탄으로 정신과의사 엘리자베스 퀴블러 로스 같은 선구자들이 죽음을 양지로 끌어내기 시작했다. 그리고 1963년 미네소타 대학교에서 죽음에 관한 최초의 강의가 개설되었다. 다른 학교들도 뒤

따라 강의를 열면서 얼마 안 가 그 분야에 '죽음학thanatology'이라는 이름이 붙여졌다.

1971년 무렵에는 미국 전역에 걸쳐 600개가 넘는 죽음학 강의가 생겼고 5년 뒤에는 그 수가 거의 두 배로 뛰었다. 이제는 심리학부터 철학, 의학, 사회학에 이르기까지 다양한 분야에서 죽음학 강좌를 수천 개는 찾을 수 있다. 죽음과 임종에 초점을 맞춘 여러 학술지도 생겨났고, 교과서가 만들어지고, 죽음 준비 교육에 관한 학회도 열리고 있다. 어떤 대학들은 죽음, 임종, 사별과 관련된 학위와 자격증 과정을 두고 있고 킨 대학교에서처럼 대학원생이 교양 과목으로 관련 수업을 들을 수 있는 경우가 늘고 있다.

강사는 자기 나름의 방식으로 죽음학 수업을 진행한다. 어떤 이들은 교수법에 집착해 학문적인 연구 이론에 대해 강의하기도 하고 어떤 이들은 강의를 시작하기 전에 학생들이 촛불을 밝히고 침묵 속에 앉아 있도록 하는 등 색다른 접근을 하기도 한다. 그러나 10여 년 전 자신의 교육 과정을 설계할 당시 노마는 다른 죽음학 수업에 대해서는 어떤 얘기도 거의 들은 바가 없었다.

내가 노마의 강의에 처음 참석한 1월의 어느 오후, 헤닝즈홀 426호 강의실 문이 활짝 열리고 스무 명 남짓한 학생들이 교수를 맞이했다. 그들은 일찍 와서 앉아 있었는데 하나같이 병실에서 마주칠 법한 창백한 낯빛들이었다. 반쯤 올라간 창문 블라인드 사이로 먼지 입자들이 햇살에 아른거렸다.

"여러분, 반갑습니다."

강의실 조명을 낮추면서 노마가 말했다.

"자, 우선 모두 둥글게 앉아봅시다. 책상들을 원형으로 배치해 볼까요?"

학생들이 분주하게 책상과 의자를 옮겼다. 나는 출입문 가까이에 자리를 잡았다.

"이 수업은 건강에 관한 수업입니다."

노마는 이렇게 운을 떼며 강의를 시작했다.

"하지만 기존의 건강 관련 수업과는 완전히 다릅니다. 아마 여러분이 들어본 어떤 수업과도 다를 거예요."

그녀는 강의 계획서를 나눠준 다음, 수업에서 다양한 책들을 참고자료로 살펴볼 것이라고 설명했다. 죽음을 앞둔 옛 선생님을 방문한 이야기, 미치 앨봄의 저서 《모리와 함께한 화요일》, 뇌졸중 때문에 움직이거나 말할 수는 없지만 의식은 멀쩡한 감금증후군 상태에서 쓰인 장 도미니크 보비의 회고록 《잠수종과 나비》 같은 책들이었다.

그녀는 《죽음, 사회, 인간의 경험》이라는 텍스트를 들어 보이면서 한 사람도 빠짐없이 구입하라고 했다. 수업은 대부분 토론으로 이뤄질 것이며 책을 열심히 읽으라고도 말했다. 하지만 수업의 핵심은 죽음에 관한 개별 과제와 현장 학습이 될 것임을 강조했다.

"여러분은 대부분 어떤 이유가 있어서 여기에 왔을 겁니다. 이 강의실에 있는 누군가의 사연, 누군가의 경험이 여러분에게 흉터를 남길지도 몰라요. 그래도 괜찮습니다. 이제 우리는 이별

그룹이라는 걸 시작할 거예요. 그래서 이렇게 둥글게 앉은 것이고요."

학생들은 서로 시선을 피했다. 노마가 첫 번째 과제를 냈다.

"여러분의 곁을 떠난 누군가, 또는 무엇에게 작별의 편지를 써오세요. 상대에게 하고 싶은 말을 쓰면 됩니다. 무엇이든 좋아요. 그런 다음에 서명을 하고 날짜를 적으세요. 내가 이 말을 했을 때 여러분의 머리에 딱 떠오른 생각, 그게 여러분이 써야 할 내용입니다. 질문 있나요?"

학생들은 고개를 저으면서 겉옷을 챙기고 가방의 지퍼를 잠그기 시작했다.

"좋습니다. 그럼 일주일 잘 보내세요."

며칠 후, 나는 신문사 일로 허드슨 강에 불시착했던 유에스에어웨이즈US Airways 여객기 생존자들 중 한 명을 만났다. 롱 아일랜드에 거주하는 스물세 살 빌 주호스키는 노마의 제자들과 비슷한 나이대였다.

그는 비행기가 곤두박질치기 시작했을 때 기체 후미에 어떤 심정으로 앉아 있었는지 이야기했다. 5남매 중 둘째인 자신의 죽음을 가족들이 TV 뉴스로 알게 될 것이라는 무서운 생각이 퍼뜩 들었다고 한다. 오른편에 앉은 남자는 공포에 사로잡혀 아무 말도 하지 못하고 있었고, 왼편에 앉은 남자는 빌의 팔을 꽉 움켜쥐고 기도하면서 "지금 물 위에 있나요, 공항 근처인가요?"라고 내내 물어봤다. 빌은 창문 밖을 내다보며 시시각각 달라지는 상황을 알려주었다.

기체 꼬리 부분이 먼저 수면과 충돌하면서 이마가 앞좌석에 강하게 부딪쳤고 얼굴이 심하게 눌렸다. 사람들은 나중에 아주 부드러운 착륙이었다고 극찬했지만 후미에서의 느낌은 전혀 그렇지 않았다. 빌의 안경이 벗겨져 어디론가 날아갔다. 안경이 없으면 그는 눈 뜬 장님이나 다름없었다. 얼음장 같은 찬물이 기내로 쏟아져 들어와 순식간에 허리춤까지 차올랐다. 빌은 생각했다. ‘나는 충돌로 죽는 게 아니라 익사를 하겠구나.’

허겁지겁 속옷만 남기고 옷을 다 벗은 빌은 도마뱀처럼 의자 위로 뛰어올랐다. 어찌나 빨리 의자들을 타고 기어 갔는지 물에 잠기지 않은 좌석 상단에 곧 다다랐다. 안경을 쓰고 있었다면 발견했을지도 모를 첫 번째 비상구는 놓쳤지만, 기체 앞쪽의 비상구를 찾아내 구명보트로 이어지는 미끄럼틀에 올랐다. 전 세계 사람들이 TV 화면과 사진으로 옷을 다 벗고 덜덜 떠는 그를 보았다. 탑승객들 중에서 빌처럼 홀딱 벗은 사람은 없었다. 죽음이 임박했음을 느낀 순간 그의 머릿속에는 빨리 헤엄칠 수 있도록 몸을 최대한 가볍게 해야겠다는 생각밖엔 없었다. 그리고 그는 살아남았다.

이후 몇 주에 걸쳐 전국 각지의 사람들이 성서에 편지를 끼워 그에게 보냈고 살아 있음을 축하했다. 수십 명의 기자가 그에게 계속 같은 질문을 던졌다.

“거의 죽을 뻔하다가 살아났는데 기분이 어땠습니까? 그 이후로 사는 게 어떻게 달라졌나요?”

그는 대답하기가 난감했다.

"잘 모르겠어요. 생각 나면 말씀드릴게요."

어떤 이들은 그가 신을 마주했는지 아닌지를 궁금해했다. 하지만 신의 계시는 없었고 갑작스러운 깨달음도 없었으며 다시 태어난 느낌도 없었다. 단지 "이제는 교통체증 같은 작은 일에 조급해하지 않습니다." 같은 말을 할 수 있을 뿐, 세상의 이목을 끈 경험에 대해 심오하고 진지한 에피소드를 생각해 낼 수 없는 것에 스스로 실망스러운 듯했다.

나는 빌과의 인터뷰를 마친 후에 롱 아일랜드의 춥고 텅 빈 기차역에 자리 잡고 앉았다. 다음 기차는 한 시간 뒤에 있었다. 노트북 화면에 빈 페이지를 띄워놓고 잠시 멍하니 있는데 노마가 수업 시간에 학생들에게 했던 말이 생각났다. 작별 편지를 과제로 내주며 한 말이었다.

"내가 이 말을 했을 때 여러분의 머리에 딱 떠오른 생각, 그게 여러분이 써야 할 내용입니다."

나는 키보드를 두들기기 시작했다.

'친애하는 산기타에게……'

죽음을 마주하다

PART 1

Chapter 1.

삶의 현장

죽음에 관해 노마 보위 교수는 조난 구조대원처럼 용감했다. 다른 사람들이 세찬 물살을 피해 도망칠 때 그녀는 물속으로 곧장 돌진해 들어갔다. 이 세상에서 그녀를 겁먹게 하는 위협은 많지 않아 보였다. 총도, 살인자도, 범죄자도 그녀는 두렵지 않았다.

죽음도 그랬다. 웃을 때는 알사탕을 물고 있는 것처럼 양 볼이 동그래져서 높은 톤으로 깔깔거리곤 하지만, 그녀의 손을 꼭 붙잡고 있으면 사지에서 탈출하는 행운의 주인공이 될 수 있을 것 같은 기분이 들었다.

그녀에게는 무엇에도 끄떡없을 것 같은 강하고 매력적인 기운이 있었다. 그래서 수업이 끝나고 한참 뒤에도 학생들은 보위 박사와 시간을 보내고 싶어 했다. '노마'라고 편하게 부르라고 일러도 학생들은 '보위 박사님'이라고 하면서 그녀가 자리에 없어도 몇 시간씩 그녀의 연구실에서 빈둥거렸다. 노마가 아프거나 다치면 어떤 학생들은 도저히 믿을 수 없다는 반응을 보이기도 했다. 그녀는 죽지도 않을 거라고 생각하는 모양이었다. 하지만 노마는 생존의 기술이 있다는 사실을 알고 있었다. 그리고 제자들이 그것을 배우길 바랐다.

노마는 공동묘지를 좋아했다. 묘비에 새겨진 글들을 찬찬히 읽거나 모르는 이의 무덤 옆에 앉아 느긋하게 몇 시간이고 보낼 수 있었다. 시간만 충분하다면 그녀는 특별히 좋아하는 조디 피코의 소설을 가져가 읽을지도 모른다. 낯선 도시를 여행할 때 노마는 너무 자연스럽게 그 지역에 있는 묘지에 방문했다. 그리고 관광지라도 되는 양 사진을 찍기도 했다.

그녀는 묘지라는 공간엔 역사책이 기록할 수 없는 이야기들이 담겨 있다고 믿었다. 그 이야기들은 관심 밖으로 밀려나 충분히 활용되지 못한 발밑의 교실과 다름없었다. 그녀가 가끔 묘지에서 수업하는 것은 결코 이상한 일이 아니었다.

어느 여름날 밤, 노마와 학생들은 로즈데일 & 로즈힐 공동묘지로 모였다. 뉴저지 주 린든에 자리한 공동묘지로, 스쿨버스 주차장, 트럭 정비소, 묘비 회사가 그 부근에 있었다. 땅거미가 질 무렵, 묘지 안으로 굽이진 조용한 길을 따라 학생들이 탄 차가 장례 행렬이 이어지는 것처럼 일렬로 늘어섰다. 수업만 아니었다면 이 추모의 땅은 다람쥐와 귀뚜라미, 까마귀들만 돌아다닐 뿐 인적이 끊겨 있었을 것이다. 노마는 이곳에서 죽음의 생물학을 주제로 강의할 예정이었다.

"반가워요, 여러분." 학생들을 가득 태운 밴을 주차시키면서 그녀가 환한 미소와 함께 손을 흔들었다. 노마와 학생들은 농담 조로 그 차를 '파티 버스'라고 불렀다. 사람들을 클럽이나 술집으로 태워 가는 대형 차량처럼, 하루가 멀다 하고 현장 학습 명목으로 학생들을 감옥과 장례식장, 호스피스 센터, 정신병원, 시체 안치소로 실어 나르기 때문이었다.

그녀는 밴에서 뛰어내려 학생들 앞에 든든한 대장처럼 등장했다. 어깨를 약간 구부린 채 큰 보폭으로 성큼성큼 빠르게 묘지로 들어서는 모습에 학생들의 시선이 저절로 모였다. 노마는 늘 급했다. 빡빡한 스케줄 때문에 식사는 거의 못 하고, 오늘도 던킨도너츠의 무가당 라떼로 겨우 입을 축인 상태였다. 걸을 때마다 허리춤에서 쨍그랑거리는 다양한 열쇠 소리는 그녀가 동시에 여러 가지 삶을 책임지고 있는 사람처럼 들리게 했다.

일할 때의 노마는 장례식장에 곧장 가도 어색하지 않을 검은색 옷차림을 즐겼는데, 오늘은 풍성하게 주름진 검은색 바지와 분홍색 블라우스 위에 검정 카디건을 걸쳤다.

"묘지가 어째 좋아 보이지는 않죠?" 학생들을 가까이 불러 모으며 노마가 물었다. 그리고 이어서 높고 단조로운 말투로 말했다. "그거 알아요? 길 건너편에 화장터가 있어요." 시신을 태우는 곳이라고 학생들에게 설명하면서 그녀는 나중에 한번 들러볼 수도 있을 것이라고 말했다.

학생들과 묘지를 한 바퀴 도는 동안 그녀는 무덤 위의 장미들을 보기 좋게 해놓고 쓰러진 깃발을 일으켜 세웠다. 그리고 무덤의 주인들에게 잠시 침묵하며 경의를 표했다.

묘지는 중국, 스페인, 우크라이나, 폴란드, 러시아, 그리스 등 여러 구역으로 나뉘어 있었다. 중국 구역이 실제 주거지였다면 아마 최고의 부동산 가치를 자랑했을 것이다. 우뚝 솟은 아치형 기둥에 '대 차이나타운 지역 자치회'라는 명칭이 쓰여 있었다. 잘 다듬어진 분홍색 묘비와 밝은 회색의 네모난 묘비들이 늘어서 있었는데 어떤 것은 크기가 냉장고만 했다.

노마는 '레이 쩌'라는 이름이 적힌 자동차 번호판과 함께 1982년 디젤 메르세데스 벤츠 2400 모델로 조각된 36톤짜리 화강암 앞에 책상다리를 하고 앉았다. 로마 양식의 기둥이 있는 무덤 뒤, 낮은 석판 위에 세워진 그 기념비는 전조등과 와이퍼, 문 손잡이와 트렁크, 자동차 앞코와 바퀴 테두리의 메르세데스 로고만 남기고 마치 자동차가 그대로 땅속에 묻힌 듯한 모습이었다. 학생들이 매끄러운 화강암을 어루만졌다.

소문에 의하면 열다섯 살의 레이몬드 쩌 2세가 메르세데스를 갖고 싶어 했는데 미처 운전면허를 딸 기회도 얻지 못한 채 1981년 교통사고로 숨지고 말았다. 그러자 그의 형인 백만장자 지주이자 사업가 레이몬드 데이비드 쩌가 25만 달러라는 거금을 들여 동생을 위해 이 특이한 기념비를 세웠다.

"사람이 죽을 때 육신이 어떻게 되는지 생각해 본 적 있나요? 모든 작용이 한순간에 정지하는 그런 게 아니에요. 한꺼번에 다 일어나지 않습니다. 물론 질병이나 신체 질환으로 죽는 자연사일 때 그렇다는 거예요. 살인이나 교통사고로 갑작스럽게 죽는 경우를 말하는 건 아닙니다. 비명횡사를 할 때는 육신이 자기 조절을 할 시간이 없거든요. 그게 원래 신체가 작용하는 방식이에요. 우리 육신은 평생토록, 우리가 아프거나 병들었을 때도 우리를 보살핍니다. 생의 마지막에서도 마찬가지죠.”

그녀는 가장 먼저 순환계가 주요 장기들에 혈액을 공급하는 패턴을 바꾼다고 말했다.

“사람은 생존 양식이 구조화되어 있어요. 뇌가 그 메시지를 알아차리죠. 그래서 심장에서 발끝까지 온몸으로 피를 내보내고 다시 거두어들이기보다는 주요 장기들로 내보낼 피를 모으기 시작하는 겁니다. 이때 많은 사람이 오한을 호소해요. 심지어 폭염인 8월에도 담요를 덮어 달라고 합니다.”

이런 현상은 죽음이 멀지 않았음을 의미한다고 그녀가 설명했다. 살아 있는 날이 3주, 어쩌면 2주가량 남았다는 말일 수도 있다. 체온이 1도 이상 떨어지기도 하고 손발이 냉장고에 넣은 음식들처럼 몹시 차갑게 느껴지기도 한다. 팔다리가 창백해 보이고 축 늘어지기 시작하는데, 경우에 따라서는 피부가 회색이나 자주색을 띠며 여기저기 멍이 든 것처럼 얼룩덜룩해진다. 손발톱 바닥이 파래지고 입 주변도 푸른빛을 띠면서 주름이 진다. 혈관이 피부 표면 가까이, 정맥류처럼 불거진다. 산소가 모자라 피가 더 이상 건강한 선홍색을 띠지 않고 검푸른 색으로 변한다. 너무 진해서 피부 밑으로 파랗게 보인다. 노마는 이 현상을 ‘청색증cyanosis’이라 부른다고 했다.

죽음이 임박한 또 다른 징후는 시력 감퇴다. 죽어가는 사람은 빛이 더 들어오도록 커튼을 열어 달리고 할지도 모른다. 시력이 가장 먼저 떨어지는 감각이라면 청력은 가장 나중에 떨어진다. 노마는 죽어가는 사람이 자기 주변에서 무슨 일이 벌어지고 있는지 모른다고 생각하면 안 된다면서, 모든 것을 들을 수 있다는 사실을 알고 행동해야 한다고 말했다.

죽기 일주일 전쯤 혈액의 움직임이 다시 바뀌는데, 이번에는 소화계에서 멀어져 신장과 심장, 폐와 간으로 향한다. 그러면 배고픔을 느끼지 못하게 된다. 더는 먹고 싶은 생각이 들지 않고 좋아하는 음식이 있어도 전처럼 구미가 당기지 않는다. 정맥으로 영양 공급을 하지 않아도 허기나 갈증을 느끼지 못한다. 행복한 포만감을 몸이 더 이상 그리워하지 않으며 이제는 필요치 않은 영양분을 갈구하지도 않는다.

그럴 때 그 사람의 배에 청진기를 대고 장에서 나는 소리를 들어보라고 노마는 말했다. 음식을 소화기관으로 밀어내리는 근육의 수축 운동 또는 연동 운동이 느려졌거나 심지어 멈췄을지도 모른다.

"그럼 우리는 그런 상황에서 어떻게 할까요? 어떻게든 음식을 먹이려고 하죠. '한번 먹어봐. 좋아할 거야. 얼마나 맛있는데.' 하면서요. 하지만 그 사람은 속이 더부룩하거나 메스껍거나 변비에 걸릴 수도 있고, 심지어 토할 수도 있어요. 억지로 음식을 먹이면 우리의 기분은 좀 나아져요. 하지만 그 사람의 기분이 나아지진 않아요."

보통 죽기 며칠 전에 간 활동이 멈추기 시작하면 환자는 침상에서 이리저리 뒤척이며 더 안절부절못하고 눈의 흰자위가 노랗게 변한다. 몹시 괴로워하는 것처럼 보일 수도 있다. 간이 전과 달리 유독성 노폐물을 걸러내지 못하기 때문에 체내에 그대로 축적되는 것이다.

호흡breathing은 분당 50회까지 빨라진다. 벌어진 입으로는 침이 흘러나온다. 호흡 속도respiratory rate가 불규칙해지고 심장은 스타카토로 뛴다. 이제 죽음이 몇 시간밖에 남지 않았을 수 있다. 때로는 거의 숨을 쉬지 않는 것처럼 보일지도 모른다. 자면서 코를 심하게 고는 사람이 몇 초 동안 숨을 들이마시지 않다가 길고 빠르게 훅 내쉬듯 10초 정도 숨쉬기를 멈추기도 한다. 그런 무호흡 상태가 점점 더 길어진다. 이 단계에서는 숨을 헐떡이거나 기침을 심하게 하는 증상이 동반될 수 있다. 이른바 '빈사 단계'다.

삼키지 못하는 침은 목구멍 안쪽에 쌓이는데 너무 깊어서 간호사가 빼내지 못하므로 목이 꽉 막혀 그르렁거리는 소리를 낸다. 임종 때의 가래 끓는 소리death rattle다. 이는 19세기에 그러한 호흡 패턴을 처음으로 묘사하고 기록한 두 의사 존 체인과 윌리엄 스톡스의 이름을 딴 '체인-스톡스 호흡Cheyne–Stokes respiration'으로 알려져 있다.

"공기가 입으로 들어오지만 기도까지만 닿습니다. 그게 다예요." 노마가 말했다. "호흡이 더 빨라지지요. 체인-스톡스 호흡이 시작되면 서너 시간, 어쩌면 24시간 정도밖에 안 남았다는 뜻이에요."

"천식과 비슷한가요?" 한 학생이 물었다.

"아니에요. 천식은 세기관지bronchiole가 좁아지고 쌕쌕거리면서 숨쉬기 힘들어하는 소리가 나죠. 체인-스톡스 호흡은 아주 평화로워요. 단지 소량의 공기만 교환될 뿐이에요."

그때 행복감이 밀려온다. 몸은 죽어가는 마음을 돌보고 마음은 죽어가는 몸을 돌본다. "정말 매력적인 사람을 처음 만났을 때, 사랑에 빠졌을 때의 느낌 있죠? 그거예요." 그런 느낌은 도파민, 세로토닌, 노르에피네프린이 일으킨다. "이 화학물질들이 계속해서 늘어납니다. 그리고 죽는 순간에 최고조에 달하죠."

기쁨이나 행복을 유발하는 신경전달물질은 혈압이 계속 떨어지고 피부가 칙칙한 잿빛으로 변하며 콧속의 모세혈관이 두꺼워지는 바로 그 순간에 고통을 상쇄한다. "상상해 보세요. 죽어가는 뇌가 이런 물질들로 가득 찬다고 말이에요."

맥박과 혈압이 조금씩 오르다가 한 시간 내에 급격히 떨어지기 시작한다. "심장이 정지할 때까지 심박수가 계속 떨어질 겁니다. 호흡이 가장 먼저 멈추죠. 심장 박동이 가장 나중에 멈추고요. 일단 심장이 정지하면 사망 시간이 기록됩니다. 동공은 확장돼서 흐리멍덩해 보일 거예요."

저명한 의사 셔윈 널랜드는 저서 《우리는 어떻게 죽는가How We Die》에서 이렇게 말했다. "방금 생명이 꺼진 얼굴은 의식불명 상태로 오인될 여지가 없다. 심장 박동이 멈춘 지 1분 안에 얼굴이 회백색으로 변하면서 오해의 여지가 없는 죽음의 기운을 띠기 시작한다. 희한하게도 이목구비는 금세 송장 같이 보인다. 심지어 한 번도 시체를 본 적 없는 사람에게도 그렇다. 시신은 마치 그 사람의 기운이 모두 빠져나간 것처럼 보이며 실제로도 그렇다."

체온이 시간당 1도씩 떨어진다. 피부에 붉은 반점, 즉 사후반점이 나타나기 시작한다. 24시간 내에 근육이 수축해 딱딱해지는 사후경직이 일어나는데 얼굴부터 아래로 번져나간다. 그다음에는 마치 녹듯이 몸이 다시 축 늘어진다. 노마는 간호사로 일하는 동안 신경과 중환자실 같은 곳에서 이런 과정을 수없이 보았다. 그러나 그녀는 설명할 수 없는 부분이 더 많다고 덧붙였다.

"우리는 사람이 죽을 때 일어나는 일을 다 알지 못합니다."

노마는 젊었을 때 간호사로 병원 회진을 돌던 시절의 일화를 들려줬다. 그녀의 말에 따르면 환자들은 종종 상태가 아주 나쁘거나 심정지에서 깨어난 후 자기가 공중에 어떤 식으로 떠 있었는지 이야기했다고 한다. 그때마다 노마는 건성으로 대꾸했다. '네, 네. 아무렴요. 천장에 올라가 있었겠죠'라고 속으로 중얼대면서.

그런 경험담은 워낙 자주 듣는 터라 의료진에게는 별로 놀라운 일도 아니었다. 당시 노마는 그것을 일종의 약물 반응이나 뇌 기능 장애로 치부해버리곤 했다. 하지만 혼수상태에서 깨어난 지 얼마 안 되었던 한 여성이 그런 게 아니라고, 자기가 증명할 수 있다고 말한 적이 있었다.

그녀는 교통사고를 당했는데 병원 응급실에 도착하자마자 사망 판정을 받았다. 의대생들과 인턴들이 소생술을 시도해 간신히 심장이 뛰는가 싶더니 다시 발작이 일어났다. 의료진은 할 수 있는 모든 방법을 동원해 다시 심장을 뛰게 만들었고 상태를 안정시켰다. 그녀는 수개월 동안 무반응 혼수상태로 지냈다.

그러던 어느 날, 기적적으로 의식이 돌아온 그녀가 눈부신 빛과 자신의 몸 위를 떠다니던 기억에 대해 이야기했다. 노마는 그녀가 의식을 잃은 몇 달간 온갖 꿈을 꿨을 거라고 생각했다. 하지만 그 여성은 자기가 강박 장애가 있어서 습관적으로 숫자를 외우는데, 자신이 유체이탈을 하듯 몸 위에 떠 있었을 때 인공호흡기의 상단에 적힌 일련번호를 기억한다고 말했다. 노마는 기계를 쳐다보았다. 높이가 2미터를 넘을 정도인, 사다리 없이는 볼 수 없는 큰 기계였다.

"좋아요. 일련번호가 어떻게 되는데요?" 다른 간호사가 종이를 꺼내 적을 준비를 했다. 그녀는 열두 자리 숫자를 줄줄 읊었다.

며칠 후 간호사들은 설비 직원을 불러 인공호흡 장비를 병실 밖으로 치우려고 했다. 환자의 상태가 아주 호전되어 기계가 더는 필요하지 않았기 때문이다. 직원이 왔을 때 간호사들은 장비 위로 올라가 일련번호가 적혀 있는지 확인해 달라고 부탁했다. 직원은 의아한 표정을 지으며 사다리를 타고 올라가 일련번호가 확실히 있다고 확인해 주었다.

간호사들은 서로를 바라보았다. 노마는 그가 숫자를 더 잘 보기 위해 먼지를 털어내는 모습을 지켜보았다. 그가 숫자를 하나씩 읽어나갔다. 열두 자리였다. 그녀가 읊은 것과 정확히 일치하는 번호였다.

노마는 그 환자의 이야기가 특별한 사례가 아니라는 사실을 나중에 알게 되었다. 버지니아 대학교 의료 센터에서 함께 일했던 레이먼드 무디 박사가 1975년에 집필한 책《다시 산다는 것Life After Life》에는 임상적으로 사망 선고를 받았다가 소생한 사람들에 대한 최초의 대규모 연구 결과가 있다. 박사는 전국 각지에서 150명을 인터뷰했다. 그중 어떤 사람은 뇌파나 맥박이 잡히지 않은 채 20분 동안 사망한 상태에 있기도 했다.

노마는 강의 중에 가끔 무디 박사의 연구 내용을 설명해 주곤 했다. 무디가 임사 체험near-death experience을 연구한 이후, 전 세계의 연구자들이 그것을 경험한 수많은 사람에 대한 데이터를 수집해 의학 및 연구 저널과 서적에 발표해왔다. 그런데 무디의 인터뷰 대상자 모두가 묘사했던 공통된 경험을 명확하게 설명할 수 있는 사람은 아무도 없었다.

불가피한 질문이 항상 뒤따랐다. '사후세계는 존재하는가?'

노마는 그 질문에 대해선 각자가 자신의 믿음에 따라 답할 수밖에 없다고 말했다. 어떤 학생들에게는 사후 세계에 대한 과학적 증거가 없다는 사실이 그들의 신념을 거의 흔들지 않았다. 그러나 다른 학생들에게는 그 부재가, 이 삶이 전부라는 부담으로 작용했다.

저녁이 되자 묘지 위의 하늘이 청회색으로 변해 있었다. 강의를 끝낸 후 노마는 학생들을 해산시켰다. 그들은 차에 올라타 완전히 어두워지기 직전에 줄지어 빠져나갔다.

갤럽 여론조사에 따르면 사람들은 대부분 죽음을 두려워하지 않거나 죽음에 대해 거의 생각하지 않는다. 그러나 퓰리처상을 받은 책《죽음의 부정》저자이자 문화인류학자 어네스트 베커는 우리가 스스로를 속이고 있다고 주장했다. 죽는다는 두려움은 우리로 하여금 특별함을 부여하는 활동에 참여하게 하여 일종의 불멸의 경지에 도달하게 한다는 것이다. 베커는 죽음 불안 death anxiety이 마음 저 밑바닥에서 강력하게 소용돌이치는 인간 행동이라고 믿었다.

그는 '자의식이 강한 동물로 사는 것은 무엇을 의미하는가?' 라고 썼다. '그 개념은 괴상하진 않더라도 터무니없는 것이다. 그 것은 자기가 벌레의 먹이가 된다는 걸 안다는 의미다. 이것이 공 포다. 무에서 태어나 이름과 자의식과 깊은 내면의 감정을 지녔 고, 삶과 자기 표현을 향한 간절한 열망을 품고 있지만 이 모든 것 을 가졌음에도 결국 죽어야 한다는 사실. 이는 마치 장난처럼 보 인다. 그래서 노골적으로 신의 개념에 저항하는 사람들이 있는 것이다. 대체 어떤 신이 이토록 복잡하고 정교한 벌레 먹이를 창 조했겠는가?'

그러나 죽음이 대다수 사람에게 공포의 대상이라면, 노마는 자신의 임무가 죽음에 관한 더 유용한 교훈을 널리 전하는 것임 을 알고 있었다. 피할 수 없는 죽음의 날카로운 칼끝 아래에 있 으면서 행복한 삶을 사는 법을 알려주는 일 말이다. 그녀가 현장 학습의 일환으로 학생들을 검시소로 데려갔을 때 그곳에서 마 주한 시신들의 사연이 그런 마음을 먹게 했다. 어느 날 아침 얼굴 가죽이 벗겨져 이마가 턱 위로 접혀진 채 금속 테이블 위에 널브 러진 73세 노인의 경우처럼. 검시관의 보고서에는 그가 차고에서 목을 매 자살했다고 기록되었다. 아내와 사별하고 나서 혼자 살아가기가 힘겨웠던 것으로 추정되었다.

겉으로 드러나지 않는 것이 보통인 일상적 공포가 파란 장갑을 낀 기술자들에 의해 발가벗겨지고 낱낱이 해부되어 학생들의 눈앞에 펼쳐졌다. 입을 벌린 채 양팔이 뻣뻣하게 위로 젖혀진 37세의 남자가 있었다. 머리에 총을 맞은 상태였다. 누군가 전날 밤 9시 41분에 그를 발견했다. 세 아이의 아버지였던 그의 소지품은 검시관 사무실 바닥에 나란히 놓여 있었다. 주황색과 붉은 불꽃이 그려진 티셔츠, 그에 어울리는 운동화, 피로 젖은 속옷, 담배 네 갑, 뉴욕 지하철 카드 수십 장, 현금 211달러였다.

검시소에는 열두 살 정도로 보이는 소년도 있었다. 지하실에서 개줄로 목을 맸다고 했다. 노마는 그 소년을 차마 그냥 보낼 수 없었다. 어느 날 현장 학습에서 그의 부검 과정을 지켜본 후, 장례식이 어디에서 치러지는지 수소문해 그곳에 참석하기로 마음먹었다.

인정할 수밖에 없다. 삶은 고통과 잔인함으로 가득 차 있다. 종종 죽은 사람이 더 잘된 거라는 결론이 날 만도 하다. 19세기 독일 철학자 쇼펜하우어가 썼듯이, 젊은 시절 우리는 '막이 오르기 전 들뜬 마음과 부푼 기대감으로 극장에 앉아 어서 연극이 시작되기를 기다리는 아이들처럼' 우리의 미래를 고대했다. '진실로 무슨 일이 일어날지 모른다는 것은 축복이다. 만약 예견할 수 있었다면 때때로 아이들이 종신형을 선고받은 죄수, 아직은 그 선고가 무슨 의미인지 모르는 죄수처럼 보일 수도 있다.'

노마에게 온 학생들은 대부분 삶에 대해 혼란을 겪으며 지친 상태였다. 어떻게 하면 삶을 형벌처럼 견디지 않을 수 있을지 알아내려 애쓰고 있었다.

1985년, 라파예트에 있는 루이지애나 대학교의 어느 두 연구원은 이 질문을 해결하기 위해 20년에 걸친 연구를 시작했다. '대학에서 죽음에 대한 수업을 듣는 학생들은 어떤 유형이며 그 이유는 무엇인가?'

사라 브라반트와 드안 칼리흐는 브라반트의 '죽음과 임종의 사회학'이라는 강의에 등록한 900명 이상의 학생들을 대상으로 설문조사를 실시해, 약 24퍼센트 학생들이 본인의 슬픔과 그 문제를 다루고 싶어 하는 것을 알아냈다. 가장 놀라운 점은 설문에 참여한 학생들 중 절반에 가까운 수가 '인생의 어느 시점에서 자살을 진지하게 고려해 본 적이 있다'라고 답했다는 것이었다. 더욱 충격적인 사실은 10퍼센트에 달하는 학생들이 실제로 자살을 시도한 적이 있다고 답했다는 점이다.

노마는 학생들의 에세이에서 이 모든 사실을 읽어냈다. 노숙자로 지낸 적이 있는 어느 학생의 글에서는 이런 내용이 있었다. '나는 매일 기도를 올리다가 어느 날 희망을 잃게 되었고 모든 것이 부질없는 일처럼 느껴졌다.' 또 이런 글도 있었다. '강간을 당한 후 나는 몸을 웅크린 채로 그저 죽고 싶었다.'

노마는 학생들을 정기적으로 교내의 상담 센터로 보냈다. 학생들은 한밤중이나 이른 아침은 물론, 수업 중이나 점심시간에도 그녀를 찾았다. 긴급 문자를 보내거나 눈물을 흘리며 연구실 문을 두드리고, 복도에서 그녀를 붙잡고 참았던 눈물을 쏟아내기도 했다. 노마는 교내 정신건강 상담사의 연락처를 휴대전화에 저장해 두었다. 하지만 노마가 번호를 적어주면 그냥 버리는 학생들도 있었다. 낯선 사람에게 속을 털어놓고 싶지 않았던 것이다. 그들은 오직 노마와 이야기하길 원했다.

노마 교수의 메시지는 '행복은 노력 없이는 얻을 수 없다'라는 것이다. 마치 일련의 숙제처럼 접근해야 한다. 그녀는 연구실에 안나 퀸들런의 저서 《어느 날 문득 발견한 행복A Short Guide to a Happy Life》을 비치해놓고 그때그때 기억나는 문장을 읽어주곤 했다. 그녀가 가장 좋아하는 구절은 이랬다.

"인생은 길게 이어진 회색 시멘트 바닥에 박힌 반짝이는 돌 조각 같은 순간들로 이루어져 있다. 우리는 그런 순간들을 위한 공간을 만들고, 그것들을 사랑하면서 제대로 살아가는 법을 스스로 깨달아야 한다."

오래 산다고 해서 반드시 행복한 삶이 보장되는 것은 아니다. 노마는 버지니아에서 20여 년간 간호사로 일하며 이 교훈을 터득했다. 그녀는 가정 방문 진료를 다니던 중에 숲속 트레일러에서 혼자 사는 110세 할머니를 만났다. 그녀의 이름은 메리 맨리. 외아들은 80세에 먼저 세상을 떠났고, 그녀에게 남은 식구라고는 백발이 된 턱수염에 주인만큼 나이가 들어 보이는 작고 까만 개 뿐이었다. 노마는 다리를 다친 메리를 위해 며칠에 한 번씩 들러 그녀를 돌봤다.

그날도 메리와 잡담을 나누며 드레싱으로 상처를 치료했다.

그리고 트레일러를 나와 무심코 고개를 돌렸는데 메리가 옥수수 가루 봉지를 집어 들더니 붕대를 떼어내고는 상처에 옥수수가루를 붓는 모습이 창문 너머로 보였다. 노마는 다시 들어가 물었다.

"할머니, 옥수수가루로 뭘 하시는 걸 봤어요. 왜 그러셨죠?"

메리가 노마를 바라보며 퉁명스럽게 대꾸했다.

"난 축축하고 차가운 게 싫어! 보송보송해야 좋지."

노마가 다시 말했다.

"알았어요, 할머니. 그럼 그렇게 말씀하시면 되잖아요. 옥수수가루를 뿌리면 계속 아파요. 상처가 아물지 않는다고요."

할머니는 쑥스러운 표정을 지으며 입을 다물었다. 그 순간, 노마는 할머니가 상처가 낫지 않길 바란다는 걸 깨달았다. 그녀에겐 남은 가족도, 친구도, 찾아와서 말동무가 되어주는 사람도 없었다. 노마가 찾아와 붕대를 감아주는 날을 손꼽아 기다리고 있었던 것이 분명했다. 그때가 유일하게 사람과 얼굴을 마주하고 대화를 나누는 시간이었으니까.

노마는 지역 교회에 전화를 걸어 트레일러에 혼자 사는 할머니에 대해 이야기했고 가끔씩 파이라도 가져다 드리면 좋겠다는 뜻을 전했다. 노마 역시 메리의 다리가 다 나은 후에도 숲속 트레일러에 찾아갔다.

지금도 노마의 연구실 벽에는 젊은 시절의 그녀가 메리 옆에 무릎을 꿇고 있는 흑백 사진이 걸려 있다. 노마는 자신의 환자를 통해, 가장 깊은 상처는 연고와 붕대만으로는 결코 치유될 수 없다는 사실을 배웠다. 교과서나 논문에 쓰인 그 어떤 지식보다도

소중한 교훈이었다. 그녀는 메리와 같은 노인들, 잊히고 소외된 사람들에게 품었던 다정함을 항상 간직하고 있었다. 그녀가 제자들이나 자식들에게 갖는 마음과 조금도 다르지 않은 감정이었다. 그들에겐 그녀가 필요했다. 그리고 그녀는 자기가 필요로 되는 것을 마다하지 않았다.

「죽음을 바라보는 관점」 수업을 정의하는 데 있어 노마는 매 학기가 끝날 때 칼릴 지브란의 시 〈죽음에 대하여On Death〉를 학생들에게 읽히는 습관이 있었다. 다음은 그 시의 한 대목이다.

알미트라가 말했다.
"이제 우리는 죽음에 대해 묻고자 합니다."
그러자 그가 대답했다.
"너희는 죽음의 비밀을 알고자 하는구나.
하지만 삶의 한가운데서 죽음을 찾지 않는다면 어떻게 그것을 발견하겠는가?"

글쓰기 과제 작별 편지

떠나보낸 사람, 혹은 더 이상 만날 수 없는 누군가를 떠올리며 그 사람에게 전하고 싶었던 말을 편지로 써봅니다.

산기타, 네가 죽고 나서 나는 학교 신문에 너에 대한 기사를 썼어. 그 신문이 나왔을 때 한 선생님이 기자실로 헐레벌떡 달려와서는 나에게 막 퍼부으셨지. 어떻게 친구의 사건을 그토록 피비린내가 진동하는 것처럼 자세히 묘사할 수 있냐고. 어떻게 학교를 곤경에 빠트리냐고 말이야.

그때 나는 깨달았어. 죽음이라는 주제가 얼마나 터부시되고 있으며 사람들이 얼마나 두려움에 떨면서 죽음을 대면하는지.

_에리카 하야사키

‘「죽음을 바라보는 관점」 수업 중에서’의 내용은 노마 보위 박사가 설계하고 진행한 강의 내용, 가이드 라인, 과제에서 발췌한 것이다.

Chapter 2.

살아남는 법을 배우다

노마 교수의 집은 갓 구운 쿠키와 도자기 인형, 크리스마스 캐럴이 가득한 안식처 같았다. 죽음학 수업 교수에서 연상되는 지적 허세나 신비로운 사색의 이미지와는 거리가 멀었다. 작곡가 리하르트 바그너의 음악이나 미셸 드 몽테뉴의 수상록 같은 작품이 공간을 채우고 있지도 않았다. 추모를 위한 봉헌 양초도, 인도의 나그참파 향이 은은하게 감도는 제단도, 망자의 날을 떠올리게 하는 실내 장식도 없었다.

노마는 뉴저지 하이랜드 파크 지역의 어느 학교 맞은편 조용한 블록에 있는 크림색 외벽의 식민지 양식 주택에서 가족들과 함께 살았다. 가지를 닮은 보라색 현관문을 나서면 친환경 매트리스 가게, 버블티 카페, 세 곳의 유대교 회당, 비타민과 허브 유기농 식품 매장을 걸어갈 수 있는 거리였다.

노마 교수, 그리고 20년 넘게 그녀와 함께한 동반자이며 아동

심리학자이자 10대 딸의 아버지이기도 한 노먼은 그 집에서 15년 동안 살았다. 노마가 첫 번째 결혼생활에서 얻은 큰딸 멜리사는 러트거스 대학교에서 법학을 전공했는데 학교로 떠나기 전에는 노마, 노먼과 함께 그 집에서 살았다.

어느 날 아침, 노마는 자기 집에 있는 물건들에 담긴 의미를 나에게 설명해 주겠다고 했다. 이를테면 소파 위에 놓인 조각보에 대해서 말이다. 그것은 멜리사가 즐겨 입던 셔츠와 어렸을 때 입었던 드레스, 침실 커튼을 잘라서 이어붙인 것이었다.

"딸이 슬퍼하거나 속상해할 때마다 얘기해줬어요. 그 조각보로 너의 어린 시절을 몸에 두를 수 있지 않느냐고요."

노마는 집안 곳곳을 돌아다니다가 할머니에게 물려받은 촛대와 노먼에게 크리스마스 선물로 받은 흑인 예수 상을 가리켰다. 노마는 유대교 가정에서 자랐다. 엄마와 할머니가 유대인이었고 아버지는 가톨릭 신자였다. 그녀는 유대교 회당에서 열리는 예배에 나갔고 가톨릭 미사에도 참석했다. 학교는 가톨릭계 사립학교에 다녔다. 노마의 가족은 두 종교를 모두 받아들였고 어느 한쪽의 규칙에도 크게 얽매이지 않았다. 다만 양쪽의 모든 명절은 열정적으로 기념했다.

노마와 노먼은 정신건강센터에서 함께 일하던 시절에 만났다. 데이트를 하던 어느 날 노먼이 노마에게 힌두교도들이 수행하며 거주하는 곳인 아쉬람ashram을 소개해 주었다. 거기 사람들은 모두 흰 옷을 입고 있었는데 노마의 눈에는 좀비들처럼 보였다. 한마디로 조금 이상한 곳이었다. 노먼이 다음에 데려간 곳은 뉴욕 주 라인벡에 있는 오메가 인스티튜트라는 휴양소였다. 노마는 그곳에서 운영하는 워크숍과 가족 활동, 유기농 식품 체험 같은 프로그램을 마음에 들어 했다. 이후 그들은 둘 사이에서 태어난 딸 베카와 첫째 딸 멜리사와 함께 매년 오메가에 방문했다.

노먼이 피로한 얼굴로 아래층으로 내려왔다. 노마보다 열세 살 많은 노먼은 안경을 쓴 얼굴에 턱수염을 길렀고 키가 작은 편이었다. 그는 열여섯에 고등학교를 졸업하고 코넬 대학교에서 입학 허가를 받았지만 뉴욕시립대학교를 택해 공부한 후 스물여섯 살에 러트거스 대학교에서 철학박사 학위를 땄다. 세포 분열 같은 우주의 본성에 대해 골몰하는 것처럼 보이는, 조용하게 똑똑한 유형이었다.

"2분 정도 시간 있어? 밴에서 옷들을 꺼낼 건데 딱 2분이면 돼." 노마가 노먼에게 말했다. 며칠 전 노마는 딸과 학생 한 명을 데리고 어떤 남자의 집에 방문해 산더미처럼 쌓인 옷들을 치워주러 갔었다. 그는 아내를 떠나보내고 슬픔에 잠겨 있다가 신문에서 노마의 제자들에 관한 기사를 읽고는 그녀의 이메일 주소를 알아내 연락했다. 노마는 두 시간 정도 그의 집에 머물면서 아내의 유품을 완전히 내보내기 전에 그 물건들에 얽힌 사연을 들려달라고 했다. 옛일을 추억하는 게 미련을 버리는 데 도움이 되리라 생각한 것이다. 말하자면 방문식 슬픔 치료grief therapy였다. 아내의 유품인 트위드 재킷들과 점프수트, 손때 묻은 가죽가방, 자수가 놓인 운동복 등 옷들이 노마의 차에 쌓여 있었다.

개털이 달라붙은 옷들, 냄새가 나는 서류가방 등을 보고 노먼은 날을 잡아 기증할 물품을 정리해 보자고 하면서 옷을 빈방에 옮겼다. 그동안 노마는 나를 데리고 계속 집안을 돌아다녔다. 함께 집을 구경하면서 해병이 된 학생이 어머니날에 보낸 카드의 의미에 대해서도 이야기하고, 아내를 암으로 잃은 후 자기에게 마음을 써줘서 고맙다며 상사가 선물한 꽃병에 대해서도 말해주었다.

노마는 모든 물건, 모든 상황, 모든 중요한 기억에 대한 일화를 가지고 있는 것 같았다. 그녀는 노련한 이야기꾼이었다. 언제 말을 멈춰야 하고, 언제 웃음과 놀라움을 건네야 하는지 잘 알았다. 이야기 속에 자신이 전하고 싶은 메시지를 섞는 법도 잘 알고 있었다. 그래서 노마의 수업을 듣다 보면 극장의 맨 앞줄에 앉아 관객이 참여하는 모노드라마를 보는 듯한 기분이 들 때가 있었다. 그녀는 한 학생의 사적인 경험만 가지고도 몇 시간이라도 수업할 수 있었다. 그녀의 쇼는 무엇을 기대해야 할지 예측할 수 없었다. 어떤 날은 웃음, 어떤 날은 분노나 눈물이었다.

내가 노마를 따라다니기 시작한 지 1년이 넘은 어느 날, 노마와 나는 토요일 오후에 라리탄 베이의 벤치에 앉아 스테이튼 아일랜드를 바라보고 있었다. 각기 다른 시기에 노마의 수업을 들었던 학생 세 명과 함께 그녀가 묘지에서 풍선 날리기 의식을 끝낸 직후였다. 세 학생들은 한 어머니와 두 딸로, 세상을 떠난 딸들의 아버지를 애도하고 있었다.

그날 나는 라리탄 베이에서 노마의 가장 사적인 이야기를 들었다. 그 이야기는 그녀가 엄마의 뱃속에 있던 때부터 시작되었다. 아직 열일곱 살인 노마의 엄마 외에는 아무도 태아의 존재를 몰랐다. 노마의 엄마는 뱃속의 여린 생명이 숨 막혀 죽기라도 바라는 것처럼 꽉 끼는 거들을 여러 벌 껴입고 다녔다. 거들이 배를 세게 조여 홀쭉해 보일 지경이어서 외할머니조차 임신 사실을 눈치 채지 못했다.

"엄마는 임산부용 영양제 같은 건 한 번도 먹은 적 없대요."

이젠 세상을 떠난 외할머니가 알려줬다고 노마가 말했다.

"병원에는 근처에도 안 가셨다 하고요. 내가 손가락, 발가락 모두 빠짐없이 다 달고 나온 게 기적 같은 일이었죠."

그녀의 엄마 린다 역시 이미 세상을 떠난 상태였다. 노마가 이해하기로는 그 시절 린다는 아이를 갖기 전에 펼치고 싶은 자신만의 삶이 있었다. 저널리스트가 되고 싶어 한 린다는 고향 버지니아 주를 떠나 마이애미 대학교에 입학했다. 그리고 첫 학기에 마케팅을 전공하는 청년을 만났다.

린다의 유대인 부모는 박해를 피해 오스트리아와 러시아에서 미국으로 이주했다. 노마의 아빠 '놈Norm'은 메릴랜드 주 볼티모어 출신의 가톨릭 신자였는데 가족이 나중에 뉴저지로 이사했다. 그의 부모, 즉 노마의 조부모는 이탈리아에서 각각 배를 타고 뉴욕에 있는 섬인 엘리스 아일랜드로 건너왔다고 한다. 노마의 아빠는 금발에 하늘빛 눈동자를 가진 사람으로 전형적인 마초의 분위기를 풍겼다. 그는 아버지와 함께 제철소에서 일하면서 옥수수죽이나 콘밀과 함께 먹을 물고기를 잡으며 가난하지만 걱정 없이 자랐다. 린다는 부유한 여학생들과 뭉쳐 다녔지만 그녀의 새

연인은 돈이 거의 없었다. 하지만 이건 중요한 문제도 아니었는데, 린다가 놈을 만난 지 얼마 안 돼 덜컥 임신했기 때문이다.

그해 여름, 노마의 외할머니가 린다의 애인이 보낸 편지를 중간에 가로채서 읽었다. 편지 내용은 뱃속의 아이에 관한 것이었다. 외할머니는 린다를 추궁했고 거들을 겹쳐 입은 사실도 알게 되었다. 속임수는 거기서 끝났다. 그리고 8월 22일 아기가 태어났다. 그들은 부모의 이름을 합쳐 아이 이름을 노마 린Norma Lynn이라고 지었다.

"부모님은 결국 결혼하셨어요." 노마가 말했다. "그건 뭐랄까, 최악의 결정이었죠." 노마의 부모는 플로리다로 이사했다. 아빠는 공군기지에서 월급으로 약 75달러를 받는 사병으로 근무했다. 이 신혼 부부는 툭하면 전쟁을 치르듯 싸웠고 그러다 1년 반 만에 이혼했다. 아빠가 친권을 포기했다는 걸 노마는 나중에 알았다.

아기였던 노마는 버지니아의 외할머니에게 보내졌다. 엄마는 망가진 삶을 회복해 보겠다며 아이를 두고 떠나버렸다. 노마는 외할머니와 가정부에게 키워졌다. 린다도 그곳에서 살았던 적이 있지만 딸의 곁에 머문 시간은 많지 않았다.

"할머니가 엄마랑 극장에 영화를 보러 간 적이 있었는데 엄마가 심한 복통을 호소했대요." 노마의 설명이 이어졌다. "할머니가 엄마를 병원에 데려가셨죠. 저는 이웃집에 있었고요. 병원에서 환자복을 입히려고 엄마의 옷을 벗기는데 맙소사, 엄마가 또 임신해서 거들을 다섯 겹이나 입고 있었대요. 그 거들을 모두 잘라내고 분만을 진행했는데 그 아기는 사산아였어요."

노마는 나를 쳐다보았다. "그럼 나는 어떻게 살아남았을까요? 그 아기는 죽었는데." 그 일이 있기 오래 전에 남편과 갈라섰던 외할머니는 죽은 아기를 직접 땅에 묻었다고 후에 노마에게 말해주었다.

"있잖아요." 노마가 말을 이었다. "1997년 뉴저지에서 한 여학생이 졸업 파티를 하던 중에 아기를 낳아서 쓰레기통에 버린 사건이 있었어요."

뉴저지 남부에 사는 18세의 그 여학생은 화장실에서 아이를 낳고 아기의 목을 졸라 쓰레기봉투에 넣어버렸다. 그러고선 무도회장으로 돌아와 파트너와 다시 어울리면서 샐러드를 먹고 마지막까지 춤을 췄다. 그녀가 체포된 후 친구들과 가족은 그녀가 임신한 줄 전혀 몰랐다고 진술했다.

"나는 당시 정신병동 간호사였는데 '다들 어떻게 모를 수가 있지?' 하고 말했던 게 기억 나요." 하지만 노마는 속으로 생각했다. 그게 그렇게 불가능한 일만은 아니었을 거라고. 그녀가 보기에 노마의 아빠는 애당초 그녀를 원하지도 않았고 엄마는 그녀를 감추려고 한 것도 모자라 없애려고까지 했으며 나중에는 외할머니의 손에 맡긴 채 떠나버렸다. 노마는 누구도 원하지 않은 아이였다. 선택지가 없던 상냥한 외할머니께 사랑받고 자란 것은 분명하지만 여전히 원치 않은 아이였다.

수십 년이 흘러 노마는 매 학기 학생들 앞에 서서 삶과 죽음이 어떻게 출생과 복잡하게 엮였는지 설명하는 교수가 되었다.

그녀는 원을 하나 그리고 그 위에 점을 여덟 개 찍은 다음, 가장 좋아하는 심리학자의 이름을 맨 위에 적었다. 그 이름은 에릭 에릭슨으로, 노마는 대학생 때 에릭슨의 연구를 우연히 접했다.

"그는 우리가 평생 성장하고 발달하며 변화한다고 생각했어요." 노마가 학생들에게 말했다. "우리는 한시도 같은 상태로 머물지 않아요. 그 모든 경험이 우리를 형성하고 변화시키죠."

독일 태생의 이 심리학자는 친아버지에 대해 아무것도 모른 채 여섯 살 때 의붓아버지 테오도어 홈부르거에게 입양되었다. 에릭슨은 세 명의 이복 누이들과 차별 대우를 받았다. 학교에서는 큰 키와 하얀 피부, 금발에 푸른 눈의 외모 때문에 스칸디나비아인처럼 생긴 유대인이라고 놀림받았다. 당시 같은 종교를 가진 또래들은 모두 키가 작고 피부와 머리카락, 눈동자 색이 더 어두웠기 때문이다.

에릭슨은 학술지 《다이달로스Daedalus》에 실린 에세이에 이렇게 썼다. "얼마 지나지 않아 나는 양아버지가 다니는 회당에서 이교도goy라는 별명을 얻었고 학교 친구들에게는 유대인이라고 불렸다. 괜찮은 독일 민족주의자가 되려고 애썼지만 제1차 세계대전이 벌어지는 동안 덴마크가 중립을 유지하자 나는 덴마크인이 되어버렸다."

양아버지는 에릭슨이 대학에 진학해 의사가 되기를 강요했다. 하지만 그는 계부의 뜻을 거부하고 화가가 되기 위해 오스트리아 빈으로 갔고 그곳에서 아이들의 초상화를 그렸다. 이를 두고 에릭슨은 "나는 부르주아 가족이 상징하는 모든 것에서 아주 멀어졌다. 나는 달라지고 싶었다"라고 회고했다.

그는 어느 초등학교에서 그림을 가르치기 시작했다. 거기서 지그문트 프로이트의 딸이자 정신분석가인 안나 프로이트를 만났다. 안나는 아이들을 이해하고 공감하는 에릭슨의 타고난 능력에 감명받아 에릭슨에게 아버지의 연구소에서 정신분석을 공부해 보라고 권유했다. 에릭슨은 제안을 받아들였고 교사자격증도 취득했다. 1933년 빈 정신분석학회에서 훈련을 마친 에릭슨은 몇 년 후 하버드 대학교 교수가 되었다. 자신의 성을 홈부르거에서 에릭슨으로 바꾼 것도 미국으로 이주하면서부터였다. 일부 학자들은 평생 정체성의 위기를 겪고 소속감을 느끼지 못했던 그가 자신만의 방식으로 정체성을 정의한 것으로 추측했다.

에릭 에릭슨은 출생부터 죽음까지 인간의 생애주기가 여덟 단계로 나뉜다는 발달 이론으로 국제적인 명성을 얻었다.

노마는 학생들에게 강조했다. 위기는 에릭슨의 여덟 단계에서 두루 나타나는데 성격 발달은 인간이 각 단계를 거치는 동안 어떻게 위기를 참고 극복하는지, 혹은 어떻게 좌절하고 침체되는지에 좌우된다는 것이다. 각 단계에서 인간은 사는 동안 계속 맞닥뜨리는 위기에 잘 대처할 성격적 특성을 갖추든지, 아니면 그 덕목을 체득할 기회를 놓친다. 후자의 경우 다음 단계가 다가오면 삶의 도전에 대처하기가 그만큼 더 어려워진다.

비평가들은 그의 이론에 대해 학문적 통계 연구가 충분히 뒷받침되지 않았고, 여성보다 남성에게 적용되며, 성인기보다 아동기에 지나치게 초점을 맞췄다고 주장했다. 다른 이들은 그의 심리 발달 단계가 순차적인지 의문을 제기했다. 즉 다음 단계로 나아가려면 한 단계를 성공적으로 마쳐야 하는가 하는 문제다.

에릭슨은 사람들이 생애 마지막 단계까지 변화할 수 있다고 보았다. 노마는 누구나 에릭슨의 단계들을 순서에 상관없이 오갈 수 있으며 때로는 후퇴할 수도, 때로는 한 단계에 평생 머물 수도 있다고 말했다. 그러나 에릭슨의 이론에 따르면 죽음을 정직하게 마주하기 위해서는 먼저 이전의 일곱 단계에 속한 특정 덕목들을 성공적으로 발달시켜야 한다. 그리고 그 모든 것은 출생에서 시작된다.

"신생아의 기본적인 욕구에는 어떤 것들이 있을까요?"

"배를 채우는 거요." 어느 학생이 대답했다.

이어서 "보호받는 것", "보송보송한 기저귀를 차는 것" 등 여러 대답이 나왔다.

"맞아요. 축축한 기저귀는 싫죠. 그럼 계속 울어댈 거예요." 아기는 배고프거나 불편하지 않도록 끊임없이 챙겨주고 보살피는 어른에게 의존하게 된다. 에릭슨의 말을 빌리자면 '자기 안팎에 존재하는 선한 힘의 실제를 진짜로 느끼게' 되는 것이다.

보호자에 대한 신뢰는 아이가 한 살 한 살 나이를 먹으면서 삶에 대한 근본적인 신뢰, 세상이 그리 나쁘지만은 않다는 감각으로 발전한다. 따라서 사람이 가장 먼저 습득하는 미덕은 '희망'이다.

에릭슨은 '희망은 가장 초기에 형성되고 가장 필수불가결한 덕목'이라면서, '삶이 지속되어야 한다면 자신감이 상처를 입고 신뢰가 훼손된 경우에도 희망은 반드시 남아 있어야 한다'라고 했다.

그러나 에릭슨은 유아기에 이 기본적 욕구가 박탈된 성인은 절망의 삶으로 내몰릴 운명에 처할 수 있다고 주장했다. 불신이 큰 아이는 실망과 불만으로 가득 찬 세상에서 살아갈 이유를 찾지 못해 힘겨워하는 어른으로 자랄 수 있다. 에릭슨은 이 생애 첫 단계를 '신뢰 대 불신'의 단계라고 불렀다.

"신생아에게 또 무엇이 필요할까요?" 노마가 물었다.

"관심과 사랑이요"라는 대답이 나왔다.

"그래요. 그럼 우리는 그것을 어떻게 표현하죠?"

"안아주는 것으로요." 학생들이 대답했다.

"맞아요." 노마가 고개를 끄덕였다.

"갓난아기는 품에 안겨 있어야 해요."

아기가 엄마나 아빠, 조부모, 유모를 믿을 수 없다는 걸 알게 되면, 그리고 자기가 먹는 것만이 아니라 관심마저 박탈당했다고 느끼면 세상에 대해 근본적인 불신을 품게 된다. 그것이 인생의 첫 번째 위기다.

"정말로 흥미롭지 않나요? 아기 때 충분히 품에 안기지 못하면 뇌가 제대로 연결되지 않는다니 말이에요. 누군가 개입해서 보호하거나 안아주지 않으면 그런 아기들은 발육 부진이라는 증상을 보일 수 있어요. 먹지도 않고 잠도 안 자면서 결국 그냥 죽는 거예요."

에릭슨은 자신의 이론을 설명하며 정신분석학자 르네 스피츠의 연구를 언급했다. 스피츠는 1947년 무성 흑백 영화 〈슬픔:

유아기의 위험Grief: A Peril in Infancy〉에서 두 그룹의 영아들을 비교
했다. 첫 번째 그룹은 간호사들이 한 명씩 맡아 집에서 키운 일곱
명의 아이들이었고, 다른 그룹은 뉴욕 시골에 위치한 여자 교도
소에서 매일 엄마들의 보살핌을 받은 영아들이었다. 간호사들 손
에서 큰 아기들은 내성적이고 멍해 보이거나 겁을 먹은 것처럼 보
였다. 스피츠는 눈을 맞추지 않고 호기심이 거의 없거나 놀이에
반응하지 않는 듯한 아기들을 필름에 담았다. 어떤 아기는 울 의
지조차 없는 것처럼 보였다. 마르고 쇠약해진 아기도 있었다. 그
아기들은 엄마와 함께 교도소에서 자란 아기들에 비해 발달이 느
렸다. 스피츠의 교도소 영상에서는 아기들이 엉금엉금 기어 다니
고 높은 곳을 올라가며 신나게 놀고 있었다.

아동기 이후 모든 단계에서 덕목을 갖추려면 많은 노력이 필
요하다. 노마는 자신이 직접 겪어서 알고 있었다. 불신을 경험해
본 사람들을 위해 노마가 말했다. "우리는 이 지구에 사는 내내
그 불신과 싸워야 할 겁니다."

에릭슨의 단계 이론 중 두 번째인 '자율성 대 수치심과 의심'
시기에는 아동의 신체적 성장이 급속히 진행된다. 혼자서는 속
수무책인 상태에서 갑자기 앉고, 기고, 걷고, 뛸 수 있는 상태로
발전하는 것이다. 그 시기는 아이가 잡고 있다가 놓고, 벗어났다
가 돌아오고, 밀어내다가 다시 안기기를 원하는 탐험의 시기다.
바로 이때 아이는 독립과 적절성에 대한 감각, 즉 자아 존중감을
배운다.

생애 세 번째 단계인 세 살에서 다섯 살 사이에는 인지적 성

장이 급격하게 일어난다. 노마가 설명했다. "어휘력이 기하급수적으로 늘고, 아이들은 부모와 보호자의 말을 따라 하기 시작해요. 욕설이 잦은 집에서 자라면 세 살짜리 아이가 욕을 하거나 '엄마가 아빠한테 지옥에 가라고 했어'라고 말하는 걸 듣게 될 가능성이 높습니다."

에릭슨은 세 번째 단계를 '주도성 대 죄책감'의 단계라고 불렀다. 아이들은 창의적인 문제해결 능력, 자신에게 목적의식이 있다는 것을 깨닫게 해주는 모든 행동을 상상하고 실행하는 법을 배운다. 부모가 아이의 탐험 행위를 지나치게 처벌하거나 신체적, 언어적으로 학대하는 경우 아이는 그런 식으로 생각하거나 행동하는 것에 대해 수치심과 죄책감을 느끼게 될 수 있다.

노마가 해석한 에릭슨의 이론에 따르면 어린 시절에 자율성이나 주도성을 키우지 못한 사람들은 훗날 타인에게 의존적인 성향을 갖거나 자기 인생의 모든 측면에서 스스로 확신을 갖지 못할 수 있다. 이 단계에서 수치심이 대두된다. '나는 자격이 없어. 내가 하는 말은 중요하지 않아. 아무도 날 사랑하지 않을 거야.'

여섯 살에서 열한 살 사이의 아이들은 에릭슨이 말한 네 번째 발달 단계 '근면성 대 열등감'에 이른다. 배우는 기술에 능숙해지고 싶어 하고 독서, 체조, 글쓰기, 바이올린, 그림 그리기, 야구 등에서 능력을 뽐내기 시작한다. 형제자매가 있다면 그 사이에서 경쟁심을 키우며, 자기 자신을 포함한 모두에게 자신이 가치 있는 사람이라는 것을 증명하고자 한다. 그런 일에서 얼마나 성공을 거두느냐는 대부분 보호자의 관심과 사랑에 달렸다.

이 시기 내내 아이의 충동성이 억압되거나 자유분방한 사고가 처벌의 대상이 되면, 아이가 학대당하거나 방치되면, 진정한 사랑과 격려를 한 번도 느끼지 못하면 에릭슨은 그 아이가 '세상이 자기를 바라보지 못하게 자신의 속을 들키지 않으려는 마음'을 품고 자랄 수 있다고 말했다.

노마의 인생 스토리는 다섯 살이 되던 해 엄마가 자신을 데리고 버지니아를 완전히 뜨기로 결심한 때로 넘어갔다. 엄마는 딸의 짐을 꾸린 다음, 외할머니에게 작별 인사를 하라고 시켰다. 그리고 뉴욕으로 돌아와 퀸즈의 잭슨 하이츠라는 동네에 둘이 살 집을 얻었다.

린다는 미드타운 59번가와 파크 애버뉴의 교차로에 위치한 회사 펩시콜라에 일자리를 구했다. 한편 스물네 살인 노마의 아빠는 군대에 들어간 지 2년 만에 뉴저지 주 포트 딕스 육군 기지로 전근을 가게 되었다. 린다와 재결합하기에 충분할 만큼 가까운 거리였다. 이제 그도 어린 딸에 대한 권리를 주장하고 싶었다. 친자 확인 유전자 검사를 받을 필요도 없이, 그는 자신이 노마의 아빠임을 믿었고 딸을 키우며 가정을 꾸리고 싶었다.

얼마 지나지 않아 노마의 부모는 두 번째 결혼식을 올렸다. 두 사람은 서로에게 중독되어 있었다. 함께 있으면 변덕스럽고 불안했지만 서로의 목을 조르는 걸 풀지 못했다. 그들은 다시 살림을 합쳤고 또 싸우고 화해하는 일을 반복했다. 곧 그들은 아들을 낳게 되었다. 이번엔 거들을 껴입는 일은 없었다.

노마가 기억하기로 린다는 딸에게 공공장소에서 엄마라고 부르지 못하게 했다. 둘만 있을 때면 "네가 내 인생을 망쳤어! 난 너를 원한 적이 없어. 너만 아니었으면 기자가 됐을 텐데!"라고 악을 썼다. 노마의 기억 속에서 엄마는 "네가 태어나지 않았다면 얼마나 좋았겠니"라고 항상 말해왔다.

노마는 가끔 자기도 같은 생각을 한다고 말했다. "나는 완충제 같은 존재였어요. 엄마가 나에게 화풀이하고 나면 아빠한테는 싸움을 덜 걸었거든요. 아빠 쪽에서 싸움을 시작하는 경우에는 칼이 튀어나오고 총이 등장하면서 데프콘 10 같은 상황이 벌어지는 거였고요."

노마는 열 살 때 자전거를 타고 옻나무 밭을 지나간 적이 있었다. 그녀에게는 옻 알레르기가 있었는데 마침 그때 어느 집 마당에서 옻나무 낙엽을 태우던 중이었다. 그곳을 지나치며 연기를 마신 노마는 옻나무 잔여물이 기도에 걸렸다. 그녀의 눈은 삽시간에 부어올랐고 목구멍도 막히기 시작했다. 그녀는 응급실로 실려갔고 간호사들이 증상을 완화시키기 위해 스테로이드 주사를 놓으려 했다. 하지만 주사 바늘을 꽂을 만한 곳을 찾을 수 없었다. 노마의 몸이 온통 멍으로 뒤덮여 있었기 때문이다.

응급실에 있던 어른들이 경악하고 물었다. "멍은 어떻게 생기게 된 거니? 부모님이 너를 때린 적이 있었니?" 사실대로 이야기하면 고아원으로 보낼까 겁이 나서, 아니 그보다는 솔직히 말했다가 엄마가 폭발하는 게 몇 배는 더 무서워서 노마는 이야기를 꾸며냈다.

"자전거에서 떨어졌어요. 자전거가 제 위로 쓰러졌어요. 덤불에 부딪쳐 나동그라졌고요." 거짓말을 쏟아내는 동안 그녀는 '다들통 나고 말 거야. 저들이 나를 고아원으로 데려갈 거야'라고 생각했다. 하지만 이야기를 마치고 나서 어른들은 그녀를 아무 데도 데려가지 않았다.

노마는 거의 정신을 잃을 때까지 엄마에게 목을 졸리곤 했다. 머리카락이 한 움큼씩 뽑힐 때도 있었다. 대부분의 날에는 엄마가 나무 주걱으로 그녀를 때렸다. 집의 거실은 화려했지만 가족이 함께 그곳에 앉아 있는 일은 거의 없었다. 부엌에도 세련되고 커다란 식탁이 있었지만 가족이 둘러앉은 적은 없었다. 대신 그들은 주방 밖에 놓인 둥근 4인용 테이블에서 식사를 했다.

노마의 자리는 엄마의 장식장 바로 앞이었다. 앉기 위해 의자를 빼면 장식장을 건드릴 수밖에 없었다. 의자가 장식장에 부딪칠 때마다 엄마의 손찌검이 날아들었다. 팔, 다리, 배 할 것 없이 맞았다. 얼굴을 맞을 때도 있었다. 노마가 무엇을 하든 엄마를 화나게 만드는 것 같았다. 대답을 빨리 하면 얘기를 끝까지 듣지 않는다고, 느리게 대답하면 꾸물거린다고 때렸다. 너무 빨리 걸어도, 너무 천천히 걸어도 문제였다. 학교 성적이 아무리 좋아도 너는 너무 멍청해서 네가 뭘 하는지 모르겠다는 소리를 들었다.

그녀에게 상처를 준 사람은 엄마만이 아니었다. 노마가 일곱 살이었을 때 하루는 엄마와 아빠가 그녀만 집에 놔두고 밤에 외출했다. 열이 있던 그녀는 몸이 펄펄 끓기 시작했고 나중엔 의식이 혼미해질 지경이었다. 그러다 침대에 그만 토하고 말았는데 아파서 치울 힘조차 없었다. 집에 돌아온 엄마는 불같이 화를 냈고 아빠는 딸의 얼굴을 토사물에 처박았다. "잘못했어요! 제발 하지 마세요!" 눈물과 토사물이 그녀의 머리카락을 적셨다.

때로는 부모님이 서로를 죽일지도 모른다고 생각했다. 노마가 운전할 나이가 되고 나서는 입술이 찢어져 피를 흘리거나 고관절, 턱이 탈골된 부모를 병원으로 수없이 모시고 갔다. 노마는 부모님을 돌볼 때 자신이 가장 쓸모 있게 느껴졌다. 노마 린. 그녀는 부모의 비밀을 지키는 수호자이자, 그들의 난장판을 치우는 해결사며 구원자였다. 부모를 위해 무언가를 할 때 비록 칭찬은 듣지 못했지만 그들이 고마워한다는 것을 어렴풋이 느낄 수 있었다.

남동생은 그녀보다 다섯 살 어렸는데 태어날 때부터 위와 장 사이의 협착이 있는 유문협착증을 앓았다. 생후 한 달 동안 심각한 구토 증세에 시달렸고 유아기에는 심각한 분노 발작을 일으키는 바람에 호흡이 멈춰 안색이 보랏빛으로 변하곤 했다. 노마는 동생을 돌보며 자랐다. 그녀는 폭력이든 질병이든 가족 중에 누가 먼저 죽을지 알 수 없는 지경에 이르렀다.

죽음은 마치 침실 벽장에 숨어 있는 괴물처럼 그녀를 조롱하는 듯했다. 노마는 부모님의 심기를 거스르지 않기 위해 늘 조심히 걷고 방에 숨어 미스터리 소설을 읽으며, 학교 과학 수업에 몰두하며 착한 여자아이로 지내는 법을 터득했다.

그녀의 자신감은 신체적 성숙만큼이나 미묘하게 발달했다.

몇 달간 조짐이 있긴 했지만 갑자기 훌쩍 커버린 것이다. 그 과정에서 그녀는 두려움과 맞섰다. 부모에 대해, 자기 인생에 대해, 죽음에 대해 겁내지 않게 된 것이다. 어쩌면 그런 용기는 태어나기 전부터 그녀 안에 존재했을지도 모른다. 그녀는 이제 집에서 폭력이 발생할 때 스스로 몸에서 분리되어 온전히 평온한 상태로 들어갈 수 있다는 것을 알았다. 죽음이 그렇게 나쁜 게 아닐 수도 있다는 생각이 들었다. 그녀는 죽음보다 한수 앞서 있었다.

노마는 의대에 가기로 결심했다. 당시 아빠는 공교육 분야에서 사업을 벌여 큰돈을 벌고 있는 듯했다. 그는 집안에 돈다발을 숨겨두었는데 노마가 가끔 총기들 근처에 숨겨진 지폐들을 발견하기도 했다. 집은 천장이 개폐식이었는데 어떤 한 지점을 누르면 타일 하나가 움직이면서 숨겨진 물건들이 모습을 드러냈다. 지하실은 책 더미와 종이 꾸러미, 볼펜 다발들과 연필 묶음, 그림 액자와 사무용 가구로 발을 디딜 틈이 없었다. 학교 응접실에서 바로 가져온 것처럼 보이는 물건들이었다. 노마는 그것들이 왜 거기에 있는지 잘 몰랐다. 묻지 않는 게 현명했다.

노마의 엄마는 초콜릿색 밍크 코트를 입고 다니면서 하루에 담배를 세 갑씩 피웠으며 밤에는 마작과 브리지에 돈을 걸고, 낮에는 푸들 피에르를 귀여워했다. 아빠는 빨간색 컨버터블 피아트를 타다가 나중에는 진보라색 포르쉐로 바꾸고 레드와인 한 잔을 쥐고 다니며 시내를 누비고 다녔다. 개인 경호원과 운전기사까지 두고 있었다. 밤이면 가끔 딸을 데리고 스테이튼 아일랜드에 있는 이탈리안 레스토랑에 갔다. 그때마다 노마는 식당 구석에 앉아 아빠가 이탈리아 친구들이나 사업 파트너들과 떠들고 술 마시는 모습을 구경했다.

라리탄 베이의 벤치에서 여기까지 자신의 인생을 이야기한 노마가 고개를 흔들더니 잠시 입을 다물었다.

"이 얘기는 하기가 너무 힘드네요." 그러고는 길게 심호흡을 한 후에야 말을 이었다. 그녀는 자라면서 가족에 관한 진실들을 하나하나 알게 되었다고 했다. 차라리 모르는 게 좋았겠다고 생각한 진실들이었다.

"음, 우리 아빠는…… 마피아와 엮여 있었어요."

농담도 참. 믿을 수 없었다. 그녀의 생활과 인생 어디에도 마피아가 끼어들 여지는 없어 보였다. 나는 반전의 한마디가 나올 줄 알았다. 하지만 그녀의 표정은 진지했다.

"아빠는 공교육 분야에서 사업을 벌였고 그래서 마피아가 계약을 따내게 할 수 있었어요. 건축 계약, 유지 보수 계약 같은 것 말이에요."

마피아가 팔 수 없거나 보관해야 하는 물건들은 그녀의 집 지하실에 쌓였다. 이 이야기를 들을 당시 74세였던 노마의 아빠는 사우스캐롤라이나 주 머틀비치에 살고 있었다. 뚜껑이 개폐되는 자동차 머스탱을 몰고 다녔다. 애틀랜틱시티와 도미니카 공화국을 제 집 드나들 듯하거나 플레이보이 걸을 대동한 채 파티장을 누비던 시절과는 이별한 상태였다. 그러나 몇 달 뒤에 만났을 때 그는 여전히 뉴욕 마피아 패밀리의 보스인 폴 카스텔라노와,

카스텔라노의 뒤를 이은 마피아 대부인 존 고티 시니어 같은 이름을 들먹이고 있었다.

노마는 열다섯 살 때 집을 탈출할 계획을 세웠다. 엄마에게 마지막으로 얼굴을 맞은 지 얼마 안 되었을 때였다. 그녀는 엄마의 손목을 움켜쥐고 두 눈을 똑바로 쳐다보면서 맞았던 순간을 훗날에도 종종 떠올리곤 했다. "오늘은 절 못 때려요." 이렇게 말하자 놀랍게도 엄마가 뒤로 물러섰다고 했다.

3년을 더 기다리면 위탁가정이나 보호시설로 보내지는 일 없이 합법적으로 집을 떠날 수 있었다. 노마는 방에 걸린 달력에서 날짜를 하나씩 지워가며 고등학교를 졸업하고 집을 떠나게 될 날을 손꼽아 기다렸다.

그녀는 엄마에게 졸업 후 진로를 의대로 정했다고 말했다. 엄마는 은행에 취직하는 게 더 나을 거라고 충고했다. '좋아. 내 힘으로 가면 되지. 학비도 내 손으로 벌 거야.' 노마는 결심했지만 곧 깨달았다. 의대 등록금을 혼자 힘으로 번다는 건 불가능에 가깝다는 것을. 그래서 대신 간호학교에 가기로 마음먹었다. 그녀는 유니언 카운티 칼리지의 부설 뮬런버그 간호학교의 입학 허가를 받았다. 그 학교를 선택한 이유는 준 학사학위를 받은 다음 학사학위 과정을 밟을 수 있었기 때문이다. 노마는 평생 돌아오지 않는 편이 더 나을 거라고 믿으면서 집을 떠났다. 그녀는 외할머니집 근처 버지니아 대학교에 일자리를 얻었다. 부모 곁을 떠난 것은 후회하지 않았지만 남동생은 그리울 때가 많았다. 그녀는 남동생이 잘 있을 거라 믿었다. 계획해서 얻은 자식이었으니까.

버지니아 대학교 의료센터에서 정신과 간호사로 현장 실습을 하며 그녀는 병원이 자신의 진정한 자리임을 깨달았다. 정신병동에는 그녀가 자라면서 접했던 사람들보다 훨씬 더 불안정한 사람들이 있었다. 그들은 그녀의 손에 달려 있었다. 그녀는 주사와 약물 투여를 관리했고 특히 환자들이 조금이라도 불안해할 때면 그들의 상태를 꿰뚫어 볼 수 있었다.

"미친 사람들? 비명지르고 고함치는 사람들? 벽을 두드리는 사람들? 가구를 부수는 사람들? 이거 정말 굉장한데! 싶었죠. 난 그런 상황을 정말 잘 처리했어요."

그녀는 폭풍 전야의 기운을 잘 감지할 수 있었다. 환자가 주먹을 휘두르거나 벽에 머리를 찧기 시작하면 다른 간호사들은 신체 구속 장비를 찾으러 도망쳤다. 그들은 환자를 들것에 눕혀 묶어놓고 항정신성 약물을 잔뜩 투여하며 조용한 병실에 격리시키려고 했다. 하지만 노마는 달랐다. "제가 저분과 얘기해 볼게요." 그러고는 환자의 침상에 앉아 그를 진정시키려고 했다. 늘 효과가 있는 것은 아니었다. 한번은 환자가 그녀를 샌드백을 치듯 구타한 적도 있었다. 그런데도 노마는 당황하지 않았다. 대신 유년기에 스스로 발견했던 것과 같은 분리 상태로 들어갔다.

어느 날 아침, 근무 교대 후 병실을 돌아다니며 밤새 입원한 환자들을 확인할 때였다. 한 병실에 들어갔더니 젊은 남자가 침대에 걸터앉아 있었다. 노마는 미소를 지으며 인사했다.

"안녕하세요. 저는 주간 근무 책임 간호사입니다." 그는 멍하니 그녀를 바라보았다. 무릎 위에 올린 손에는 총이 쥐어져 있었다. 그녀는 기겁하거나 병실 밖으로 슬금슬금 뒷걸음질 치지 않았다.

"정말 미안한데요. 그게 선생님 물건인 건 알지만 병동에서는 소지할 수 없어요." 그녀는 허둥대는 기색 없이 말했다. "일단 저에게 주세요. 제가 안전하게 보관했다가 퇴원하실 때 돌려드리겠습니다."

스물두 살의 간호사는 마치 잘 갖고 있을 테니 벨트를 달라고 하는 것처럼 미소와 함께 손을 내밀었다. 남자는 당황한 표정이었다. 살면서 총을 숱하게 본 노마에게 그 총이 다른 총보다 더 위협적으로 느껴질 것은 없었다.

남자가 총을 건넸다. "정말 고맙습니다." 그녀는 약 트레이를 들고 있는 듯한 태도로 총을 든 채 침착하게 간호사실로 걸어갔다. 그리고 경비원을 불러 총을 보관하도록 했다. 경비원이 총의 약실을 열어보았더니 탄환이 장전되어 있다고 깜짝 놀랐다.

"그래요?" 노마가 되물었다. "큰일 날 뻔했네요."

그녀가 가장 좋아하는 심리학자 에릭 에릭슨처럼 노마도 나이가 들자 이탈리아식으로 성을 바꿨다. 더는 아버지와 연결되는 게 싫어서 20대에 이혼한 첫 남편의 성 '보위'를 계속 쓰기로 한 것이다. 이따금 그녀는 아버지와 자기가 정말 혈연관계인지 의문이 들었다. 아무리 생각해도 닮은 점이 별로 없었다. 아버지는 오래전에 권력 있는 친구들을 모두 잃었다. 그래도 1년에 두어 번 명절이나 졸업식 때 그녀를 찾아왔다.

노마가 박사 학위를 취득한 날, 아버지가 사람들을 헤치고 학위 수여식 무대로 돌진하던 모습을 노마는 똑똑히 기억한다. 너무 당황해서 현 파트너 노먼Norman이 아버지 놈Norm을 막으려는 것을 지켜보기만 했다. 두 사람의 이름이 비슷하다는 사실은 그녀의 평범하지 않은 삶에 어울리는 우연 같았다. 아버지는 노먼의 손을 뿌리치고는 지도교수가 노마에게 휘장을 둘러주는 곳으로 다가갔다. 그는 군중 앞에서 딸의 팔을 움켜쥐었다. 사람들에게 끌려 나가기 전 아버지는 노마의 눈을 바라보며 한마디를 내뱉었다.

"아무것도 아닌 빈손으로 잘도 해냈구나."

글쓰기 과제 불을 건넌 시간

삶에서 가장 힘들었던 순간을 떠올린 후, 그 시간을 어떻게 견뎠고 어떻게 지나왔는지 적으세요. 그때 곁에 있었던 사람은 누구였는지, 그 경험이 당신에게 어떤 변화를 남겼는지도 돌아봅니다.

Chapter 3

되감기 버튼

2008년 1월 봄 학기

케이틀린은 집에서 나름의 의식을 치르면 죽음을 피할 수 있다고 오랫동안 확신했다. 그래서 매일 샤워하는 행위가 누군가를 구해내는 일처럼 여겨졌다. 샴푸와 비누 통이 같은 방향을 보고 있지 않거나, 욕실 수건의 끝이 서로 닿거나 조금이라도 비뚤어져 있으면 당장이라도 아빠가 돌아가실 거라고 믿었다.

이 킨 대학교 학생은 그게 사람들의 목숨을 좌우하는 양 욕실 물건들을 날마다 질서 정연하게 배치했다. 정작 자신의 삶은 소홀히 하면서 말이다. 2007년 가을, 그녀가 노마의 수업에 등록하기 전까지 그런 행동이 심리적 문제 때문일 수도 있다고 얘기해 주는 사람은 아무도 없었다.

노마 교수는 케이틀린이 과제물과 토론 시간에 묘사한 그 행동의 의미를 대번에 파악했다. 주변이 모두 흔들리는 세상에서 자신이 어느 정도 통제력을 가진 것처럼 느끼게 해주는 습관, 즉 의식ritual에 의존하는 강박 장애라고 진단했다. 케이틀린이 통제 욕구의 근원이 어디인지 노마에게 힌트를 주기 시작한 것은 노마의 그다음 수업 「죽음을 바라보는 관점」에 등록한 뒤였다.

새 학기는 2008년 초에 시작되어 5개월 동안 이어졌다. 케이틀린은 수업 과제를 통해 죽음에 대한 자신의 두려움이 얼마나 뿌리 깊은지 드러냈다. 그녀는 부모님에게 무슨 일이 벌어질까 겁이 나서 집을 떠나지 못하는 자신의 심정을 노마에게 털어놓았다. 그녀는 가끔 한밤중에 부모가 자고 있는 침대로 달려가 그들이 숨 쉬고 있는지 확인한다고 했다. 부모님 중 한 명이라도 잃는다는 생각은 감히 할 수도 없었다. 특히 아빠에 대해 그랬다. 아빠는 그녀의 가장 든든한 보호자였고 그녀 인생에서 자신이 중요한 존재라고 느끼게 해주는 유일한 사람이었다. 케이틀린은 샴푸 통이 재앙을 막아줄 거라 믿었다. 아니면 전등 스위치가 그 역할을 해줄 거라 생각했다. 스위치를 껐다 켰다 하면서 "절대 그런 일은 생기지 않아"라는 말을 세 번 크게 되뇌곤 했다.

그녀가 처음부터 그런 강박을 가졌던 건 아니다. 어렸을 때는 다른 방법으로 대처했다. 아빠가 약을 또 감췄다는 이유로 엄마가 소리를 지르며 집안을 뒤집어놓으면 케이틀린은 바닥에 엎드려 크레용으로 색칠 공부에 빠져들곤 했다. 마치 TV 광고 시간에 다른 볼 일을 보듯 자신의 놀이 세계에 몰두했다.

초등학생 때 케이틀린은 뒷마당에서 녹슨 열쇠를 발견했다. 여러 개의 문을 열 수 있는 곁쇠였다. 그때부터 그녀는 곁쇠를 수집했다. 그녀에게 현실을 잊게 하는 힘을 가진 물건이었다. 아빠가 새 것을 구해다 주기도 했는데 특히 아빠가 준 것이기에 하나하나 소중히 다뤘다. 아빠는 그녀에게 원하는 건 무엇이든 이루며 살 수 있을 거라고 용기를 줬다. "절대 포기하지 마. 쉽게 그만두는 사람이 되지 마."

그러나 나이를 먹어가면서 열쇠는 더 이상 특별한 힘을 지니지 않게 되었다. 부모의 다툼을 외면하는 게 불가능해졌다. 그녀는 열쇠만 있으면 무엇이든 할 수 있다는 믿음을 버렸다. 동전을 앞면이나 뒷면이 모두 일치하도록 순서대로 정리해 두는 미신 같은 의식만이 불안함을 달래주는 듯했다.

지난 10년 동안 노마 교수가 즉흥적으로 낸 치료용 글쓰기 과제는 산더미처럼 쌓였다. 그동안 읽은 작별 편지만 2,000통이 넘을 것이다. 케이틀린이 듣는 죽음학 수업 기간이 절반쯤 남았을 때, 노마는 "인생의 되감기 버튼이 있다면 여러분은 무엇을 되돌려서 바꾸고 싶나요?"라고 물어보며 어김없이 과제를 냈다.

케이틀린은 최대한 솔직하게 글을 써서 다음 수업 시간에 과제를 제출했다. 그리고 얼마 뒤 노마가 수업에 들어와 둥글게 배치된 책상 한가운데에 자리를 잡고 앉았다. 유독 눈에 띄는 과제물이 있었다면서 본인이 직접 읽어주면 좋겠다고 했다. 케이틀린은 주변을 둘러보며 교수님이 언급한 사람이 누구를 말하는지 궁금해했다.

"케이틀린."

노마가 그녀 쪽을 바라보며 이름을 불렀다. 케이틀린은 깜짝 놀라 입을 벌렸다. 설마, 진심일까? 이 많은 학생 중에서 교수님이 하필 나를 골랐다고? 당황스러웠다. 어떤 학생은 사고나 질병으로 가족과 친구를 잃기도 했는데 누가 내 이야기에 관심을 기울일까 싶었다.

처음에 케이틀린은 옆자리 학생에게 대신 읽어 달라고 부탁하려 했지만 노마는 그녀가 편지를 자신의 것으로 받아들여 직접 읽을 것을 권했다. 그녀는 마지못해 읽기 시작했다.

"엄마가 뒷마당에서 양말 한 짝만 신은 채 쓰러져 있는 걸 발견한 건 저의 네 번째 생일이 지난 지 약 2주쯤 되었을 때였어요." 학생들의 시선이 자기에게 쏠려 있음을 느끼자 목소리가 떨렸다. 눈물이 시야를 흐렸지만 나머지 글을 읽기 위해 눈을 크게 떴다.

"엄마는 혼수상태에 빠졌어요. 너무 어렸던 터라 얼마나 오랫동안 그랬는지는 기억나지 않지만 다들 엄마가 아프다고 말했던 것은 분명히 생각나요. 여덟 살쯤 되어서야 엄마가 자초한 일이란 것을 이해했죠. 엄마는 마약 중독자예요. 제가 태어나기 전부터 그랬어요."

그날 엄마를 발견했을 때 케이틀린은 엄마에게 무슨 일이 생긴 건지 전혀 알지 못했다. 깨우려고 애썼지만 엄마는 꿈쩍도 하지 않았다. 엄마가 죽은 걸까? 그 나이에는 죽는 게 무엇인지도 몰랐지만 어렴풋이 좋은 일이 아니라는 것만은 알았다. 케이틀린은 소방관이었던 아빠를 소리쳐 불렀다. 아빠가 달려와 엄마를 들어 올렸다. 하지만 구급차를 부르는 대신 그는 직접 차를 몰고 병원으로 데려가기로 했다. 케이틀린과 여동생들은 미니밴의 뒷좌석에 올라탔다. 아빠는 움직이지 않는 엄마의 몸을 아이들의 허벅지 위에 눕혔다. 아이들은 차를 타고 가는 내내 엄마의 팔과 다리를 붙잡고 있었다.

케이틀린은 어릴 때부터 엄마의 손목에 난 상처들을 봐왔다. 상처는 불거진 정맥처럼 어지럽게 교차되어 있었다. 하지만 자신이 태어나기 전에 엄마가 손목을 그어 자살을 시도하고 침대에 불을 질렀다는 사실은 더 커서야 알게 되었다.

그녀는 엄마의 약이 문제라는 사실을 깨달았다. 약병에는 자낙스(신경 안정제), 바이코딘(복합 진통제), 퍼코셋(마약성 진통제) 같은 단어들이 적혀 있었다. 나쁜 약이었다. 엄마를 죽일지도 몰랐으니까. "엄마는 너보다 약을 더 사랑해"라고 말하는 아빠는 퉁퉁 부어 침을 흘리는 엄마의 얼굴을 케이틀린에게 억지로 보게 했다.

소방서에 출근한 때를 틈타 케이틀린의 엄마가 약을 먹은 걸 알게 되면 아빠는 화를 내며 엄마를 때리기까지 했다. 하지만 엄마는 아픔도 느끼지 못하는 것 같았다. 약에 찌들어서 반응조차 하지 못했다.

케이틀린은 얼굴과 세면대에 치약을 묻힌 채 욕실 바닥에 의식을 잃고 쓰러져 있는 엄마를 발견하곤 했다. 그때마다 케이틀린은 아빠를 흉내 내듯 고함을 지르며 엄마를 철썩철썩 때린 다음 약이 가득 든 양말을 찾으려고 집안을 샅샅이 뒤졌다. 엄마는 가끔 약을 변기에 버리지 말라거나 아빠에게 말하지 말라고 애원했다. 죄책감을 느낀 케이틀린은 엄마의 말대로 했다.

하루는 엄마가 케이틀린이 목에 걸고 다니는 열쇠를 보고 어디서 났는지 물었다. 케이틀린은 그 열쇠가 마법처럼 뒷마당에 나타나 갖게 된 것이라고, 아빠가 준 열쇠들과는 별개로 생각했다. 하지만 엄마는 케이틀린이 네 살 때 병원에서 누가 자기에게 준 거라고 했다. 케이틀린이 뒷마당에 쓰러졌던 엄마를 발견한 직후 엄마가 그것을 받았다는 뜻이었다. 그 후에 마당에서 잃어버린 게 분명했다.

케이틀린은 믿을 수 없었다. 그리고 열쇠를 당장 버렸다. 끔찍한 기억으로 더럽혀진 물건은 단 한 순간도 가지고 있고 싶지 않았다. 그때부터 그녀의 열쇠 수집 취미는 완전히 끝났다.

열두 살이 되었을 때 그녀는 학교에서 내성적이고 의기소침한 학생이 되어 있었다. 선생님이 불러도 대답하지 않았고 입을 열지 않았다. 두려움으로 무기력해져 교실에 앉아만 있을 뿐이었다.

가끔 선생님들은 그녀가 말을 듣지 않는다며 아이들이 보는 앞에서 야단치곤 했는데 그게 또 마음의 상처가 되었다. 말하고 싶은 마음은 컸지만 도저히 입을 열 수가 없었다. 말을 한다는 생각만 해도 혀가 굳는 것 같았다. 그 때문에 그녀는 스스로를 더욱 미워하게 되었다. 수업이 끝나면 사람들의 눈을 피해 울 수 있는 곳을 찾아다녔다.

두려움과 수줍음을 극복하기 위해 그녀는 학교 연극에서 배우로 도전하기로 했다. 하지만 오디션을 앞두고 너무 긴장한 나머지 화장실에 달려가 방금 전에 먹은 과자를 다 토하고 말았다. 어릴 때 말고는 토한 적이 없어서 그녀는 공포에 질렸다. 케이틀린은 메스꺼움을 참지 못해서 조금이라도 더럽거나 비위가 상할 것 같은 일은 결벽적으로 피해왔다. 아픈 사람이 집에 와 있으면 냄새 제거제를 들고 벽장에 틀어박혀 있었고 집에서도 화장실에 갈 때마다 시트를 닦았다. 심지어 닦은 뒤에도 엉덩이를 대고 앉지 않았다. 그리고 쓰라릴 때까지 손을 비누로 문질러 닦았다.

그녀에게는 모든 게 정리되어 있어야 했다. 방에 있는 물건들이 1인치라도 제자리에서 벗어나 있거나 연필이 갑자기 사라지면 금방 알아채고 분노가 치솟았다. 자기 물건에 누가 손을 댄다는 건 생각하기도 싫었다. 구토 사건 이후 그녀는 언제 또 토할지 모른다는 걱정에 사로잡혀 학교에서 공황 발작을 일으켰다. 구토에 대한 공포는 지금도 사라지지 않고 있다.

시간이 지나 케이틀린은 자신의 불완전한 삶을 완전하다고 느끼게 만들어줄 새로운 대처법을 찾아 헤맸다. 그러다가 그녀는 날씬해져야 한다는 생각에 집착하게 되었다. 하루에 500칼로리만 섭취하며 커피, 오트밀, 과일로 연명했고 매일 3~5키로미터를 달리거나 체육관에서 45분 동안 운동했다. 키가 168센티미터였는데 몇 달 만에 체중을 45킬로그램까지 감량했다. 생리도 멈춰버렸다.

대학에 입학해서는 A 학점을 받지 못하면 머리칼을 쥐어뜯는 우등생이 되기로 했다. 그녀는 이제 누구나 인정하는 예쁘고 똑똑한 학생이었다. 한 팔로 감싸 안을 만큼 잘록한 허리와 갸름한 턱선, 긴 다리와 금발을 가지고 있었다. 화장은 스모키 아이라이너, 마스카라, 립글로스 정도만 하는 게 전부였지만 그것만으로도 사람들이 쳐다볼 정도였다.

하지만 케이틀린은 거울 앞에 서면 아름답지 않고 주목을 끌어본 적도 없는 낯선 자신의 모습이 보였다. SNS에 사진을 올리면 예쁘다는 댓글이 달리고, 브리트니 스피어스와 쌍둥이라고 해도 믿겠다는 말까지 들어본 여자애로는 느껴지지 않았다.

하루는 학교에서 돌아와 여동생과 집에 있는데 아래층에서 무언가 박살나는 소리가 들렸다. 지하실에서 커다란 나무를 베어 내는 듯한 쾅쾅 거리는 소리였다. 그러더니 폭발음이 터져 나왔다. 케이틀린은 아빠에게 총이 몇 자루 있다는 사실이 떠올랐다. 그는 총알과는 따로, 지하실 캐비닛에 총을 숨겨 두곤 했다. 두 자매가 지하실로 뛰어 내려갔을 때는 이미 엄마가 총을 들고 문을 걸어 잠근 뒤였다. 아빠는 뒷마당에서 큰 망치로 문을 부수려고 했다. 그러나 문이 부서지기 전에 엄마가 방아쇠를 당겼다. 총알은 자매들이 내려왔던 계단 근처 벽에 박혔다. "애들이 맞을 뻔했잖아!" 아빠가 날카롭게 외치던 순간을 케이틀린은 아직도 기억한다.

"저는 걱정할 게 없어도 늘 걱정을 해요." 노마가 에세이를 읽어보라고 한 그날 케이틀린은 학생들 앞에서 이렇게 고백했다. "저는 스스로에게 스트레스를 주고 모든 일에 과하게 매달려요. 그러면 공허함이 어느 정도 채워질 것 같거든요."

케이틀린은 강의 중에 노마가 들려주는 정신병동 간호사 시절의 경험담에 푹 빠졌다. 노마는 정신질환에 관한 수업을 할 때 이런 얘기를 들려준 적이 있다. "한 환자가 나에게 이렇게 말한 적이 있어요. '당신이 날 지붕으로 데려가기만 한다면 내가 날 수 있다는 걸 증명해 보이겠어.' 그는 완전히 확신하고 있었죠. 조증 상태에 빠지면 때때로 사람들이 이런 망상을 품기도 해요."

또 다른 조증 환자와의 일화도 있었다. "병원에 들어서는데 이 사람 완전히 이성을 잃었더군요. 우리는 얼른 그를 제압해서 정신과 병동으로 데려가야 했는데 들것에 묶어놔도 기가 막히게 끈을 풀고 복도를 뛰어다녔어요. 노인 병동이 정신과 병동 건너편에 있었는데, 노인들이 복도를 지나다니다가 발가벗고 돌아다니는 그와 마주치기 일쑤였죠. 이런 상황이 2주 정도 계속됐어요. 그런데 어느 날 출근해 보니 병동 안이 조용한 거예요. 한 간호사가 내게 한번 들어가서 직접 보라고 속삭였어요. 병실에 들어서니 그가 눈을 감은 채 양손을 교차시키고 있었어요. 내가 무슨 일이냐고 물으니 '나 죽은 거 안 보여요?'라고 하더군요. 그는 정말 감정 기복이 극단을 달렸어요."

노마는 또 정신과 외래병동에서 일할 때 만난 똑똑한 러트거스 대학생에 관해서도 얘기했다. 그의 가족은 그가 의대에 간다는 기쁨을 안고 인도에서 미국으로 건너왔다. 하지만 2학기가 되자 그에게 정신분열 증세(조현병)가 나타나기 시작했고 결국 정학당했다. 그는 매주 노마를 찾아와 가족을 부끄럽게 만들어서 너무나 죄책감이 든다고 토로했다. 또 자신의 지능이 밖으로 줄줄 새나가는 것처럼 느껴지고 환청이 들린다는 얘기도 했다. 그는 그 소리를 이렇게 묘사했다. 양쪽 귀에 이어폰이 붙어 있고 가장 싫어하는 라디오 방송에 주파수가 고정된 채 볼륨을 조절할 수 없는 상태라고. 정신분열증의 경우 "넌 못생겼어", "저 사람은 널 싫어해", "너한테서 냄새가 나", "저 사람이 너를 해칠 거야"처럼 비하 발언이 끊임없이 흘러나오는 방송에 채널이 맞춰지는 것 같다고 한다.

언젠가 한 정신분열증 환자가 진료실에 찾아왔고 노마는 처방에 따라 속삭임 수준으로 음성을 줄여주는 항정신성 주사제 프롤릭신을 한 대 투여했다. 그런데 집에 돌아간 그가 전화를 걸어 다시 작별 인사를 건넸다. 노마는 전화를 끊고 911에 신고해 그의 집으로 구급차를 보냈다. 구급차가 도착했을 때 그는 이미 천식 약을 과다 복용한 후였다. 그는 중환자실로 옮겨져서 사흘 동안 투석을 받았다. 그때는 목숨을 건졌지만 그는 얼마 안 가 스스로 목을 맸다. 노마가 말했다. "어떤 사람들에게는 그렇게 사는 것이 너무 견디기 힘든 거죠."

노마가 그곳에서 일하는 동안 모든 사람이 아픔을 이겨내진 못했다. 그러나 이겨낸 사람들은 결국 삶에 대한 확신을 갖게 되었다. 케이틀린도 자기 자신을 위해 그런 확신을 가지길 원했다.

케이틀린은 고등학교 때부터 심리 상담사가 되고 싶다고 생각했다. 9학년 어느 날 수업 중에 여동생에게서 걸려온 전화가 그 계기였다. 휴대전화에 뜬 발신자를 보고 케이틀린은 여동생이 집에 있다는 걸 알았다. 부모님께 무슨 일이 생긴 건 아닌지 걱정된 케이틀린은 몰래 교실에서 나와 화장실로 가서 전화를 받았다.

"무슨 일이야?"

"엄마가 약에 취했는데 두 분이 막 싸우고 있어. 어떡하지?"

전화를 끊은 케이틀린은 양호 교사에게 아프다고 거짓말을 하고 집에 갈지 고민했다. 그때까지는 집안 사정을 누구에게도 말한 적이 없었다. 한 친구가 복도를 지나가다가 울고 있는 케이틀린을 발견하고 상담실로 데려갔다. 친구의 보살핌 덕분에 그녀는 상담교사 앞에서 마음이 편안해지는 걸 느꼈고 처음으로 가족 문제에 대해 얘기할 수 있었다. 털어놓고 나니 한결 기분이 나아졌다.

케이틀린은 언제부턴가 다른 사람을 돕고 싶다는 생각이 들었다. 그날 상담교사가 그녀를 도와주었던 것처럼, 노마가 제자들과 환자들을 도와주었던 것처럼.

"인생을 180도 다르게 바꾸고 싶어요." 케이틀린이 말했다.

"저는 특별한 삶을 살 거예요."

죽음학 수업의 외부 활동 중에서 부검 참관은 경비가 삼엄한 교도소 탐방 다음으로 인기 있는 현장 학습이었다. 많은 학생이 부검 과정을 보고 싶어서 간절히 기다렸다. 하지만 학대당하며 시들어가는 엄마의 몸을 바로 가까이에서 봤던 케이틀린은 참여하고 싶지 않았다. 노마 교수에게 가지 않겠다는 의사를 밝혔다. 노마는 그래도 적극적으로 참여하길 권하면서 두려움을 지나가는 연습을 해보라고 설득했다. 그럴 일은 절대 없을 거라고 케이틀린은 생각했다. 병균을 생각만 해도 도망치고 싶고 살균제와 소독약을 몸에 들이붓고 싶었으니까.

현장 학습 날 아침 케이틀린은 아빠에게 말했다.

"오늘 부검 참관일인데 안 갈 거예요." 하지만 아빠는 그녀를 보며 대꾸했다. "아니, 넌 가게 될 거다." 그녀의 부모는 자신들의 문제에 노마 교수의 수업이 좋은 영향을 끼친다는 것을 알고 있었다. 언젠가 아빠가 했던 당부가 케이틀린의 귀에 메아리쳤다.

"포기하지 마. 쉽게 그만두어선 안 돼."

결국 검시소에 간 케이틀린의 눈에 알코올과 마약 중독으로 숨져 테이블에 놓인 사람이 들어왔다. 그녀는 부풀어 오른 장기들, 간과 허파를 뚫어지게 바라보았다. 엄마가 생각났다. 약을 끊지 않으면 엄마의 시신도 저렇게 되겠지. 하지만 케이틀린은 토하지 않았고 소독제 없이도 두려움과 마주할 수 있었다.

"살아 있는 건 참 다행이에요. 그렇죠?"

노마는 부검이 끝난 후 울면서 뛰쳐나간 학생들에게 이렇게 말하곤 했다.

"우리가 얼마나 부서지기 쉬운 존재인지 느껴졌나요? 우리에게는 삶을 당연하게 여길 이유가 없어요."

학기가 끝을 향하는 가운데, 노마가 케이틀린에게 더 늦기 전에 학교 심리 상담사를 만나보라고 했다. 케이틀린이 배우고 있었다시피 정신병은 대부분 생명 작용과 환경의 결합에서 비롯된 것으로, 그녀가 이제 자신의 불안감과 강박 장애의 근원을 이해하기 시작했으니 심리치료가 도움이 될 수 있으리란 생각에서였다.

케이틀린은 노마의 말이 맞을지도 모른다고 생각했다. 부모님은 평생 그럴 일이 없을 것 같았지만 자신은 어쩌면 마음속 두려움을 물리치고 스스로를 위해 살 수 있을지도 몰랐다. 심리학 지식을 가지고 다른 사람들도 돕고, 자신처럼 힘들어하는 사람들을 상대하는 직업을 구할 수도 있을 것이다. 언젠가는 결혼해서 평화로운 가정을 꾸려 아이들을 키울 수도 있고, 내면에 묻힌 자신만의 만능 열쇠도 찾을 수 있을 것이다.

'꿈을 꿀 힘이 있다면 사람은 자신의 영혼을 구원할 수 있다.' 그녀는 예전에 이런 노래 가사를 들은 적이 있는데 자라면서 그 말이 이해되기 시작했다. 케이틀린에게는 미래에 대해 희망을 품을 이유가 있었다. 연애에 빠져 있었던 것이다. 노마와 친해지면서 케이틀린은 그 남자에 대해 자주 얘기했다.

그의 이름은 조나단. 케이틀린보다 한 살 많은 스물셋이었다. 둘은 고등학교 때부터 알던 사이였는데 아직도 사랑의 열병에 걸린 10대처럼 느껴질 때가 있었다.

그녀는 그에게 반했던 날을 잊지 못한다. 2003년 여름 오후, 고등학교 주차장에서 케이틀린은 차가 고장 난 조나단을 처음 봤다. 헤드라이트를 켜둔 채 방전된 1997년식 파이어버드 옆에 서 있던 그는 누가봐도 도움이 필요해 보였다.

"차가 시동이 안 걸려."

케이틀린은 그를 보는 순간 생각했다. 와, 귀엽다. 자신과 똑같은 헤이즐넛 색의 눈동자. 왜 이제야 그에게 관심이 갔을까.

"얘는 존이라고 해." 친구가 둘을 인사시켰다. 친구는 차를 고칠 줄 아는 지인을 불렀고, 그 지인이 시동을 걸어주더니 조나단에게 정비소에 가서 부품을 가져다 달라고 말했다. 케이틀린이 나서며 말했다.

"원한다면 나도 같이 가줄게."

조나단은 잠시 그녀를 보다가 고개를 저었다. 필요 없다고. 예의였을까, 아니면 관심 없음이었을까. 케이틀린은 알 수 없었지만 도움이 필요하면 부르라며 전화번호를 건넸다.

며칠 뒤, 둘은 같은 주차장에서 우연히 다시 마주쳤다. 이번에는 차가 멀쩡했다. 그런데 갑자기 비가 내렸고 케이틀린은 그 앞에서 흠뻑 젖은 채 말했다.

"우리 집에서 파티할 거야. 너도 와."

"그래? 근데 나는 못 갈 것 같아. 방금 전에 여자친구랑 헤어졌거든."

또 거절인가? 그래도 그녀는 물러서지 않았다.

"에이, 그러지 말고 꼭 와."

조나단은 잠시 침묵하다가 씩 웃으며 고개를 끄덕였다. 그것이 조나단과 케이틀린의 시작이었다.

케이틀린은 몰랐다. 조나단이 이미 오래전부터 그녀를 알고 있었고 학교에 다니는 내내 멀리서 지켜보고 있었다는 사실을. 복도에서 스쳐 지나가며 헐렁한 트레이닝복 바지와 탱크탑, 팀버랜드 부츠를 신은 그녀를 바라보고 있었다는 걸.

조나단은 그녀가 더 날씬해질 필요가 없다는 것을 깨닫도록 도와주려고 애썼다. 있는 그대로도 충분히 아름다웠으니까. 케이틀린은 애정이 샘솟는 것을 느꼈다. 기쁨이 넘치고 심장이 두근

두근하고 꿈속을 걷는 것 같았다. 그러나 훗날 노마 교수가 말했듯 그것은 사랑이 아니라 '마약에 취한 뇌'의 반응이었다. 누군가에게 끌릴 때 분비되는 화학 물질들, 죽어가는 뇌에서도 나타나는 쾌감의 신호들인 것이다.

《신경생리학 저널》에 발표된 연구에 따르면 극도의 행복감이 사랑에 대한 뇌와 신체의 강렬한 반응의 한 특성일 수 있지만 다른 특성들도 나타날 수 있다. 즉 마음에 드는 사람에게 쏠리는 관심, 우선순위의 재배치, 에너지 증가, 기분 변화, 교감 신경계의 반응, 감정적 의존, 성적 소유욕, 좋아하는 상대와 정서적 결합을 이루고 싶은 열망, 친화적인 몸짓, 목표 지향적 행동, 이 특별한 파트너를 손에 넣고 곁에 두겠다는 강한 의지 같은 것들이다.

그것은 '저 사람이 지금 뭘 하고 있을까, 무슨 생각을 하고 있을까, 나에게 전화할까, 문자를 보낼까, SNS를 해야 할까, 페이스북에 접속하면 그를 찾게 될지도 몰라……'처럼 머릿속을 끊임없이 점령하는 감정들이다. 노마는 이런 예시를 줄줄이 말했다. 그녀의 설명에 따르면 세로토닌이 열병 같은 감정의 유력한 원인이 된다. 노르에피네프린은 아드레날린을 분출시켜서 심장박동을 빠르게 한다. 도파민은 에너지를 증가시키며 강렬한 욕구를 불러일으키고 코카인 중독 환자에게 나타나는 것과 비슷한 금단 증상으로 이어지는 폭발적인 희열을 유발한다.

하지만 진정한 사랑은 어떤가? 단지 일시적인 화학반응의 복합체가 아니다. 노마가 가르쳤다시피 진짜 사랑은 열병처럼 치솟던 신경전달물질의 급증이 가라앉고, 포옹을 유도하는 호르몬인

옥시토신이 더 많이 작용하기 시작한 뒤에야 비로소 가능해진다. 그때부터 사랑은 좋은 시절이든 나쁜 시절이든 스스로를 지탱하며 이어진다.

케이틀린은 이제 열정의 엔도르핀이 나올 단계는 훨씬 지났다고 여겼다. 그녀는 조나단이 듬직하고 자상하며 강인하기 때문에 사랑했다. 그동안에는 아빠만이 그녀가 진정으로 사랑받고 있다는 것을 느끼게 해줬다. 하지만 지금은 조나단도 그녀가 스스로 특별한 존재라고 여기게 해주었다.

데이트를 하고 나서부터 그녀가 조나단의 참혹한 어린 시절을 온전히 이해하기까지는 몇 년이 걸렸다. 양말에 꽉 찬 약과 엄마의 자살 시도, 빗나간 총알과 토해낸 과자에 얽힌 케이틀린의 기억을 전부 합친 것보다 조나단의 과거가 몇 배는 더 끔찍했다. 조나단은 누구에게도 어린 시절에 대한 얘기를 털어놓지 않았다. 다른 사람들은 대부분 왜 그에게 부모가 없는지, 왜 열여덟 살이 되자마자 남동생을 입양했는지 알지 못했다.

그녀가 반할 만한 청년으로 자라기 전의 어린 조나단을 상상하니 케이틀린은 가슴이 찢어지는 것 같았다. 순진무구했던 시절의 그를 생각하면, 그 어린 소년을 모든 고통과 다가올 죽음으로부터 보호하고 싶어졌다.

현장 학습 검시소 방문

글쓰기 과제 되감기 버튼

당신의 삶에 되감기 버튼이 있다면 어느 때로 돌아가 무엇
을 바꿀 것인지 써보세요.

사실 나는 엄마를 정말 사랑했고 지금도 그렇다. 어렸을 때 나는
엄마를 어디든 따라다니며 늘 엄마 곁에 있고 싶어 했다. 하지만 엄
마가 약에 취해 있을 때면 내 안에서 스위치가 탁 켜지는 것처럼
나는 악마가 되었다.

엄마는 수없이 나를 설득했다. 약을 변기에 버리지 말고 아빠에게
말하지도 말라면서. 엄마는 맹세코 다시는 약을 먹지 않겠다고 여
러 번 약속했다. 그런데 내가 지금 스물두 살인데도 여전히 그런 일
이 벌어지고 있다. 내가 모든 일에 더 잘 대처하고 어떻게든 엄마를
재활 센터에 보냈어야 했는데, 후회한다.

_케이틀린

Chapter 4

인생이 뒤집힌 밤

열한 살의 조나단은 어느 날 큰 소리에 깜짝 놀라 잠에서 깼다. 비명 같았다. 분명 여자의 비명이었다. 게다가 그 소리는 거실이나 부엌에서 나는 것처럼 가까이서 들리는 듯했다. 그는 잠옷 차림으로 비틀거리며 침대에서 내려왔다.

조나단은 잠옷을 입는 것을 좋아했다. 특히 앞에 지퍼가 달린 부드럽고 포근한 잠옷을 좋아했다. 그와 그의 형, 그리고 동생까지 세 형제는 잠옷 속에 베개를 집어 넣고 씨름 선수처럼 싸우곤 했다. 레슬링과 슈퍼 닌텐도를 하고 시리얼을 산더미처럼 쌓아 놓고 먹는 것, 그게 그들의 일과이자 인생의 전부였다. 부모님의 이혼을 제외하면 그때까지 그 소년들의 삶은 꽤 괜찮았다.

그날 밤 잠들기 전에 세 형제는 영화를 봤다. 그리고 비명을 들은 것은 아주 늦은 시각, 아마 새벽 2시쯤 된 것 같았다. 조나단은 형제들을 둘러보았다. 아홉 살짜리 막내 조시와 열두 살인 형 크리스는 이층 침대에서 곯아떨어져 있었다. 조나단은 형제들 중 둘째로, 예민한 크리스와 고집 센 조시 사이에서 균형을 잡아주는 존재였고 스포츠를 좋아하는 소년이었다.

조나단은 비명소리를 쫓아 복도를 달리며 안방과 화장실, 거실을 지나갔다. 방 두 개짜리 아파트는 가든 스테이크 파크웨이에서 조금 떨어진 한 고등학교의 건너편에 있었다. 아빠와 함께 그곳에 산 지 1년이 조금 넘었다. 그들의 부모는 2년 전에 갈라섰는데 처음에는 엄마가 아이들을 맡았다가 얼마 못 가 소년들의 극성스러움에 두 손 두 발 다 들고 말았다. 세 형제는 쉬지도 않고 투닥거리며 정신을 빼놓기 일쑤였다.

한번은 조시가 샤워를 거부했다. 새삼스러울 것 없는 일이었다. 하지만 고집이 워낙 세서 두 형들도 말릴 재간이 없었다. 조나단과 크리스가 할 수 있는 일은 뒷수습이 전부였다. 그런데 엄마의 새 남자친구가 말을 안 듣는다며 욕실에서 조시의 뺨을 후려쳤다. 조나단과 크리스는 그에게 달려들어 있는 힘껏 주먹질을 했다.

형제들은 주말에 아빠를 만나 무슨 일이 있었는지 얘기했다. 아빠는 화가 머리끝까지 솟았다. "어느 놈이든 너희에게 손도 못 대게 하마." 조나단은 아빠의 약속을 기억해 두었다. 그리고 이후 세 형제는 뉴저지 주에서 아빠와 살게 되었다.

아빠와 사는 건 멋진 일이었다. 그는 아이들을 유니언 카운티 노마히건 파크의 수로로 데려가 낚시를 하고 잡은 송어를 저녁 식탁에 올리는 즐거움을 알게 했다. 함께 야구도 하고 축구도 했다. 아빠는 아이들에게 담배를 피우거나 여자를 때리지 말라고 가르쳤고, 파스타를 요리해 주거나 뜨끈뜨끈한 샌드위치를 만들어 먹였으며, 혼자 걸어갈 수 있는 크리스를 제외하고 조나단과 조시를 매일 아침 학교까지 데려다주었다. 조나단은 아빠가 이혼하고 나서 행복하지 않다는 걸 알았지만 아빠는 그런 감정을 잘 드러내지 않았다.

그래서 그날 밤, 부엌으로 더듬더듬 걸어가 바닥에 흥건하게 번진 피를 보았을 때 조나단은 혼란스러웠다. 그야말로 피바다였다. 작업용 부츠와 청바지, 흰 티셔츠 차림의 아빠가 시야에 들어왔다. 공장에서 일할 때 입었던 그 신발과 옷들이었다. 아빠는 바닥에 쓰러진 누군가의 얼굴을 주먹으로 때리고 있었다. 조나단은 그 사람을 내려다보았다. 긴 트렌치코트가 눈에 익었다. 피에 흠뻑 젖은 머리카락을 조나단은 단박에 알아보았다. 스타일과 색이 자주 바뀌는 머리카락. 미용사 겸 안마사로 일하는 사람의 머리카락. 길고 구불구불한 까만 머리카락. 바로 엄마였다. 엄마가 피를 뒤집어쓰고 있었다.

"그만하세요!" 조나단이 소리쳤다.

"그만하라고요! 그 사람이 누군지 몰라요?"

"알지. 네 엄마 아니냐. 너는 방으로 가 있어."

엄마가 왜 한밤중에 여기에 있는 거지? 왜 바닥에 쓰러져 있지? 어느 틈엔가 아빠는 스테이크용 나이프를 들어 올려 엄마의 가슴팍에 그대로 내리꽂았다. 그리고 반복해서 쑤셔댔다. 조나단이 오기 전에 엄마는 이미 칼에 찔려 있었다.

조나단은 아빠에게 달려들어 그를 때리려고 했다. 하지만 아빠는 조나단을 손쉽게 밀어냈다. 조나단은 다시 달려들어 엄마에게서 아빠를 떼어놓으려 했다. 그러나 이번에도 간단히 밀쳐졌다. 벽에 달린 전화기로 누군가에게 도움을 요청하려고 했지만 아빠의 손에 뒷덜미를 잡혀 침실로 끌려갔다. 형과 동생은 잠결에 몸을 뒤척이고 있었다.

"여기 꼼짝 말고 있어." 아빠가 방문을 닫으며 경고했다.

하지만 조나단은 말을 듣지 않았다. 문을 열고 다시 아빠를 쫓아 부엌으로 갔다. 아빠는 또 조나단을 낚아채 침실에 집어넣고는, 엄마의 숨통을 마저 끊어놓기 위해 부엌으로 돌아갔다. 그는 열두 번이나 그녀를 찔렀다. 그리고 조나단에게 말했다.

"형과 동생을 깨워. 여길 뜰 거야. 신발은 신을 것도 없어. 그냥 가자."

밖으로 나와 자동차로 가는데 마치 냉장고 안을 걷는 것 같았다. 조나단은 맨발이었다. 아빠는 부츠를 신고 엄마의 차를 향해 눈과 얼음 위를 저벅저벅 걸었다.

그때가 기회였다. 죽기 살기로 하면 조나단은 도망칠 수 있었다. 주차된 차 사이로 빠져나가 벽돌 건물들 사이의 눈 덮인 골목을 통과한 후, 숨을 헐떡이며 조그만 주먹으로 이웃집 문을 두드리면 되는 거였다.

조나단의 시선이 탈출 경로에서 피로 얼룩진 청바지 차림의 아빠와 형제들에게로 옮겨갔다. 조시는 아빠 품에서 잠들어 있었다. 크리스는 비몽사몽 상태로 느릿느릿 따라왔다. 잽싸게 형을 옆으로 끌어당겨서 "아빠가 엄마를 칼로 찔렀어!"라고 속삭일 수 있을지도 몰랐다. 방금 전까지 보고 들은 것을 전부 말하고 싶었고 죽을 힘을 다해 도망가자고 형을 설득하고 싶었다. 그러나 아빠 품에서 자고 있는 조시를 보고 마음을 접었다. 크리스와 함께 도망칠 수 있을지는 몰라도 조시를 두고 간다는 건 안 될 일이었다.

조나단은 차 뒷좌석에 올라 아빠 바로 뒤에 앉았다. "안전벨트 매지 마라. 그럴 필요 없어." 아빠가 아이들에게 일렀지만 조나단은 벨트를 맸다. 형과 동생은 여전히 상황 파악을 못하고 있었다. 너무 졸려서 핏자국을 알아보지도 못할뿐더러 이 한밤중에 엄마의 차를 타고 어디로 가는지 궁금하지도 않은 듯했다.

크리스가 오른쪽 자리에서 자는 동안 조나단은 눈을 부릅뜬 채 깨어 있었다. 조시는 조수석에서 꾸벅꾸벅 졸았다. 아빠는 안전벨트도 매주지 않았다. 그는 몇 시간 동안 차를 계속 몰았다. 조나단은 엷은 금발의 뒤통수를 노려보았다. 아빠는 백미러로 아들을 계속 주시했다. 쏘아보는 푸른 눈동자를 조나단은 피할 길이 없었다. 아빠가 말했다.

"우리는 병원에 가고 있어."

'일단 도착하고 보자.' 조나단은 이렇게 생각했다. 누군가에게 이 사태를 알려야 했다. 경찰관도 좋고 의사도 좋았다.

그 사이 차가 어느 다리에 가까워졌다. 양 옆으로 금속 방호벽이 쳐진 다리였다. 조나단은 아빠가 속력을 낸다는 느낌이 들었다. 그는 운전대를 움켜쥐고 오른쪽으로 홱 틀어 방호벽으로 돌진하고 있었다. 다리 밑으로 추락할 작정이었을까?

방호벽을 들이받은 차는 끼익 쇳소리를 내며 150미터가량 미끄러졌다. 통제 불가능한 상태로 그렇게 차가 빙글빙글 돌았다. 조나단은 차가 요동치는 동안 크리스를 꽉 껴안고 놓지 않았다. 금속의 열기와 타이어가 타는 냄새가 차 안을 가득 메웠다. 안전벨트 때문에 엉덩이가 아팠지만 크리스는 아무 탈이 없는 것 같았다. 두 형제는 앞좌석을 두리번거렸다. 아빠가 보였다. 머리를 크게 다쳐 피를 콸콸 쏟고 있었다. 오른쪽 귀는 거의 떨어질 듯했다. 그는 계속해서 의식이 생겼다가 꺼졌다가 했다.

"아빠, 정신 차리세요!" 조나단이 소리를 질렀다. 조시는 쇄골이 부러진 채 대시보드 밑에 어깨가 끼어 신음하고 있었다. 형제들 힘으로는 구겨진 문짝을 열 수 없었다. 다리의 방호벽에 짓눌려 있었기 때문이다.

"나 좀 꺼내줘!" 조시가 외쳤다.

"죽을 것 같아!"

조나단의 눈에 전조등을 켜고 다가오는 트럭이 보였다.

소년들은 살인 사건 재판이 열릴 때까지 아빠를 다시 보지 못했다. 선고 공판 동안 조나단은 진술을 해야만 했다. 그는 법정에서 죄수복을 입고 발목에 쇠사슬을 찬 아빠를 바라보았다. "아빠가 몇 년 형을 선고받아야 한다고 생각하니?", "이 일이 네 인생에 어떤 영향을 끼친 것 같니?"라는 질문들에 서면으로 답하라고 요구하던 법관들을 조나단은 생생히 기억하고 있다. 조나단은 직접 써온 편지를 꺼내들고 눈물을 흘리며 재판관에게 말했다. 아무리 시간이 흘러도 아빠의 죄가 씻기진 않을 거라고, 시간이 엄마를 되돌려주지는 않을 거라고.

판사는 마지막 순서로 조나단의 아빠에게 할 말이 있는지 물었다. 역시 눈물을 흘리던 그가 조나단을 보며 말했다.

"난 누구의 마음도 다치게 할 생각은 없었단다."

그는 15년 후 가석방이 가능한 징역 30년을 선고받았다. 조나단과 두 형제는 엄마처럼 우루과이에서 뉴저지로 이주한 이모의 집에서 살게 되었다. 적응하기 쉽지는 않았다. 이모부는 미국에 평생 눌러앉을 생각이 조금도 없었는데 꼼짝없이 조카들을 떠맡게 되었다. 막내 조시는 원래도 자의식이 강하고 외골수였는데 이제는 한술 더 떠서 항상 화를 내며 이해할 수 없는 행동을 하곤 했다. 이모 부부의 침대에 흙을 뿌려놓는가 하면, 말도 없이 사라졌다가 몇 시간 만에 고속도로에서 혼자 걷고 있는 모습이 발견되기도 했다.

세 형제는 이모 집에서 2년 동안 지냈다. 조나단이 8학년이 되었을 때 형제들은 할머니와 함께 살기 위해 우루과이로 떠났다. 아는 사람이 거의 없는 나라로 가고 싶지는 않았지만, 이모네가 그들을 감당할 형편이 되지 못했던 것 같다. 가장 속상한 사람은 크리스였다. 여자친구에게 이메일을 보내고 자주 장거리 전화를 했으며 다시 뉴저지로 돌아가는 문제에 관해서도 얘기했다.

"형한테는 우리가 있잖아. 여자친구가 다 무슨 소용이야." 조나단은 그렇게 말했지만 크리스는 결국 뉴저지로 돌아가 여자친구의 가족과 살게 되었다. 이제 조나단과 조시 둘 뿐이었다.

그들은 매년 여름을 해변에서 보내는 등 우루과이에서의 시간을 최대한 즐겼다. 그러나 열여덟 살이 되면서 조나단도 뉴저지로 돌아갈 결심을 했다. 내심 조시도 같이 가기를 바랐다. 크리스가 여자친구에게 푹 빠져 동생들을 나 몰라라 하는 것과 상관없이 그들은 삼총사였다.

그런데 알고 보니 크리스도 조나단과 같은 생각을 하고 있었다. 두 형제는 조시에 대한 양육권 변경 신청을 법원에 제출했다. 그들은 조시가 미국에서 고등학교를 마치길 원했다. 그래야 미국 대학교에서 입학 허가를 받기가 쉬울 것 같았기 때문이다. 조나단과 크리스는 900달러로 방 세 개짜리 아파트를 빌렸고 마침내 법원은 양육권과 이주를 인정하는 판결을 내렸다.

그렇게 조시는 열일곱 살에 형들에게 입양되었다. 그는 린든 고등학교에 입학했다. 조나단은 자기가 조시의 가장 든든한 보호자라고 생각했고 최선을 다해 조시의 아버지 역할을 하기 시작했다. 크리스는 여전히 대부분의 시간을 여자친구와 보냈다.

오래지 않아 아빠가 감옥에서 편지를 보내왔다. 조나단과 크리스가 막내를 키우게 되었다는 소식을 들었다면서, 교도소로 면회를 와 달라는 내용이었다. 크리스는 가지 않겠다고 했다.

조나단은 조시를 데리고 면회를 갔다. 어색한 만남이었다. 아빠는 형제들에게 노래를 불러주었다. '미안하다'는 내용의 자작곡 노래였다. 유리로 분리된 면회실에서 그는 수화기에 대고 목청을 높였다.

당시 교도소 작업장에서 일하며 돈을 벌고 있던 아빠는 아들들에게 돈을 부쳐주겠다고 했다. 그러나 조나단은 아빠의 도움과 돈은 필요없다고 분명히 말했다.

"우리가 여기에 온 건 잘 자랐다는 걸 보여주기 위해서였어요. 우린 성공할 거예요. 그리고 잘 지낼 겁니다."

그는 다짐하고 또 다짐했다. 형제들 중 마약 중독자나 비행 청소년으로 전락한 사람은 없었다. 그들은 학교에 다녔고 일하며 돈을 벌었다.

엄마가 죽은 지 7년이 지났지만 그때까지도 형제들은 왜 아빠가 그날 밤 감정이 폭발해 엄마를 살해했는지 몰랐다. 조나단은 묻지 않았다. 어쩌면 엄마의 새 남자친구에게 질투가 나서 이성을 잃었는지도 모른다. 아니면 돈 문제로 스트레스를 받았을 수도 있었다. 조나단은 더는 신경 쓰지 않기로 했다.

2006년 2월, 면회를 하고 시간이 지나 아빠가 면도칼로 목을 그었다는 연락을 받았다. 그리고 그게 끝이었다. 조나단은 이 일로 크게 상처받지는 않았다. 아빠는 세 형제의 아버지였지만 오랜 시간 그들의 삶 밖에 있었기 때문이다. 아들들은 이미 예전에 그를 떠나보냈다.

케이틀린을 만났을 무렵 조나단은 나름의 생존 방식을 완벽하게 익힌 상태였다. 첫째, 과거에 얽매이지 않는다. 부득이한 경우가 아니면 입에 올리지도 않는다. 둘째, 인생에서 가장 믿을 수 있는 사람은 나 자신이다. 셋째, 문제 해결 방법을 파악해 놓는다.

타인은 내가 목표를 어떻게 설정하느냐에 좌우된다. 그러니 그들을 만나라.

그는 정확히 이대로 행동했다. 아빠가 엄마를 죽인 후 조나단은 부모도 보호자도 없이 세상과 타협하는 법을 배웠다. 모든 일이 그의 방식대로 처리되었다. 그는 쉽게 상처받거나 약하게 굴어봤자 전혀 득이 될 게 없다는 것을 터득했다. 그래서 어느 오후 학교 주차장에서 그의 삶으로 걸어 들어온 케이틀린을 신뢰하기 시작한 자신을 깨달을 때까지도 방어 태세를 풀지 않았다. 경계심과 연애 감정을 동시에 품는 것이 쉬운 일은 아니었지만, 케이틀린은 이런 균형을 유지하려고 노력할 만한 가치가 있는 사람 같았다.

그들은 서로의 첫 경험 상대였고 그가 그녀의 진정한 첫사랑이었듯 그녀 역시 그에게 그랬다. 언젠가 둘이 껴안고 있을 때 조나단은 다른 누구와 다시 이런 기분이 든다는 건 상상할 수도 없을 만큼 그녀와 너무나 끈끈하게 연결되어 있다는 느낌을 받았다.

그러나 케이틀린을 그토록 사랑하면서도 그녀의 불안증세는 조나단을 짜증나게 만들었다. 뜬금없이 전기 스위치를 올렸다 내렸다 하고, '세균'이라는 말만 들어도 공포에 질려 하고, 죽음에 대한 걱정을 한순간도 내려놓지 못했으니 말이다. 통화하다가 수화기 너머로 구급차의 사이렌 소리라도 들리는 날엔 "지금 어디야? 괜찮아? 아무 일 없는 거야?" 다급하게 물어보곤 했다. 그럴 때마다 조나단은 신음을 내뱉듯 대답했다. "응, 멀쩡해."

케이틀린은 자신에게 강박신경증이 있다는 걸 노마의 수업을 들으면서 알게 되었다고 말했다. 조나단은 케이틀린이 자신의 문제를 파악하는 데 그 수업이 도움이 되었다는 걸 알고는 기뻐했다. 하지만 케이틀린이 환자라는 사실은 믿진 않았다. 단지 스스로를 파악할 필요가 있을 뿐이라고 여겼다. 조금도 걱정할 이유가 없다고, 그는 누누이 케이틀린을 안심시켰다.

조나단은 왜 아빠가 엄마를 죽였는지 그 미스터리를 풀어야 할 필요성을 못 느꼈다. 아무리 생각해도 모를 일이라고만 받아들였다. 사건이 발생하기 전 아빠에게서는 우울증의 징후, 하다못해 분노의 기미도 보이지 않았다. 그가 기억하는 한 술을 마신 것도 아니었다.

어느 날 조나단은 엄마의 사건을 다룬 AP 기사를 발견했다. 그 내용은 《뉴욕 타임스》에도 실렸다. 하지만 제목은 도무지 이해가 안 갔다. '외계인의 침공을 두려워한 남자, 전처 살인죄를 인정하다.' 기사는 이랬다. '검찰의 발표에 따르면 브렛 스타인그래버는 외계인들이 곧 지구를 점령할 것이라 믿었고, 그때 전처인 수라이아 사디가 고초를 겪지 않도록 그녀를 죽였다……. 36세의 사디는 1996년 3월 전 남편의 아파트에서 가슴을 열두 차례 찔렸다. 39세 스타인그래버는 세 아들을 차에 태우고 돌아다니다가 뉴욕 웨스트체스터 카운티에서 충돌 사고를 일으켰다.'

외계인이라고? 이 기자는 무슨 말도 안 되는 소설을 쓴 거지? 조나단은 살해 광경을 분명히 목격했다. 아빠가 수사관들에게 자백도 했다. 그런데 외계인이라니? 이런 바보 같은 이야기가 어디 있어.

조나단은 그날 아빠가 스스로 무엇을 하고 있는지 정확히 알고 그 일을 했다고 믿었고, 그 사실을 한 번도 의심한 적이 없었다. 차가 충돌하기 전 백미러로 아빠를 계속 노려봤던 것도 그래서였다. 그가 경찰에게 외계인 침공에 관한 이야기를 꾸며냈다면 그건 범죄의 책임을 조금이라도 축소시키려고 머리를 굴린 것에 지나지 않았다. 정신질환자에 대한 참작 같은 것 말이다.

조나단은 10대 시절 내내, 그리고 20대에 접어들 때까지 자기 생각이 옳다고 생각했다. 2008년 여름까지는 그랬다. 그 여름 케이틀린은 몇 주 동안 조시가 정신적으로 불안한 것 같다며 걱정했다. 조나단은 쓸데없는 걱정이라고 일축했다.

그 후 어느 날 아침, 두 사람은 조나단의 침대에서 시끄러운 소리 때문에 잠이 깼고 두 눈이 분노로 이글거리는 조시를 부엌에서 발견했다.

글쓰기 과제 어린 시절의 나에게 편지 쓰기

만일 어린 시절의 나에게 말을 걸 수 있다면 어떤 이야기를 해주고 싶은지 적어보세요.

편지는 '친애하는 ○○살의 ○○야'로 시작하고, 마지막에 서명과 날짜를 덧붙이세요.

Chapter 5.

돌봄의 대가

2008년 여름

세상에 완벽함이 존재한다면 케이틀린은 이 순간이 그 모습과 매우 비슷할 거라고 생각했다. 그녀는 연회장을 둘러보며 태양처럼 빛나는 휘황찬란한 크리스털 상들리에와 베니스 풍의 석고 벽, 와인 잔과 맥주병을 부딪치며 파티를 즐기는 사람들을 눈에 담았다. 모두가 얼마나 재밌는 시간을 보내고 있는지 매 순간 상기시키려는 듯 곳곳에 거울이 있었다.

파티는 그녀를 위한 것이나 다름없었다. 조나단은 킨 대학교 졸업생이 된 케이틀린과 친구들을 위해 정성스러운 파티를 계획하고 준비하는 데 수고를 마다하지 않았다. 자비로 홀을 대관하고, 뷔페를 차렸으며, 스탠드업 코미디언도 섭외했다. 친구들뿐만 아니라 케이틀린의 가족과 그녀가 가장 좋아하는 교수 노마 박사도 초대했다.

그날 아침은 졸업식에 완벽하게 어울리는 날씨였다. 하늘은 푸르고 맑았으며, 햇빛은 따사로웠고, 수풀은 녹음이 한창 우거졌다. 졸업식은 파티보다 열 시간 앞서 열렸다. "모든 시선이 미래를 향하고 있습니다!" 온라인 구직 사이트 몬스터닷컴의 창립자가 기조 연설자로 나서며 2,100여 명의 졸업생들에게 외쳤다.

졸업식 후에 노마는 케이틀린과 사진을 몇 장 찍었다. 사진 속에는 편안한 차림의 노마 교수와 그녀보다 키가 13센티미터는 더 큰 케이틀린이 학사모를 쓰고 웃는 모습이 담겼다. 케이틀린의 목에 걸린 긴 끈 묶음은 그녀가 받은 우수한 성적을 상징했다.

케이틀린은 학사학위를 따고 나서 열두 명만 뽑는 킨 대학교 심리학부 석사 과정에 선발되었다. 덕분에 불안증과 강박장애를 극복하기 위해 캠퍼스 내 상담사에게 계속 치료를 받으러 다닐 수 있게 되었고, 연구 조교로 파트타임 일자리를 준 노마도 언제든 만날 수 있었다.

해질녘이 되자 노마 교수를 비롯해 모두가 파티 복장으로 갈아입고 파티장으로 향했다. 케이틀린 역시 검은 꽃무늬가 수놓인 드레스로 갈아입고 큰 귀걸이를 한 다음 머리를 올려 묶어 단장을 했다. 케이틀린은 손님들과 어울리는 조나단을 바라보았다. 짧은 모히칸 스타일로 단추 몇 개를 푼 드레스셔츠 차림의 그가 그날따라 더욱 멋져 보였다. 케이틀린은 친구들과 사진을 찍기 위해 잠시 발걸음을 멈추고 미소를 지었다. 어느새 케이틀린의 여동생들도 파티에 참석해 근사한 모습으로 등장했다. 그들의 사이사이에는 끝을 긴 리본으로 묶은 풍선들이 실내를 둥둥 떠다녔다.

누군가 디제이를 대신해 아이팟을 스테레오 시스템에 연결했다. R&B 음악이 울려 퍼졌다. 하지만 케이틀린은 댄스 플로어가 비어 있는 것을 보았다. 파티장의 누구도 춤을 추지 않았다.

엄마와 아빠, 여동생들은 댄스 플로어에 모여서 케이틀린과 포즈를 취하며 사진을 찍었다. 함께 활짝 웃는 모습이 완전무결한 가족처럼 보였다. 그동안 집에서 벌어진 온갖 드라마들은 전혀 모른 채 사람들은 이 매력적인 가족을 부러움의 시선으로 바라볼 것이었다. 그러나 케이틀린의 눈에는 가족이 절대 그렇게 보이지 않았다.

그녀는 또 다른 이상한 점을 감지했다. 조나단의 동생 조시를 흘끗 쳐다봤다. 조시는 누구와도 제대로 대화하는 것 같지 않았다. 축제 분위기와 떨어져 혼자 복도에 앉아 어두운 표정으로 먼 곳을 응시하고 있었다. 케이틀린은 조시도 잘생긴 청년이라고 생각했지만 그에게는 형이 가진 매력과 카리스마가 없었다. 가끔 조나단이 복도로 나가서 동생을 달래며 파티를 즐기자고 했지만 소용없었다.

케이틀린은 조시가 자기를 좋아하지 않는다는 것을 알고 있었다. 그녀가 잘해주려고 하는데도 조시는 그녀를 불편해했다. 그러나 케이틀린이 생각하기에 조시에게는 다른 무언가가 있었다. 뭔가 의심스러운, 마치 정확히 진단할 수 없는 병 같은 것이었다. 그게 무엇이든 케이틀린은 두려웠다. 노마도 조시에게 무슨 문제가 있다는 것을 알아챘을 거라고 생각했다. 역시나 파티 중 노마는 복도로 나가서 조시와 가벼운 이야기를 나누려고 했다. 하지만 노마는 그때 당시 조시가 너무 의기소침해 있었다고 나중에 얘기해 주었다.

케이틀린은 그가 늘 불안해 보였다. 조시는 사람을 똑바로 쳐다보지 않았고 이따금 맥락에서 벗어난 이상한 질문을 했다. "케이틀린, 왜 내가 차에 탈 때마다 항상 에미넴 노래를 듣는 거야?" 마치 케이틀린이 일부러 자기를 열받게 하려고 일부러 그 음악을 틀었다는 말투였다. 남자친구 남동생의 특이함 때문에 그녀는 신경 쓰였다. 노마에게는 그 걱정을 여러 번 말했지만 조나단에게는 그러지 못했다. 그를 속상하게 하고 싶지 않았다.

그녀는 조나단과 5년째 연애 중이었고 남동생과 함께 사는 그의 아파트에 자주 들렀다. 조시는 기타를 치거나 인터넷 서핑을 하면서 새벽까지 잠을 자지 않았고, 늦잠을 자서 수업에 빠지는 경우도 부지기수였다. 그러던 어느 날 수업에 너무 많이 결석해 유급을 당할 처지가 되었다.

조시는 홈스쿨링이 자기에게 딱 맞는다고 형들을 설득했다. 결국 인터넷으로 홈스쿨링 절차에 대해 조사하고 교육계에서 일하는 멘토까지 찾아내 성적 관리와 대학 진학을 도와달라고 했다. 케이틀린이 볼 때 조나단은 동생이 틀리지 않았다고 생각할 이유를 찾은 것 같았다. 조시가 너무 똑똑해서 학교 수업을 지루해하는 것인지도 모른다고 말이다.

조시는 멘토 등록을 마치고 과제를 시작했다. 하지만 곧 멘토가 자기를 괴롭히고 너무 닦달한다고 불만을 토로했다. 질문이 너무 많고 생각을 너무 많이 하게 만든다는 것이다. 어쨌든 졸업장을 따고 싶었기에 멘토를 계속 두었다. 조시는 모두에게 하버드 대학교에 가고 싶다고 말했다. 프린스턴 대학교는 싫다고 했다. 아니, 다른 어떤 대학도 거부했다. 오직 하버드뿐이었다. 그런데 SAT에서 하버드에 지원할 만한 고득점의 성적을 올렸지만 뜻하지 않게 프린스턴의 입학 담당자가 면접을 요청했다.

케이틀린은 조나단이 동생의 일에 얼마나 흥분했는지 알 수 있었다. 조시가 다시 한번 자기는 프린스턴에 관심 없고 하버드만 목표라고 못 박긴 했지만 두 사람은 몇 시간 동안 면접 연습을 했다.

조나단은 조시를 면접 장소에 데려다주었다. 면접은 큰 건물에서 진행되었고 조나단은 문 밖에서 면접을 보는 소리를 슬쩍 엿들었다.

"학위를 받으면 무엇을 할 생각인가요?" 면접관이 물었다.

"잘 모르겠습니다." 조시가 대답했다. 그는 그 말밖에 하지 않았다. 다른 부연 설명은 없었다. 모든 질문에 단답형으로 일관했고 간혹 한 단어로만 대답하기도 했다.

조나단은 케이틀린에게 동생이 면접을 망쳤다고 했고 그의 말대로 프린스턴은 조시를 뽑지 않았다. 그러나 어쨌든 조시는 온라인 학습으로 고등학교 졸업장을 땄고 코네티컷 주에 있는 웨슬리언 대학교에 장학생으로 입학해 형들을 놀라게 했다.

조나단은 만나는 친구들마다 동생 자랑을 했다. 케이틀린도 형제를 응원했다. 어찌 그러지 않을 수 있겠는가. 남자친구의 동생은 공교육 시스템을 뛰어넘어 전국 최고 명문대학 중 한 곳에

합격했다. 아이비리그 장학생을 꿈꿔본 적이 없는 조나단에게 동생은 천재였다. 케이틀린은 만족하고 있는 두 형제에게 초를 치고 싶지 않았다.

그녀는 조나단이 전해주는 조시의 웨슬리언 생활을 귀담아 들었다. 조시는 그곳에서 친구를 몇 명 사귄 모양이었다. 형들이 찾아갔을 때 조시는 그들을 학교 파티에 데려갔고 셋이 기숙사에서 탁구도 쳤다.

하지만 그것도 잠시 뿐 서너 주가 지나자 조시는 평소의 부정적인 자아로 돌아가 주변의 모든 사람, 모든 것에 불만스러워하며 투덜대기 시작했다.

"여기 애들 웃기지도 않아. 너무 자유주의적이고 멍청해. 다들 돈 많은 집 자식들이더라고. 아는 건 쥐뿔도 없어." 첫 학기에 조시는 C, D, F 학점을 받았다. 그리고 6개월 만에 학교를 그만두었다. 그 후 숲에서 살아남는 법에 대한 책들을 읽기 시작했고 유럽으로 배낭여행을 떠나기로 결심했다. 그는 형들에게 모로코와 포르투갈, 스페인에서 살고 싶다고 말하더니 어느 날 훌쩍 떠나버렸다.

몇 주 뒤에 집으로 돌아온 조시는 형들에게 워싱턴 D.C로 이사하겠다고 말했다. 조나단은 걔가 왜 그러는지 모르겠다며 푸념했다. 그곳에는 가족도, 친구도 한 명 없었다. 어쨌든 조시는 자기가 마음먹은 대로 워싱턴으로 날아갔다.

케이틀린의 의심이 커졌다. 워싱턴 D.C에는 백악관이 있었다. 미국 대통령, 국방부가 그곳에 있었다. 정신질환을 앓는 일부 환자들 중에는 정부에 집착하는 사람들이 있다는 것을 그녀는 알고 있었다.

어느 주말, 조나단은 조시를 만나러 워싱턴에 다녀온 이야기를 케이틀린에게 들려주었다. 직접 가서 보니 동생은 노숙자 쉼터에서 살고 있었다. 조시는 그게 당연한 일인 양 행동했다. 심지어 조나단에게도 거기서 하룻밤 자고 가라고 권하기도 했다.

"난 노숙자 쉼터에서는 안 자!" 조나단이 대답했다. "나랑 같이 집에 가는 게 어때? 그냥 집으로 가자." 이어서 조시에게 제안했지만 조시는 거절하며 자기에게 시간을 조금만 달라고 했다. 그러면 쉼터를 나와 아파트로 이사할 거라고, 생활비는 웨이터 일을 하며 벌겠지만 워싱턴은 떠나지 않을 거라고 말이다.

다시 몇 주 후 조나단은 눈물을 글썽이며 케이틀린의 집을 찾았다. 조시에게서 전화가 왔었다며 통화 내용을 전해주었다. 울먹이는 목소리로 전화한 조시는 조나단에게 말했다.

"불법적인 일은 뭐가 됐든 하지 마, 형."

"무슨 소리야?"

"불법은 절대 저지르지 말라고."

조시가 다시 말하며 덧붙였다.

"누군가 우리를 감시하고 있어."

조나단은 도무지 영문을 모르겠다고 말했다. 조시가 누구를 죽이기라도 했나? 경찰을 피해 도망 다니고 있었던 걸까? 아는 것이라고는 조시가 이번에는 집에 올 거라는 사실뿐이었다. 이미 뉴저지로 돌아오는 기차를 예약해 두었다고 했다.

케이틀린은 차마 조나단에게 말할 용기가 나지 않았지만 누군가 정말로 조시를 감시하거나 미행하는 건 아닐까 의문이 들었다. 그녀는 전에 심리학 수업에서 배운 모든 위험 신호와 노마와의 대화를 떠올렸다. 아니면 조시는 망상에 사로잡힌 것일까?

케이틀린이 이해하기로 망상은 정신질환을 가진 사람의 마음속에 매우 선명히 떠오르는 것이다. 주로 사람들이 자신에 대해 음모를 꾸미고 있고, 해코지할 계획을 세우고 있다는 식의 뚜렷한 발상으로 나타난다. 어쩌면 음모자들은 FBI, CIA, 혹은 백악관 소속일 수도 있고 외계인일 수도 있다. 망상은 때때로 환각과 동반되기도 하는데 종종 그 환각이 소리의 형태로 나타나서 목소리가 거의 진짜처럼 들리는 경우가 많다. 증상이 극도로 심한 경우 조울증 환자들은 망상이나 환각을 경험하기도 한다.

정신분열증 환자도 마찬가지다. 케이틀린이 배웠다시피 정신분열증은 보통 10대나 20대 초반에 생긴다. 조시는 스물한 살이었다. 세계 인구의 1퍼센트가 정신분열증으로 고통받는데 유전적인 요인이 한몫하기도 하고 더불어 환경적 요인과도 관련이 있다. 특히 어린 시절을 힘들게 보냈거나 스트레스가 심한 상황은 유전적으로 정신분열증에 취약한 사람에게 그 질환을 유발시키는 원인으로 작용할 수 있다. 망상형 정신분열증에 걸리면 흔히 사람들이 자기를 해칠 음모를 꾸미거나 자신을 질투하며 염탐한다고 믿는다.

케이틀린은 조시의 행동에 대해 알면 알수록 그들의 아버지에 대한 의문을 풀고 싶은 마음이 커졌다. 남자친구인 조나단은 그럴 필요성을 못 느낀다고 해도 그랬다. 그녀는 조시가 아버지와 비슷한 폭력성을 드러낼지도 몰라서 걱정됐다. 어쩌면 조나단을 다치게 할 수도 있다.

"조나단의 동생이 정신분열증을 앓는 것 같아요." 케이틀린이 노마에게 말했다.

"그 애 아버지도 그랬던 것 같고요."

"조나단에게 말해줘야 해."

노마가 조언했다. 조나단은 동생에게 정신질환이 있는지 확인할 필요가 있었다. 그리고 조시가 적절한 치료를 받도록 나설 필요도 있었다.

어느 날 밤, 조나단과 케이틀린은 함께 저녁을 먹으러 나갔다. 차를 타고 가면서 케이틀린은 학교에서 배운 정신분열증에 대해 조심스럽게 말을 꺼냈다.

"내 생각엔 너희 아버지가 그 병을 앓으셨던 것 같아. 그래서 망상이나 환각 속에서 어머니를 죽이신 거고." 그녀는 차분하게 말했다.

"어쩌면 조시도 그 병을 앓고 있을 수 있어."

"도대체 무슨 말을 하는 거야!" 조나단이 소리를 질렀다. 그는 차를 급히 돌려 집으로 향했다. 저녁 약속은 무산되었다.

"그래, 내가 잘못 생각한 것 같아. 미안해. 그런 뜻이 아니었어." 케이틀린이 수습하려고 했다.

"넌 조시로 사는 게 어떤 건지 몰라. 여태까지 걔가 어떻게 살아왔고, 어떤 일을 겪었는지 하나도 모른다고!"

"정말 미안해. 내가 함부로 판단하는 게 아니었어."

케이틀린은 다시는 그 이야기를 꺼내지 않기로 마음먹었다.

2008년 여름 그 아침, 요란한 소음이 조나단과 케이틀린의 잠을 깨웠다. 소리는 부엌에서 난 것 같았다. 문이 세게 닫히거나 무거운 주방용품이 바닥이 떨어질 때 나는 그런 소리였다. 조나단은 케이틀린에게 자기가 나가서 알아보고 올 테니 방에 있으라고 말했다. 부엌으로 가보니 이상한 점은 하나도 없었다. 아파트는 조용하기만 했다. 조시는 자기 방에서 자고 있거나 평소처럼 노트북으로 뭔가를 하고 있을 게 뻔했다. 다른 집에서 나는 소리였겠지.

조나단은 냉장고에서 물병을 꺼내 들고 돌아서다 동생과 눈이 딱 마주쳤다. 그는 멈칫해서 동생을 쳐다보았다. 조시는 평소와 다른 모습이었다. 가슴을 쭉 내밀고 눈을 부릅뜨고 있는 것이 정상적인 컨디션이 아닌 것처럼 보였다.

"너 무슨 일 있냐?"

조나단이 물었다. 그러자 조시가 발끈해서 쏘아붙였다.

"그딴 식으로 쳐다보지 마! 노려보지 말라고! 내 눈 똑바로 보지 말란 말이야!"

"왜 그래? 난 그냥 물을 가지러 왔을 뿐이야."

"어서 고개 돌려!"

대체 뭐가 잘못된 거지? 조시가 몇 달째 이상하게 굴고 있긴 했지만 이건 완전히 차원이 달랐다. 조시가 다시 경고했다.

"내가 쳐다보지 말라고 했다!"

하지만 조나단은 시선을 돌리지 않았다. 그러자 갑자기 얼굴에 주먹이 날아왔다. 다음엔 가슴을 가격당했다. 조나단은 양팔을 들어 올려 주먹질을 막으려 했다. 얘가 왜 나를 때리는 거지? 대체 무슨 짓을 하는 거야?

조시는 거실로 피해 나온 조나단을 벽으로 밀어붙였다. 그 충격으로 팔에 상처가 나서 피가 흘렀다. 조나단은 왜 이런 일이 벌어지고 있는지는 몰랐지만 일단 반격하지 않으면 안 될 것 같았다. 그는 동생에게 달려들어 바닥에 쓰러뜨렸다.

"왜 나를 해치려고 하는 거야? 나는 너를 사랑한다고!"

조나단은 멱살을 잡은 손에서 힘을 풀고 뒤로 물러났다. 동생이 일어나서 비틀거리는 모습을 지켜보았다. 그런데 갑자기 조시가 밖으로 뛰쳐나가더니 조나단의 트럭을 향해 돌진했다. 조나단은 아차 싶었다. 동생이 그 트럭에서 무엇을 찾을지 깨달은 것이다. 조수석 글로브 박스에 주머니칼이 들어 있었다.

케이틀린은 침실 문 너머로 그 소동을 보고 있었다. 그녀는 조시가 정신병 증세를 보이고 있다는 것을 알았다. 이 반지하 아파트에서 나가는 길은 현관밖에 없었는데 거기는 이미 조시가 막고 있었다. 창문들은 너무 작아서 빠져나갈 수가 없었다. 케이틀린은 빠져나갈 기회를 노리면서 기도를 했다. 눈앞에서 남자친구가 죽는 모습을 보게 될 판이었다. 조시는 그의 아빠가 엄마에게 했던 것과 똑같은 짓을 조나단에게 저지르려 하고 있었다. 심지어 그녀까지 죽일지도 몰랐다.

조시가 밖으로 나가는 걸 보자마자 케이틀린은 잽싸게 달려가 문을 잠갔다. 몇 분 후 조시는 문을 쾅쾅 두드리며 들어가게 해달라고 소리를 질렀다.

“경찰에 신고할게.” 그녀가 말했다.

“경찰은 안 돼.” 조나단이 케이틀린을 밀치고 문을 열었다. “과잉 대응할 필요 없어. 내가 조시를 진정시킬 거야.”

조시는 공허한 눈으로 집에 들이닥쳐서 나무 상자 쪽으로 향했다. 이모가 이사 선물로 형제들에게 선물한 식기류가 들어 있었다. 트럭에서 주머니칼을 찾지 못한 모양이었다. 그는 조리용 칼을 집어 들었다. 그리고는 한 손에 칼을 움켜쥔 채 공격 태세를 취하면서 조나단을 노려보았다. 그러더니 갑자기 충동을 억제하기라도 하듯 힘들어하며 방으로 들어갔다. 조나단이 케이틀린을 돌아보며 말했다.

“여기서 나가!”

“나를 차 있는 데까지 데려다 줘.”

조나단을 밖으로 끌어낼 방법은 그것밖에 없었다. 그녀는 손에 휴대전화를 쥐고 신발은 신지 않은 상태였다. 조나단이 또 화를 낼까 봐 정신분열증 얘기는 꺼내지 않았다. 하지만 어떻게든 그를 이 아파트에서 끌어내야만 했다. 조나단은 잠깐 그녀를 따라 나왔다가 다시 집으로 들어가려 했다.

“동생을 저렇게 둘 수는 없어.”

케이틀린은 경찰에 신고하면 조나단과는 그것으로 끝이 될 수도 있다는 걸 알았다. 하지만 조나단을 죽게 놔둘 수는 없었다. 그녀는 911에 신고하고 자신의 차 안에서 기다렸다. 부모님과 노마에게도 전화를 걸었다. 처음에는 노마가 전화를 받지 않아서 다급하게 음성 메시지를 남겼다.

"조시가 조나단을 죽이려고 해요! 칼을 가지고 있어요!"

몇 분 후 조나단이 아파트에서 뛰쳐나왔다. 그는 피를 흘리고 있었지만 살아 있었다. 조나단은 트럭에 뛰어올라 굉음을 내면서 케이틀린 옆을 지나쳤다. 신고를 받고 출동한 경찰이 트럭을 구석으로 몰았다.

케이틀린은 시동을 걸고 차를 움직이기 시작했다. 얼마 못 가 경찰에게서 전화가 왔다. 돌아와서 진술을 해달라는 요청이었다. 그녀는 슬슬 걱정되었다. 경찰이 조나단의 팔에 난 피를 보고 그가 칼을 든 사람이라고 착각하면 어쩌지? 그를 체포한다면? 케이틀린은 경찰서에 가서 자초지종을 설명했다. 조나단의 동생이 그를 공격한 거라고. 조시는 아직 아파트 안에 있었다.

어떤 위험이 있을지 몰라서 경찰은 아직 집안으로는 들어가지 않고 있었다. 그들은 조시에게 무기가 있는지 조나단에게 물었다. 만약 무기를 가지고 있다면 그가 공격하려 들 때 총을 쏴야 하기 때문이었다.

"제가 들어갈게요." 조나단이 말했다.

조시는 침실에 있었다. 조나단이 집에 들어간 사이 케이틀린이 경찰에게 말했다. "조시는 아픈 사람이에요." 그의 아버지가 아이들의 엄마를 죽였고 케이틀린은 그가 아마 정신분열증을 앓았을 거라고 믿었다. 조시도 그럴 수 있었다. 조시는 감옥이 아니라 정신병원에 가야 했다.

"조시, 경찰이 와 있어!"

조나단이 아파트 안에서 소리를 질렀다. 그러나 그의 동생은 여전히 방에서 나오지 않았다.

"문 부수기 전에 얼른 나와!"

같이 들어간 경찰관이 소리를 빽 질렀다. 드디어 조시가 모습을 드러냈다. 경찰관들이 그를 잡아 몸수색을 하고 수갑을 채운 다음 소파에 앉혔다. 그는 경찰의 질문에는 한마디도 대답하지 않으면서 히죽히죽 웃기만 했다.

"동생이 마약을 하나요?"

경찰이 물었다. 조나단은 모른다고 대답했다.

"저는 애를 위해서 최선을 다했어요. 제가 할 수 있는 한 잘 해주려고 열심히 노력했어요. 동생이 왜 이러는지 정말로 모르겠습니다."

경찰은 조시가 교도소나 병원으로 보내질 것이라고 말했다. 조시를 태운 구급차는 엘리자베스에 있는 트리니타스 지역 의료 센터로 향했다. 조나단은 케이틀린의 차에 탔다.

"나도 조시에게 문제가 있다는 건 알고 있었어."

웨슬리언 대학교를 뚜렷한 이유 없이 그만두고, 느닷없이 이 나라 저 나라 배낭을 메고 돌아다니고, 노숙자처럼 생활하고, 일하기를 거부하고, 때로는 씻지도 않는 등 작년 한 해 동안 심할 정도로 스스로에게 무책임하게 굴긴 했다. 조나단이 최대한 수긍할 수 있는 것은 조시에게 우울증이 왔을 수도 있다는 것이었다. 양친이 다 험하게 죽었으니 때때로 우울한 기분에 빠질 만하다고 말이다.

병원으로 향하는 길에 노마와 연락이 닿았다. 노마는 조시의 인생을 연대기로 정리해 보라고 조언했다. 태어나서부터 부모의 사망, 그동안 일어난 모든 특이한 사건과 그가 보인 이상한 행동까지 시간순으로 쓰라는 것이었다. 그러면 의사가 더 정확한 진단을 내리고 어떤 질환이 어느 정도로 진행되었는지 이해하는 데 도움이 될 거라고 했다.

조시는 의료보험에 가입되어 있지 않았다. 노마는 조나단에게 의료진이 물어볼 만한 질문들과 필요한 서류들을 준비하라고 일렀다. 그녀는 또 큰형 크리스와 이모 부부를 모시고 학교로 오라고 했다. 마지막 수업이 밤 9시쯤에 끝나는데 늦게까지 남아서 조나단의 가족에게 정신분열증에 관한 특강을 해줄 생각이었다.

병원에 도착하자 의사가 조나단을 따로 불렀다.

"동생 분은 환청을 듣습니다. 환각도 보고요."

조시는 망상형 정신분열증이었다. 의사는 가끔 조시 같은 증상을 가진 환자가 상대방에게 자기 눈을 들여다보지 말라고 요구하는데, 그건 상대방이 자기 생각을 통제하려 한다고 믿기 때문이라고 했다.

조나단은 정신분열증이 무엇인지 잘 몰랐으며, 그게 동생의 생각이나 행동을 어떻게 지배하는지는 더더욱 몰랐다. 그저 어서 동생을 보고 싶었을 뿐이었다.

의사들은 조시가 침대에 묶여 있는 방으로 조나단을 데려갔다.

"조시, 왜 나를 공격했어?"

조나단이 묻자 조시는 피식 웃더니 이렇게 말했다.

"우리 형은 툭하면 거짓말을 해요. 그래도 모두가 형의 말이라면 믿어버리죠."

"내가 무슨 거짓말을 했는데?"

조나단이 어이없다는 표정으로 물었다. 조시가 무엇을 얘기하는지 따지려는 거였는데 의사가 그를 한쪽으로 데려가 말했다.

"지금 저러는 것도 한 증상이에요."

조나단은 알겠다고 말하면서도 속이 상했다.

"하지만 저는 어떤 거짓말도 하지 않았다고요."

이렇게 말하며 방을 나가버렸다. 의사들은 조나단에게 그의 가족사, 특히 아버지에 관해 여러 가지를 물었다. 그는 노마의 조언대로 정리한 가족사를 의료진에게 건넸다.

갑자기 모든 것이 분명해졌다. 마침내 조나단은 오랫동안 부정해온 사실을 받아들이게 되었다. 케이틀린이 옳았다. 의사들이 옳았고 노마의 말이 맞았다. 조시는 정신분열증 환자였다. 아버지 역시 그 질환에 시달렸고 조시가 그 병을 물려받았다.

끔찍한 깨달음이었다. 조시가 정신분열증을 물려받았다는 말은 무슨 뜻일까? 조나단도 그 병을 물려받았을까? 크리스도? 만약 그들이 자식을 낳는다면 그 아이들도 정신분열증에 걸리게 될까?

조나단은 이모에게 전화를 걸었다. 아버지에게 피해망상적인 면이 있다는 걸 그녀가 알았는지 궁금했다. 세 형제는 너무 어려서 아무것도 몰랐는데 이모는 어땠을까?

이모는 알고 있었다. 이따금 그의 아버지는 몇 시간 동안 욕실에 틀어박혀 성경을 읽으며 울었다고 한다. 아들들의 방문 앞을 지키고 서서 그녀가 조카들을 보지 못하게 할 때도 있었다. 왜 그러냐고 물으면 자기 아이들을 독살할까 봐 무서워서 그런다고 했다.

조나단은 고민할 시간이 없었다. 해야 할 일이 있었다. 동생을 돌보고 이 문제를 해결해야 했다. 부모님처럼 죽음으로 끝나지 않도록 힘이 닿는 한 최고의 치료를 받게 해야 했다. 조나단은 절대로 동생을 버리지 않겠다고 이미 오래 전에 다짐했었다.

그날 밤, 조나단은 몇 안 되는 가족들을 데리고 킨 대학교로 노마를 만나러 갔다. 그리고 노마가 정신분열증의 생물학적 측면과 환경적 측면, 가능한 치료법, 예후에 관해 설명하는 것을 경청했다.

"난 이 문제가 어떻게 끝날지 알아. 조시는 자살하게 될 거야."

모임이 끝나자 조나단이 케이틀린에게 말했다. 하지만 그런 일이 일어나게 놔둘 수는 없었다. 조나단은 동생을 지키기 위해 할 수 있는 것은 뭐든 하겠다고 결심했다. 빚더미에 올라앉는다 해도, 평생 동생을 보살피며 살아야 한다고 해도 상관없었다.

진단을 받은 후 조시는 몇 주 동안 정신병원을 몇 군데나 옮겨 다니며 입원해 있었다. 그런데 왠지 더 이상해지는 것 같았다. 조나단이 정신병동으로 면회하러 가면 조시는 헛소리를 했다. 사람들이 모두 도마뱀처럼 걷고 있다며, 심지어 비둘기와 다람쥐들까지 그렇다는 것이었다. 그는 이것을 기적이라고 했다. 하느님이 도마뱀처럼 걷는 피조물을 통해 자신에게 신호를 보내고 말씀을 전하고 있다는 것이었다. 그러다 이렇게 말하기도 했다.

"어쩌면 내 머리가 돌아버린 것일 수도 있어."

조나단은 아무런 감정 없이 동생에게 말했다.

"조시, 너는 예수가 아니야. 그냥 미친 거야."

"그래, 형 말이 맞을지도 몰라."

하지만 곧 언제 그랬냐는 듯 침대에 누워 하느님의 또 다른 신호인 밝은 빛에 대해 장광설을 늘어놓곤 했다. 조나단은 그를 논리적으로 설득하려 했다.

"내가 네 옆에 이렇게 앉아 있으면 내 눈에도 그 빛이 보여야 하지 않니? 그런데 난 안 보이거든."

"아니야."

조시는 고개를 저었다. 그러면서 하느님이 오직 자신만을 위해 의도하신 일이라서 그렇다고 했다.

몇 주가 지나 조시는 퇴원했다. 집에 와서도 하루에 약을 한 알씩 먹어야 했다. 조나단이 매일 아침에 챙겨주었다. 약을 거부하면 거짓말을 했다. 병원에서 날마다 전화를 걸어 약을 먹었는지 확인하고 있고, 지시한 대로 하지 않으면 다시 입원해야 한다고. 그러면 약을 먹었다. 조시는 병원에 입원하는 것을 죽기보다 더 싫어했다.

조나단은 하루 스물네 시간을 동생을 돌보는 데에 고스란히 바쳐야 했다. 사람들을 만나거나 데이트를 할 시간은 조금도 없었다. 동생을 위해서는 자신을 희생할 수밖에 없었다. 그는 케이틀린에게 더 이상 연인으로 함께해야 할 시간을 할애할 수 없다는 사실을 깨닫는 중이었다. 만약 케이틀린이 그의 삶 일부로 남는다면 결국 그녀마저 위험에 처할 수 있었다. 조나단은 자신의 안전과 인생은 동생을 위해 기꺼이 내놓을 수 있었지만, 그녀의 안전과 인생을 위태롭게 할 수는 없었다. 그가 곁에 없는 편이 그녀에게는 더 좋을 것이었다.

조나단은 케이틀린에게 말했다. 선택의 여지가 없다고. 헤어져야 한다고. 그렇게 그는 단호하게 케이틀린과 헤어졌다.

몇 달이 지나 가을이 되었다. 후덥지근했던 날씨가 상쾌하고 서늘해졌다. 케이틀린은 토하고 싶은 충동과 싸웠다. 기를 쓰고 울음을 참느라 편두통이 생기곤 했다. 강박장애는 더 심해졌고 가슴은 쑤시는 듯한 통증으로 쿵쿵거렸다. 케이틀린은 자신이 결코 사랑하는 사람의 죽음을 감당할 수 없으리라는 것을 알고 있었다. 고통의 늪에서 헤어나오지 못할 게 뻔했다.

어느 날 밤, 노마는 케이틀린을 식당으로 불러냈다. 케이틀린이 핑계를 대며 나오지 않으려 하는 바람에 한참을 설득해야 했다. 케이틀린은 자리에 앉자마자 마르가리타 칵테일과 테킬라 두 잔을 시켰다. 그리고 테킬라를 마르가리타 잔에 부은 다음, 빨대

두 개로 한번에 들이켰다. 평소라면 노마가 천천히 마시라고 말렸을지도 모르지만 그날 밤에는 아무 말도 하지 않았다.

그 식당은 케이틀린과 노마의 만남의 장소가 되었다. 케이틀린은 몇 달 전에 해결된 줄 알았던 불안감에 대해 다시 얘기하면서 노마와 많은 시간을 보냈다. 노마는 케이틀린에게 다른 사람들을 걱정하고 조나단이나 엄마의 사랑을 얻으려 아등바등하지 않는 게 좋겠다고 말했다. 이 슬픔의 시간을 자기 자신에게 초점을 맞추는 데 쓰는 게 현명할지도 모른다고 몇 번이나 상기시켰다.

케이틀린의 고뇌에 대해 노마가 해석한 것을 이해하려면 에릭 에릭슨의 발달 단계를 다룬 수업 시간까지 거슬러 올라가야 한다. 노마는 케이틀린이 듣는 정신건강 수업과 죽음학 수업에서 에릭슨의 이론을 강의했다. 스물두 살의 케이틀린은 인생의 다섯 번째 단계, 에릭슨이 '정체성 대 역할 혼란'이라 불렀던 시기에 갇혀 있는 것처럼 보였다. 그 단계에서는 스스로 이런 질문을 던진다. '나는 누구인가?'

에릭슨에 따르면 적절한 사랑과 양육을 받으며 이전 네 단계를 거친 사람들은 삶의 도전들을 뚫고 나가게 해줄 강한 정체성이 형성된다. 노마는 이 시기가 20~30대까지, 때로는 더 길게 이어진다고 믿었다.

"어떤 사람들은 평생 이 단계에서 벗어나지 못해요."

노마가 학생들에게 말하곤 했다.

"정체성을 형성하지 못하고, 자신이 누군지 알아내지 못하는 겁니다."

그들이 그렇게 할 수 없다는 뜻은 아니라고 그녀는 말했다. 에릭슨이 믿었던 것처럼 삶은 끊임없이 변화하므로 정체성이 약했던 사람도 뒤늦게 확실한 정체성을 갖게 될 수 있다는 것이다.

에릭슨은 청소년기의 사랑을 '타인에게 자신의 불완전한 자아를 비추어 보며 점차 또렷해지는 자아상을 통해 정체성을 정의하려는 시도'라고 설명했다. 그래서 청춘기의 사랑에는 대화가 큰 비중을 차지한다.

에릭슨의 발달 이론에서 다음 단계인 6단계, 그가 '친밀감 대 고립감'이라고 이름 붙인 단계는 40대 이후까지도 지속될 수 있다. 그 단계는 인생의 동반자, 진정한 사랑을 찾는 시기다. 노마가 설명했다시피 이 단계에서 성인들은 친구 수십 명을 두기보다 아주 가까운 친구 몇 사람만 사귀는 게 더 중요하다는 것을 알게 된다. 또한 함께 삶을 꾸려갈 사람도 찾는다. 노마는 이 단계를 이렇게 요약했다. '또래 집단과 별개의 정체성을 가지기 전에는 친밀한 관계를 가질 수 없다. 자기가 누군지 알기 전에는 진짜 사랑을 알 수 없다.'

그녀는 제자들에게 말했다.

"여러분 자신부터 사랑해야 해요."

에릭슨은 이렇게 썼다. '불행히도 많은 젊은이들이 상대방에게서 자기 자신을 발견하길 희망하면서 결혼한다. 그러나 배우자로서, 부모로서 해야 할 초기의 의무가 방해 요소로 작용한다. 배우자의 변화가 그 해답인 경우는 드물다. 오히려 진정한 둘이 되기 위한 조건은 먼저 스스로 자기 자신이 되어야 한다는 사실을

현명하게 통찰할 줄 알아야 한다.'

케이틀린은 두 단계 사이에 끼어 있었다. 노마는 그녀에게 자기 삶에 대한 통제권을 꽉 붙잡고 있는 한편으로 한 발 떨어져서 다른 사람들이 각자의 삶을 해결하게 놔둘 필요가 있다고 조언했다. 그러나 그 말이 잘 먹히는 것 같지는 않았다.

집에 혼자 있던 어느 날 밤, 케이틀린은 크리스티나 아길레라의 노래 'Hurt'를 듣다가 엄마 생각이 났다. 만약 엄마가 약물 중독으로 돌아가시면 어떡하지? 엄마를 얼마나 사랑하는지 엄마에게 말할 기회조차 사라진다면? 케이틀린은 자기가 종종 엄마에게 못되게 군다는 걸 알고 있었지만 그건 엄마가 약물의 인질이 되어가는 것을 용서할 수 없었기 때문이다.

그녀는 엄마에게 편지를 쓰기 시작했다. 자기는 엄마를 미워하지 않으며 어린 시절에 대한 화를 품고 있지도 않다는 내용이었다. 다음 날 케이틀린은 엄마에게 편지를 드렸다. 엄마는 편지를 읽고 나서 케이틀린을 안아주며 고마워했지만 울지는 않았다. 엄마가 가족들 앞에서 눈물을 흘리는 일은 드물었다.

케이틀린은 노마에게 전화를 걸어 편지 이야기를 전했다. "기분이 좋아요, 선생님. 그 편지가 우리 삶을 바꿔줄 것 같아요."

그러나 노마는 그런 확신을 갖기엔 아직 이르다고 말했다.

"무슨 말씀이세요? 이건 굉장한 일이에요. 제가 어떤 기분인지 엄마에게 말하는 데 3년이 걸렸는 걸요?"

노마는 그녀에게 '작별 편지 쓰기'라는 아이디어를 가르쳐준 사람이다. 케이틀린은 그때 생각했다. 왜 내 기분을 말하기 위해 엄마가 돌아가실 때까지 기다려야 하는 거지?

사흘 후, 케이틀린의 엄마가 수십 알의 처방 약을 삼켰다. 2층에서 의식을 잃은 채 숨이 넘어가고 있는 엄마를 여동생이 발견했다. 케이틀린은 동생의 전화를 받고 병원 중환자실로 향했다. 도착해 보니 엄마는 산소호흡기를 달고 있었다. 마침내 깨어났을 때 그녀는 의식이 혼미한 상태에서 이름 하나를 반복해서 불렀다.

"케이틀린, 케이틀린, 케이틀린."

엄마가 의식을 완전히 찾은 듯 보였을 때 케이틀린이 할 수 있던 말은 하나였다.

"하지만 엄마, 제가 엄마에게 그 편지를 썼잖아요."

"알아."

엄마가 간신히 대답했다.

"엄마는 너를 정말 사랑해."

케이틀린은 생각했다. 엄마가 나를 그렇게 사랑하는데 왜 자꾸 죽으려고 하는 걸까? 왜 가족에게 끊임없이 고통을 안겨 주는 걸까?

노마가 죽음학 수업에서 내줬던 또 다른 과제는 '어린 시절의 자신에게 편지 쓰기'였다. 케이틀린은 수업 시간에 발표하는 게 두려웠던 지난날의 자신에게 편지를 썼다.

'네가 두려워하는 것들은 네가 신경 써야 할 필요가 없거나 문제될 게 없는 것들 뿐이야. 네가 마음을 써야 할 건 너의 행동

그리고 네가 다른 사람의 행동에 어떻게 반응하는지 하는 것들
이야. 너는 어리기 때문에 많은 책임을 지지 않아도 되는 자유를
만끽하려고 노력해야 해.'

　　나이를 먹은 케이틀린은 이제 자기 자신에게 귀를 기울일 필
요가 있었다. 케이틀린은 병원에 있는 엄마에게 찾아갔던 바로
그날 밤, 노마를 만나기로 했다. 의지할 사람이 노마밖에 없었다.
노마에게 너무 많은 부담을 안기는 것 같아 미안했다. 수업이 끝
난 지 한참 지난 시간에 전화해서 식당으로 불러내 마냥 붙잡고
있는 것이 마음에 걸렸다. 하지만 노마는 전혀 개의치 않았다.

토론 수업 자살, 살인, 정신질환에 대하여

만일 지구상에서 한 가지 병을 없앨 수 있다면 어떤 병이

떠오르는지, 그 이유는 무엇인지 정리해 이야기해 봅니다.

Chapter 6.

호스피스 수업

일요일 아침, 노마는 제자 스테파니를 킨 대학교에서 차로 두 시간 거리에 있는 시사이드 하이츠로 데려갔다. 스테파니의 부모님을 함께 만나기 위해서였다. 스테파니의 엄마는 알코올중독자였고 아빠는 막 감옥에서 출소한 상태였다. 스테파니가 10대였을 때 두 사람은 노숙자 생활을 했고 그녀는 등록금을 마련하려고 두 가지 일을 하며 혼자 힘으로 대학에 들어갔다.

케이틀린이 자신의 엄마가 약물을 과다 복용할까 봐 두려워했듯이, 스테파니도 죽음학 수업에 등록했을 당시 엄마가 알코올 과다 섭취로 죽을까 봐 두려워했다. 벌써 부모님을 못 본 지 몇 달째였다.

노마는 스테파니에게도 특별한 관심을 가지고 있었지만, 시간이 지나도 몇몇 제자들처럼 가까워지지는 않았다. 하지만 노마는 스테파니가 가족과 재회할 때 차를 태워주고 곁에서 지켜주는 것만으로도 도움을 줄 수 있을 거라 믿었다. 스테파니의 엄마는 1년 전 술에 취해 교통사고를 당한 후로 부상에서 아직 회복이 되지 않은 상태였다. 엄마가 알코올중독으로 죽지 않을까 걱정하던 스테파니는 노마 교수가 간호사 경험을 살려 엄마의 건강을 살펴줄 수 있을 거라고 생각했다.

노마의 차가 오전 11시를 막 지나서 모텔 앞에서 멈췄다. 길 건너 술집에는 오토바이를 몰고 다니는 바이커들로 가득했다. 노마는 주차 미터기 앞에 차를 댔다. 1층 프런트 직원은 2층으로 올라가는 손님들을 목을 길게 빼고 쳐다보았다. 30호실 밖, 난간 근처에서 나이 든 한 여자가 떨리는 손으로 담배를 피우고 있었다. 그녀는 파란색 방수포가 덮인 텅 빈 수영장 너머를 응시했다. 앞니가 빠진 푸석푸석한 얼굴에 지저분한 금발을 투명한 플라스틱 머리띠로 고정시키고, 오른발에는 주황색 운동화를 신고 왼발에는 깁스를 한 모습이었다. 색 바랜 데님 재킷에 받쳐 입은 흰 티셔츠 밑으로 아랫배가 불룩 튀어나와 있었다. 스테파니의 엄마였다. 그녀는 이미 술에 취해 있었다.

30호실은 더블 침대 두 개가 간신히 들어갈 만한 크기였다. 매트리스 위에는 분홍색과 버건디색이 섞인 담요가 덮여 있었는데, 창문에 커튼처럼 늘어뜨린 분홍색과 버건디색 블라우스와 색깔이 같았다. 노마는 먼저 스테파니의 아빠에게 말을 걸며 문밖에 서 있었다.

한편 스테파니 부모님의 친구라고 소개한 한 중년 남자가 비틀거리며 방으로 들어가더니 미니 냉장고에서 맥주 한 병을 꺼내

벌컥벌컥 마시기 시작했다. 워싱된 청재킷을 걸친 그는 눈이 충혈되어 있었고 턱과 뺨에는 수염이 까칠하게 자라 있었다. 그는 스테파니를 부르더니 밖에서 우연히 마주치고 몇 마디 얘기를 나눈 여자에 대해 물었다.

"뭐하는 여자야? 의사인가?"

"석사, 박사 같은 여러 학위를 가지고 계신 분이세요."

"이런, 나는 C형 간염에 걸렸다고 했는데."

그때 노마가 미소를 지으며 안으로 들어왔다.

"박사님이시군요!" C형 간염 보균자가 말했다.

"저는 교사예요." 노마가 정정했다.

그때 스테파니의 엄마가 침대에서 벌떡 일어났다. 그러더니 낯선 여자의 침입에 화가 난 듯 방을 왔다갔다 하기 시작했다. 노마가 다가가 악수를 청했다. 그녀는 노마의 손을 잡자마자 홱 끌어당겼다. 앞으로 고꾸라질 뻔한 노마가 "어이쿠" 소리를 냈다.

"어이쿠라니, 무슨 뜻이야?"

엄마가 눈을 내리깔고 손아귀에 힘을 더 주면서 말했다. 스테파니는 나중에 "엄마는 술에 취했을 때나 안 취했을 때나 항상 싸움꾼이었어요"라고 말했는데 그때도 공격 태세였다.

"저를 끌어당기시는 줄 알았어요." 노마는 눈 하나 깜짝하지 않고 말했다. 마치 괜찮다, 계속해라, 라고 말하는 듯했다. 스테파니의 엄마는 장난스럽게 웃으며 응수했다.

"난 마가렛이라고 해요."

"힘이 세시네요, 마가렛."

"맞아요. 나 힘 세요."

손을 풀지 않은 채 마가렛이 말했다. 그녀는 '간호사 겸 교사 겸 박사라는 이 여자는 대체 누구야?' 하는 듯한 표정을 지어보였다. 그리고 노마의 얼굴에 자기 얼굴을 바짝 들이대고 콧김을 뿜으며 말했다.

"그래서, 도대체 여기는 왜 온 거예요?"

"들어보세요, 마가렛. 제가 여기 온 건 당신이 정말 힘든 시간을 보내왔다는 걸 알기 때문이에요."

노마는 이어서 스테파니가 대단하다고 생각한다고 설명했다.

"……그래서 저는 때때로 알아내려고 노력해요. 어려움 속에서도 어떤 사람들은……."

"잠깐, 거기까지!"

스테파니의 엄마가 뒤로 물러나며 말했다.

"한마디 좀 하죠……. 나는 가끔 기도해요. 알다시피 하느님은 듣고 있잖아요."

술기운 때문에 발음이 분명하지 않았다.

"내 딸은 강한 아이에요. 하느님께 감사하죠. 적어도 나에게서 뭔가를 물려받았으니까. 또 하느님께 감사한 건 알코올중독 부모 밑에서 컸는데도 저 애는, 저 어린 애는 자기 아파트도 갖고, 차도 직접 사고, 매일 일하러 나간다는 거예요."

침대에 축 늘어져 있던 남자 방문객이 중얼거렸다.

"애들이 죄다 인물도 좋고 똑똑하지."

거울을 장식한 사진의 주인공들, 마가렛의 세 딸들에 대해

하는 말이었다.

"보통 똑똑하면 못생겼는데 말야."

"제가 맥박 좀 짚어봐도 될까요?"

노마가 마가렛에게 물었다.

"몰라요, 관심 없어요."

"이분은 간호사세요."

스테파니가 말했다. 이윽고 노마가 조심스럽게 손을 뻗었다. 마가렛의 표정이 부드러워졌다. 노마의 손을 잡은 그녀의 손아귀도 힘이 약해졌다. 노마는 그녀의 맥박이 빨라지는 것을 느꼈다. '아마 술 때문일 거야. 탈수 증상이군.' 마가렛은 자기가 담배를 피우는 중이었다는 것도 잊고 있었다. 재떨이에는 검은 뱀처럼 재가 길게 이어져 있었다. 다음으로 노마는 다리 깁스 아래를 확인했다. 이때 밖에서 비명 같은 목소리가 울렸다.

"마가렛!"

"왜!"

마가렛도 소리를 지르며 받아쳤다. 마가렛을 부른 주인공은 방문객들 때문에 신경이 쓰인 프론트 데스크 직원이었다. 마가렛은 발코니로 가서 난간 너머로 몸을 내밀고 외쳤다.

"내 딸이야!"

"전부 다?"

마가렛을 따라 나온 사람들을 훑어보며 직원이 물었다. 스테파니의 아빠는 몸을 기울이고 한 사람 한 사람 가리키며 말했다.

"저 애가 내 딸이고, 이분은 딸의 선생님이셔."

"이해를 좀 해주세요."

직원의 말투가 갑자기 상냥해졌다. 마치 노마가 감사를 나온 위장 근무자일 수도 있다는 걸 깨달은 사람 같았다.

"우리가 모르는 사람은 여기 있으면 안 되거든요."

"괜찮아요."

"확인해 주셔서 감사합니다. 우리는 이제 갈 거예요."

계단으로 걸어가면서 스테파니의 엄마는 노마의 손을 마지막으로 한 번 더 꽉 잡았다.

"있잖아요, 난 나쁜 사람이 아니에요."

노마도 그녀의 손을 다정하게 잡았다.

"압니다. 나쁜 사람 아닌 거요. 졸업식 때 뵐게요."

노마는 그렇게 얘기하고 돌아섰다. 밖으로 나간 노마는 보도로 걸어 내려가 몇 분간 저 너머의 바다를 물끄러미 바라본 뒤 가게에서 오렌지 커스터드 한 조각을 샀다.

"제가 교수님과 모르는 사이라면 창피했을 것 같아요."

차로 돌아가는 길에 스테파니가 말했다.

"엄마를 불쌍하고 딱하다고 여기지 말아주세요."

"전혀 그렇게 생각 안 해. 엄마는 당장 내일 돌아가실 분도 아니잖아. 오히려 1년 후에도 살아 계실걸? 하지만 엄마가 계속 이런 식으로 생활하신다면 네 곁에 오래 머무를 수 없을 거야. 그건 알지?"

"저를 위해 술을 끊을 거예요. 멀쩡한 정신으로 지내실 수 있게요. 그리고 식사도 잘하실 거고요. 제가 그렇게 만들 거니까요.

하지만 그러려면 온종일 엄마 옆에 붙어 있어야 하잖아요. 일하거나 학교에 다닐 수 없을 거예요.”

노마는 스테파니에게 학교에 계속 다녀야 한다고 말했다.

“그게 네 스스로 자랑스러워지는 길이야.”

“알아요, 교수님. 하지만 부모님께 돈을 드릴 수 있으면 더 좋을 거예요.”

“그런 얘기는 하지 마. 돈을 드리면 부모님이 그 돈으로 뭘 하실지 너도 알잖아.”

차 안의 분위기가 점점 가라앉았다. 스테파니는 플라스틱 숟가락으로 커스터드를 떠먹었다. 그렇게 한참을 가다가 노마가 침묵을 깼다.

“그래도 오늘은 바다를 봤잖아. 정말 아름다웠어.”

노마는 마치 내면에 레이더가 장착되어 있는 듯, 주변의 누군가가 자신의 도움이 필요할 때마다 그것을 감지했다. 학생들은 그녀의 핸드백을 메리 포핀스 가방이라고 불렀다. 뭐가 필요하니? 손 세정제? 다이어트 쿠키? 머리빗? 괜찮은 장례식장 명함? 그녀의 가방 속에는 없는 게 없었다.

노마의 육감은 간호학교 시절부터 시작되었지만 어쩌면 그보다 더 오래전부터 싹 트고 있었는지도 모른다. 그녀는 자신이 지켜보는 가운데 죽음을 맞이한 첫 번째 환자에게서 그런 느낌을 받았던 것을 기억한다. 신체 기능이 멈춰가고 있던 어느 할머니였는데 아직 수습 간호사였던 노마가 닷새 동안 돌보던 중이었다.

한밤중에 기숙사에서 자고 있던 노마는 갑자기 잠에서 깼다. 아침 7시에 교대 근무를 하러 중환자실로 또 가야 한다는 생각에 답답함을 느끼며 누워 있었다. 기숙사는 병원과 붙어 있었다. 휴식이 필요했지만 다시 잠들 수가 없었다. 온갖 치료를 받고 있는 할머니 생각이 머릿속에서 떠나질 않았다. 그녀는 침대에서 내려와 잠옷 위에 푸른색 병원 가운을 걸치고 신경과 중환자실로 향했다.

야간 근무 간호사가 손이 모자라던 참이라며 반가워했다. 노마가 보살피던 환자가 죽어가고 있는데, 다른 환자 두 명이 방금 심장발작을 일으켜 노마의 환자를 지킬 사람이 부족하다는 것이다. 노마는 즉시 병실로 들어가 환자의 손을 꼭 잡고 마지막 숨을 내쉴 때까지 조용히 말을 걸어주었다. 노마는 이후에 각양각색의 죽음을 수없이 목격했지만 그 첫 번째 죽음의 고요함과 평화로움을 평생 잊지 못했다.

또 이런 일도 있었다. 그녀가 버지니아 대학교 의료 센터에서 간호사로 일할 때다. 퇴근길에 병원 근처를 걷고 있는 한 남자 노인이 눈에 띄었다. 그는 목에 방사선 치료를 받은 잔혹한 흔적인 검은 반점이 있었다. 그는 지치고 외로워 보였고 쇠약한 몸으로 혼자 병원을 배회하고 있었다. 그래서 노마는 자기 룸메이트들과 함께 점심이나 먹자며 노인을 집으로 초대했다.

룸메이트들 역시 간호사였고 버지니아 대학교 의료 센터에 오기 전부터 친구 사이였다. 룸메이트들은 그녀가 노인을 데려와도 놀라지 않았다. 오히려 다음에는 어떤 길 잃은 사람을 집에 데려올 거냐며 농담을 던졌다.

내면의 도우미 사이렌이 울릴 때마다 노마는 전혀 예상치 못한, 때로는 뭐가 뭔지 판단이 안 서고 때로는 어처구니없는 상황으로 끌려들어가는 일이 생겼다. 예를 들어 캠퍼스에서 두 시간 거리에 있는 여자 교도소에서 무보수로 수업하겠다고 결심했을 때처럼 말이다.

교도소에 방문해 수업할 방으로 들어서니 스물네 명의 재소자가 앉아 있었다. 두 번째 줄에는 욕조에 자기 아이를 익사시킨 여자가, 맨 뒷줄에는 경찰관 두 명을 총으로 쏴 죽인 트랜스젠더가 있었다. 맨 앞줄에는 친구를 토막 살해해 머리와 다리, 상체를 각기 다른 세 도시에 버린 전직 스트리퍼가 있었다. 그날 노마의 무료 수업 주제는 '안전한 성관계와 성병'이었다.

노마는 늘 우스갯소리로 자기 안에는 위협 요소에 대해 경고해 줄 위험 버튼이 없다고 했다. 뚜렷한 경각심이 들지 않는다는 뜻이었다. 제자들에 관해서라면 신중한 그녀가 자기 자신에 관해서는 그다지 조심성이 없었다.

언젠가 제자들을 한가득 밴에 태우고 지역사회에 봉사하는 현장 학습을 나갔을 때였다. 앨라배마에서 잠시 정차한 동안 한 학생이 길 잃은 개를 쓰다듬어주겠다고 캄캄한 어둠 속으로 달려갔다. 노마는 순간 심장이 멎는 것 같았다. 그 학생이 개에게 물리거나 전염병이라도 옮을까 봐 안절부절못했다. 학생이 돌아왔을 때야 비로소 안도의 한숨을 내쉬었다. 곧 차가 다시 달리기 시작했는데, 고속도로 입구 어둠 속에 앉아 있는 어느 노숙자를 발견했다. 그는 마약 중독자로 보였다.

"차 좀 세워보세요!" 운전하고 있는 봉사자에게 소리쳤다.

"여기 먹을 게 좀 있을 거예요." 그녀는 밴 안을 뒤지더니 밖으로 뛰어내렸다. 그러고는 이가 다 빠지고 신발도 신지 않은 그 남자에게 다가가 바나나 반 개와 두유를 건넸다.

"잠깐, 이건 좀 짚고 넘어가야겠는데?"

뒷자리에 앉은 학생이 입을 열었다.

"그러니까 난 강아지를 쓰다듬어서는 안 되지만, 교수님은 마약 중독자에게 먹을 걸 줘도 되는 건가?"

개를 쓰다듬고 왔던 그 학생이었다. 노마는 나중에 이 얘기를 듣고 킥킥 웃었다. 어느 정도 웃기는 상황이었음을 인정한다는 의미였다.

그 장거리 여행 중에 버밍햄의 홀리데이 인Holiday Inn에 잠시 머물던 때였다. 체크인을 하던 노마에게 호텔 매니저가 19년을 함께한 강아지가 그날 죽었다고 얘기하면서 울음을 터뜨렸다. 그녀는 죽은 개를 근처 장례식장 안치실에 두고, 돌아오는 주말에 장례식을 치를 계획이었다. 노마는 조식 식당에서 차가운 스크램블에그와 잉글리시 머핀을 접시에 놔둔 채 제자들과 호텔 매니저와 함께 작은 애도식을 가졌다.

어떤 이는 그녀의 배려심이라고 했고 다른 이는 노골적인 참견이라고 했다. 하지만 나는 그녀의 성향을 이해했다. 나도 기자로서 비슷한 습관이 있었기 때문이다.

한번은 우리가 느닷없이 뉴욕 북부 숲속에 있는 절에 찾아간 적이 있었다. 노마가 법회를 열고 있는 저명한 승려를 만나고 싶어 했기 때문이었다. 그녀는 불교에 대해 몇 가지 물어보고 싶었다. 그러니까 우리는 라마 승려가 호흡에 초점을 맞추고 명치에 신경을 집중하는 법에 관해 이야기를 시작할 때 느닷없이 나타난 것이었다. 법회가 끝나자 노마는 라마 승려를 붙잡고 그녀를 유기농 점심식사에 초대하도록 설득했다.

그녀의 뻔뻔함과 대담함은 숨겨진 총들과 주먹다짐, 떼거지로 했던 식사로 점철된 어린 시절의 경험이 어느 정도 영향을 미쳤다. 하지만 소름끼치는 공포와 광기에 대한 인내심은 신경과 중환자실과 정신병동에서 수년간 근무한 일과 관련이 있었다. 그녀처럼 간호사 경력을 쌓은 사람은 웬만한 일에는 눈 하나 깜짝하지 않는다. 그녀는 어떤 여자의 안구를 제자리에 넣고 봉합 수술을 하고 있는 의사와 저녁 식사 계획에 대해 이야기를 한 적도 있다.

그런가 하면 노마는 성전환 수술이 보편화되기 훨씬 전에 여자에서 남자로 성전환 수술을 받은 환자를 만난 적도 있다. 한때 여자였던 그는 자신의 살로 만든 음경을 이식받았는데 음낭 펌프를 압박하면 공기가 주입되면서 발기가 가능했다. 그로부터 수년 뒤, 부검 현장 학습에 갔을 때 학생들은 완전한 발기 상태로 검시소 책상에 놓인 시신을 보게 되었다.

“교수님, 어떻게 저럴 수가 있죠?”

노마는 간호사 시절에 봤던 트랜스젠더 환자의 사례를 떠올리며, 그 사망자가 공기주입식 보형물을 갖춘 음경 임플란트를 받은 것이라고 설명했다.

노마 교수에게는 어떤 것도 특이하지 않았다. 오히려 별나면
별날수록, 은밀하면 은밀할수록 더 편안하게 느껴졌다. 복잡한 문
제를 가진 사람일수록 육감으로 통하는 게 있는 것처럼 노마에
게는 기이한 문제를 가진 사람들이 끌려왔다. 그 끌림은 쌍방이
었다.

노마는 성인기를 '다음 세대에 교훈을 전달하는 시기'라고
믿었다. 그래서 우리가 열심히 노력해서 길러내는 덕목들은 우리
가 죽은 후에도 이어질 수 있다고 생각했다. 학생들에게 강의한
대로 노마는 에릭 에릭슨이 말한 일곱 번째 인생 단계인 '생산성
대 침체기'라는 개념을 받아들였다. 에릭슨에 따르면 이 시기는
다음과 같은 질문들로 귀결된다. '나의 유산은 무엇인가? 다음 세
대를 위해 무엇을 남길 것인가?'

노마는 만약 사람이 인생의 초기 단계에서 자신의 정체성을
깨닫지 못하고 진정한 사랑이나 친밀한 관계를 찾지 못한다면, 성
인이 되어 불평만 늘어놓는 비참한 사람이 될 수 있다고 말했다.
'무엇도 그/그녀를 행복하게 만들지 못하는 것'이다. 누구도 마음
에 들지 않고, 아무것도 그들을 만족시킬 수 없다. 심지어 로또에
당첨된다고 해도 마찬가지다. 이런 방식으로 살아가는 삶은 에릭
슨의 생애주기 이론에서 죽음 직전인 마지막 단계에서 심각한 좌
절로 이어질 가능성이 높다.

그러나 에릭슨이 이전 단계에서 설명한 모든 덕목을 발전시

킨 사람들, 자기 자신을 알고 이해하며 사랑하게 된 사람들, 진정한 친밀감을 찾고 자신의 경력이나 창의성, 공동체 활동에서 목적을 발견한 사람들은 성인기에 다른 태도를 갖게 된다. 그들은 자식을 위해 더 나은 삶을 만들고 싶어 하며, 자식이 없더라도 주변 사람들을 위해 무언가를 남기려고 노력한다. 에릭슨의 이론에 의하면 이것이 생산성이다. 생산성은 생산력과 배려, 어떤 대의나 사람들, 더 큰 보편적 목표에 헌신하는 행동을 강조하는 용어로 에릭슨이 만들었다. 교사는 여러 측면에서 무언가를 돌려주고 전수하는 사람의 궁극적인 모범이다.

매 학기 노마는 죽음학 수업을 듣는 학생들을 데리고 호스피스 센터에 방문했다. 하루하루 죽음에 가까워지는 사람들을 만나게 하기 위해서였다. 환자들이 그곳에 들어가려면 여섯 달을 못 넘길 거라는 의사의 진단이 있어야 한다.

파더 허드슨 하우스는 삐걱거리는 계단이 있는 아늑한 호스피스 센터로, 간호사들이 어디에든 가득했다. 키가 작은 할머니 샐리 소장도 그들 중 한 명이었다. 그녀는 홀로 고통 속에서 죽어가는 사람들에게 관심을 갖기 시작한 1970년대부터 불치병 환자들과 함께해오고 있었다. 당시 간병인들은 죽어가는 환자들의 집으로 찾아가 도움을 주고 있었는데, 경제 사정이 어려운 환자들에게는 생을 마감할 방 한 칸조차 없다는 사실을 깨닫게 되었다. 그때부터 파더 허드슨 하우스 같은 호스피스 시설이 뉴저지에 문을 열기 시작했다.

간호사로 사회에 나선 이후, 뇌종양으로 세상을 떠난 서른일곱 살의 조카를 포함해 샐리의 가족 몇 명도 호스피스 센터에서 생을 마감했다. 그곳에 오는 사람들 중에는 가족이 없는 사람들도 있다고 했다. 직원들은 그들의 친척을 찾아내려고 인터넷을 검색하고, 심지어 최초의 연방 이민국이 있던 곳인 엘리스 아일랜드까지 가서 기록을 샅샅이 뒤졌다.

파더 허드슨 하우스는 한때 호스피스 안내견의 고향 같은 곳이었다. 벽에는 금색과 녹색의 테두리가 둘러져 있고, 목재 청둥오리들과 피아노, 낡은 대형 카세트 오디오, 그리고 베니 굿맨 CD들과 '파리의 선율'이나 '제2차 세계대전의 노래들' 같은 제목이 붙은 사운드트랙들, 영화 〈싱잉 인 더 레인〉의 사운드트랙이 가득 든 상자로 곳곳이 장식되어 있었다. 백발의 노인들이 의자에 비스듬히 기대 앉아 TV를 최대 볼륨으로 튼 채 미국의 장수 퀴즈 프로그램 〈제퍼디〉를 보고 있었고, 몇몇 환자들은 벽에 달린 핸드레일에 의지해 절룩거리며 복도를 지나갔다.

호스피스 현장 학습 때마다 노마는 의사가 예상한 6개월보다 더 오래 살고 있던 96세의 노인, 짐을 보러 파더 허드슨 하우스에 들렀다. 짐은 당뇨로 두 다리를 전부 잃은 상태였다. 노마는 "내가 제일 좋아하는 분이 여기 계시네!"라고 탄성을 지르곤 했다. 그의 코는 움푹 꺼져 있었고, 눈은 핏발이 섰으며, 손은 오랜 세월 선박에서 일한 탓에 두껍고 거칠었다. 학생들도 짐을 좋아해서 뭉툭하게 절단된 다리를 담요로 가린 그의 옆에 앉아 그가 들려주는 이야기에 귀를 기울였다. 주로 가족과 배에서 생활했던 시절의 얘기였다.

현장 학습이 끝나고 다음 수업 시간이 됐을 때 몇몇 학생들은 아무리 간호사들이 친절해도 호스피스 센터에서 죽음을 맞이하는 건 너무 서글픈 일일 거라고 이야기했다. 그곳은 훌륭한 점이 많았지만 너무 암울해 보였다. 리모델링을 할 필요가 있겠다는 얘기도 나왔다.

"그럼 우리가 해보자!"

자신이 무슨 일을 벌이려고 하는지 완전히 확신하지 못한 채 노마가 말했다. 그래도 죽음학 수업 학생들은 그 아이디어를 뚝심 있게 밀고 나갔다. 2주도 안 되어 노마와 학생들은 눈부시게 환한 색으로 벽을 칠하고, 밝은 색 책장을 들여놓고, 벽에 황금색 태양과 나무를 그렸다. 게임방과 휴게실, 미용실을 개조할 자원봉사자들도 50명 가까이 모집했다. 그들이 벽을 칠할 동안 짐은 늘 그렇듯 쾌활하게 바다 위에서 보낸 시간에 대해 이야기했다. 작업이 끝나자 그곳은 색색의 무지개 빛으로 탈바꿈되었다.

그럼 짐은 어떻게 됐을까? 그는 변신한 호스피스 센터에서 열두 학기 넘게 죽음학 수업 학생들을 맞이하면서 주변의 많은 환자들보다 더 오래 살았다. 어떤 의사도 그렇게 오래 살 거라고는 예상하지 못했을 것이다.

그 작업은 주말 하루에 반짝하고 끝낸 작은 프로젝트에 불과했다. 리얼리티 TV 쇼처럼 과정을 담아낼 카메라도, 부유한 후원자도 없었다. 학생들은 페인트 비용을 직접 모금했고, 가구와 장식품들도 발품을 팔아 어렵게 기증받았다. 이것이 활발한 생산성에 대한 에릭슨의 이론이었고 노마가 오래전 트레일러에서 강아지와 사는 외로운 110세 노인에게서 얻은 교훈이었다.

파더 허드슨 하우스가 새롭게 단장한 후, 학생들은 또 다른 호스피스 시설을 꾸미기 위해 힘을 모았다. 이번에는 죽어가는 아이들을 위한 곳이었다. 노마는 자신의 연구실 문, 버지니아 공대 총격 사건의 생존자들에 관한 기사 바로 옆에 표어를 붙였다. 에릭 에릭슨에게 퓰리처 상과 전미 도서상을 안겨준 심리분석 전기《간디의 진실: 호전적 비폭력의 기원에 대하여》에 나오는 문구였다. '세상에서 보고 싶은 변화, 당신이 실천하라Be the change you want to see in the world.' 마하트마 간디가 한 말이었다.

2008년 말, 호스피스 시설들을 새로 단장한 죽음학 수업 학생들은 노마를 기획자 겸 고문으로 두는 지역사회 봉사 단체를 설립하기로 결심했다. 그들은 이를 '변화의 실천Be the Change'이라고 불렀다.

어느 날 아침, 뉴브런즈윅의 크래비엘 파크웨스트 영안실 주변 차도와 인도에는 무릎 높이까지 쌓인 더러운 눈더미가 마치 무덤을 파고 남은 흙더미처럼 늘어져 있었다. 영안실에서는 노마 이웃의 장례식이 치러지고 있었다. 노마의 파트너인 노먼과 남자들은 야물커yarmulke라고 하는, 유대인 남자들이 정수리 부분에 쓰는 작고 납작한 모자를 쓰고 있었다. 노마 커플과 딸 베카는 둘째 줄에 앉아 과부의 뒤를 지켰다.

노마 가족과 오랫동안 친구였던 폴 그리밍거는 홀로코스트

Holocaust에서 살아남았을 뿐 아니라, 나치의 오스트리아 침공에 한발 앞서 1938년 팔레스타인으로 떠나 그곳에서 영국군으로 참전했다가 나중에 이집트에 정착하는 등 파란만장한 삶을 여든여덟 해 동안 살았다. 전쟁이 끝난 뒤에는 러트거스 대학교 영양학과 교수가 되어 노마의 동네인 하이랜드 파크에 정착했다. 그러나 2008년 가을에 병이 들어 대동맥판막 치환술을 받아야 했다. 그 수술을 받으면 1년은 더 살 수 있다고 의사가 말했다.

그는 머리가 비상했고, 매일 아침 신문을 읽으며 하루를 시작했다. 종종 《뉴욕 타임스》에 편지를 보내는 것을 즐겼다. 자녀가 네 명에 손주가 아홉 명 있었으니 1년은 더 살 가치가 있으리라 생각했다. 가능하다면 더 오래 살고 싶었다. 하지만 나이와 몸 상태를 생각해 봤을 때 수술 중에 합병증 같은 문제라도 발생할까 싶어서 수술 날짜를 2008년 11월 5일로 잡았다. 11월 4일에 버락 오바마에게 투표할 기회를 놓치고 싶지 않았기 때문이다. 선거일에 그리밍거와 아내 올가는 투표소로 가서 권리를 행사한 다음, 뉴욕 장로회 병원에서 수술받을 준비를 했다.

문제는 정말로 발생했다. 그리밍거가 호흡 부전을 일으켜 인공호흡기를 달아야 했던 것이다. 음식물을 공급하기 위해 목에 관을 삽입했고, 이후 넉 달 동안 올가가 병원과 집을 부지런히 오갔다. 그의 상태는 호전된 것처럼 보였지만 2월 중순에 이르러 폐렴에 걸리고 말았다. 노마가 그리밍거의 가족에게서 전화를 받은 건 토요일 밤이었다. 그들은 노마가 죽음학 수업을 하는 간호사라는 것을 알고 있었다. 앞으로 어떤 일이 벌어질지 알고 싶어 하는 그들을 앞에 앉혀놓고 노마는 죽음의 과정에 대해 가르쳐주었다. 모르핀이 어떻게 작용하는지, 죽음이 임박해졌음을 나타내는 징후는 어떻게 읽어내야 하는지 하는 것들이었다. 그리밍거는 다음 날 아침 숨을 거두었다.

그의 장례식에는 관도 없었고, 시신을 곱게 단장해 조문객들에게 보여주는 일도 없었다. 장엄한 연설과 시적인 헌사, 좀이 쑤시는 아무것도 모르는 아이들, 몇 줄 떨어진 자리에서 금방이라도 꾸벅꾸벅 잠들 것 같은 백발의 할머니……. 은퇴 기념식에라도 온 것처럼 참석자들은 쾌활해 보이기까지 했다.

"유체 이탈을 체험하는 기분이네요. 가볍게 붕 뜨는 느낌?"

곱슬머리에 안경을 쓴 그리밍거의 딸이 강단에 서서 담담히 말했다.

"세상의 모든 딸들이 자기 아버지를 위대하게 생각하는지는 모르겠어요. 하지만 저는 그래요. 제게 아버지는 모르는 게 없는 분 같아요."

장례식은 영어와 히브리어로 읽는 기도문, 에드워드 에스틀린 커밍스의 작품 시 낭송에 이어 유족의 집에서 손님들을 접대한다는 추모식 초대로 끝났다. 조문객들은 일어나 뒷문으로 나가기 위해 줄을 서며 유족들을 포옹했다.

그러나 잠이 들 것처럼 보인 백발의 할머니는 일어나지 않았다. 눈송이 무늬가 그려진 검은색 케이블 스웨터, 검은색 바지, 검은색 신발 차림으로 의자에 푹 파묻혀 있었다.

"여기 혹시 의사 안 계십니까? 안 계세요?"

"로버트!" 누군가가 그 이름을 불렀다.

"로버트 어디 있죠?"

로버트는 또 다른 이웃 주민이자 방사선 종양학 전문의였다. 조문객들은 어찌할 바를 모른 채 멍하니 눈만 껌벅거렸다. 누군가 911에 전화를 걸었다. 의사는 아직 나타나지 않고 있었다. 그러나 거기엔 간호사가 있었다. 노마가 80대로 보이는 그 할머니를 의자에서 들어 올렸다. 그러고는 축 늘어진 몸을 카펫 위에 잘 눕힌 뒤 무릎을 꿇고 앉아 이곳저곳 살폈다. 또 한 번 노마 구조대가 출동하는 순간이었다.

할머니의 눈은 흰자위만 보였다. 흰색 발목 양말 위로 핏기 없는 발목이 드러나 있었다. 담황색 피부 아래로는 짙은 자색의 혈관들이 비쳐 보였다. 노마는 피가 주요 장기들로 잘 흘러가도록 소파에서 쿠션 몇 개를 집어 노파의 발을 받쳤다. 그런 다음에 가느다란 손목을 붙들고 손가락으로 지그시 눌렀다.

"맥박이 없네요."

그때 누군가 로버트를 찾아서 데려왔다. 그도 노마와 나란히 장례식장 바닥에 무릎을 꿇고서 할머니의 상태를 살폈다. 노마는 할머니의 흉부를 빠르게 한 대 때렸고 로버트는 인공호흡을 했다. 그러자 별안간 할머니의 숨이 터지면서 의식이 돌아왔다.

"제 손을 꽉 쥐어보실래요?"

노마가 할머니의 눈을 들여다보며 말했다. 할머니는 거의 말을 하지 못했는데, 자신의 스웨터를 마구 잡아 뜯으며 벗으려고 애를 썼다. 구급대원들이 도착해 뇌전도 모니터를 설치하면서 파란색과 붉은색 전선을 그녀의 발목에 연결했다.

"할머니, 어디 사세요?" 한 구급대원이 물었다.

"오늘이 무슨 요일인지 아세요?" 다른 한 명은 그녀의 손가락을 뾰족한 침으로 찔렀다. 피가 한 방울 흘러나왔다. 할머니는 매우 당황한 표정이었다. 수십 명이나 되는 사람들이 카펫 위에 대자로 뻗은 자기 모습을 보고 있었으니 창피할 만도 했다. 아니면 그 소란 속에 바지에 실례를 했다는 걸 깨달았을 수도 있다.

"심장마비가 왔었던 것 같아요."

노마가 한 발짝 물러나면서 옆 사람에게 말했다. 구급대원들이 할머니를 들것에 신는 동안 누군가 노마에게 속삭였다.

"선생님이 여기 안 계셨으면 어쩔 뻔했어요."

그날 저녁 노마는 지친 표정으로 수업에 들어가 컨디션이 좋지 않다며 사과했다. 꽤나 힘든 하루였다. 학생들이 자세히 얘기해 달라고 조르자 그날의 일을 간추려 이야기했다.

"지역 신문에 실려야 할 얘기네요!" 학생들이 말했다.

"죽음학 교수, 장례식장에서 생명을 구하다."

학생들이 일제히 웃음을 터뜨렸다.

"오 마이 갓." 노마도 그만 얕게 웃고 말았다. 정말 얄궂은 상황이지 않았는가.

"좋아요, 어쨌든. 그런데 내가 어디까지 얘기했었죠?"

"장기 적출이요."

"맞아, 그랬죠."

"갈등 상황이나 위기가 있을 때 그 애는 오히려 잘 해나가요." 어느 날 오후, 뉴저지의 한 식당에서 오렌지 주스와 커피를 마시며 나와 앉아 있던 때, 마피아에 연루된 노마의 아버지가 딸을 이렇게 묘사한 적이 있었다. 74세의 남자는 로퍼를 신고 오렌지 셔벗 색상의 레이온 반바지 차림이었다. 목에는 금 목걸이를 하고 검버섯이 핀 왼쪽 손가락에는 다이아몬드 반지를 끼고 있었다. 햇볕에 그을린 얼굴에 코는 약간 비뚤어졌고, 머리카락은 10대 소년처럼 젤을 발라 세운 모양새였다. 눈썹은 머리카락과 똑같은 백금색이었다. 그는 자기 딸에게 장점이 많지만 '통제를 받아야 할 사람'이라고 계속해서 말했다.

"그게 저기 계시는 죽음 박사님의 실체지."

그는 또 아주 진지하고도 해맑게 덧붙였다.

"우리가 그 애를 키워온 방식에 무슨 특별한 점이 있었는지는 나도 모르겠어."

'너 자신을 먼저 사랑하라.'

이것은 노마가 스테파니와 케이틀린에게 반복해서 했던 말이다. 에릭슨이 말한 대로 마치 '세상의 눈들을 파괴하고' 싶은 기분이 든 후에 스스로 하고자 했던 일이기도 하다.

노마는 10대였을 때 롱아일랜드에 있는 친구네 해변 별장에 놀러갔다가 깜짝 놀란 적이 있다. 가족이 함께 웃으며 식사하는 모습이 너무나 평화롭고 행복해 보였던 것이다.

"와아, 세상에. 아무도 뭘 망가뜨리질 않네?' 하고 신기해했던 것 같아요."

노마는 그때야 비로소 그녀의 집이 얼마나 비정상적인지 깨달았다.

세월이 흘러 노마는 뉴욕 북부의 한 영성 수련원에 머무는 동안, 한 번도 행복한 적이 없었던 유년 시절에 대해 깊게 한탄했다. 그러다가 처음 보는 사람 앞에서 흐느껴 울고 말았는데, 그 여성 역시 자기 얘기를 하며 눈물을 보였다. 그녀의 사연은 조금 특이했다. 어렸을 때 부모님이 침팬지를 입양했다. 어느 대학교에서 침팬지가 인간의 언어를 배울 수 있는지 알아보는 실험을 했는데 그녀의 집에서 실험 침팬지 한 마리를 계속 맡아서 기르게 되었다고 한다. 침팬지는 결국 가족의 귀여움을 독차지했고, 그녀는 방치되다시피 했다. 침팬지와 경쟁해 엄마의 사랑을 얻어낼 능력이 없다고 생각하면서 자란 어린 시절이 그녀에게 오래도록 트라우마로 남아 있었다.

노마는 슬퍼하는 그녀를 위로하면서 자신도 이제 슬퍼하지 말자고 생각했다. 자기가 살면서 겪은 일도 가혹하지만, 세상에 나 말고도 큰일을 겪은 사람들이 많으니 스스로를 불쌍히 여기는 것은 그만둬야겠다고 생각했다. 노마는 부모에게 당한 학대의 사이클을 끊었다. 그녀가 받지 못한 사랑은 그녀의 딸들, 동반자 노먼, 제자들, 심지어 짜증과 욕설은 여전해도 노년에 슬슬 다정해지기 시작한 아버지에게서 받는 새로운 사랑으로 대체했다.

"난 항상 궁금했어요. 어떤 사람은 왜 이런 길을 걷게 되고 어떤 사람은 저런 길을 걷게 되는 걸까?"

언젠가 노마가 말했다.

"내 경우엔 할머니 때문에 지금의 내가 있다고 생각해요. 저는 단단히 결심했지요. 이 미친 가족이 나를 흔들거나 규정하거나 나쁜 엄마로 만들거나 내가 되고 싶지 않은 사람으로 만들게 놔두지 않겠다고요. 학교와 할머니, 그 두 가지가 날 구원했어요."

노마가 기억하기에 외할머니 로잘리는 1950년대와 1960년대의 진정한 남부 귀족 여성이었다. 1910년에 태어나 유대인임을 자랑스러워했던 그녀는 조개 모양 넥 라인 블라우스에 하이힐을 신고, 펜슬 스커트와 허리 밑으로 치맛자락이 퍼지는 파티 드레스를 입고 다녔다. 매주 미용실과 네일 숍에 다니고 버지니아 슬림 담배를 피우며 동네 친구들과 브리지 게임을 즐겼다. 버지니아주 뉴포트 뉴스의 체서피크 베이에서 조금 떨어진 곳에 지어진 주택에 살았는데, 개울가에 있던 그 집에는 자쿠지가 딸린 욕실로 통하는 침실과 큰 목재 테라스가 있었다. 진한 청록색 소파 앞에는 크리스털 그릇과 장식품들이 놓인 길고 검은 석재 테이블이 있었다. 마법의 집 같았던 외할머니네는 노마에겐 도피처이기도 했다.

공원과 항구가 내려다보이는 집 근처 다리 위에는 사자 상들이 일렬로 서 있었다. 로잘리는 노마에게 그곳은 '노마의' 다리이자 '노마의' 공원이라고 일러주곤 했다. 8월에 태어난 노마의 별자리가 사자자리라는 이유에서였다. 사자 상들은 흉곽이 불룩하게 부푼 것이 당당하고 멋져 보였다. 생존을 위해서라면 무엇이든 하는 강한 의지와 용기를 지닌 사자는 권위를 상징했다. 외할머니는 그 사자 상들이 바로 노마라고 했다.

"노마 린, 너는 사자 여왕이야."

노마의 외할머니는 부유한 부모 밑에서 자랐다. 집은 뉴욕 센트럴파크 웨스트에 있었다. 로잘리는 한 보석상과 결혼했다가 나중에 이혼했다. 세월이 흘러 간호학교를 나온 후 노마는 외할아버지가 플로리다에 산다는 것을 알게 되었고 손녀가 어떻게 컸는지 궁금하실 것 같아 전화를 드렸다.

"안녕하세요? 전 할아버지 손녀 노마 린이에요."

그녀는 할아버지의 대답을 잊을 수 없었다.

"그래, 뭐 스테이크 같은 거 사달라고 전화한 게냐?"

쓸쓸한 기억이었다. 할아버지는 얼마 지나지 않아 암으로 돌아가셨다.

"할아버지와의 대화는 그게 전부였고 그걸로 영원히 끝이었어요. 할머니는 항상 나를 사랑한다고 말씀하셨죠. 하지만 무엇보다 중요한 건 저를 대하시는 태도였어요. 저를 무척 예뻐해 주셨어요. 부모님은 폭력적이었지만 할머니 댁에 가면 사랑을 듬뿍 받는 느낌이었어요."

로잘리는 노마에게 예쁜 파티 드레스를 입히고 머리에 리본을 달아주는 등 손녀를 애지중지했다. 노마가 기억하기로 할머니 댁에는 특별한 침실이 하나 있었다. 할머니의 침실이었는데 그 방에서는 손녀를 위해 그네를 만들어놓은 넓은 뒷마당이 내다보였다. 할머니는 멋진 화장대에 앉아 손녀가 지켜보는 가운데 립스틱을 바르거나 얼굴에 파우더를 톡톡톡 두드리고 향수를 뿌리곤 했다.

노마는 엄마와 외할머니의 사이가 좋지 않다는 걸 알고 있었다. 로잘리가 노마의 아빠를 사위로 인정하지 않았던 탓도 있지만 모녀의 성격상 그 문제가 아니라도 충돌을 피하지는 못했을 것이다. 두 사람은 끊임없이 싸웠다.

버지니아 대학교에서 근무할 때 노마는 주말마다 차를 몰고 할머니 댁에 가서 그녀와 시간을 보냈다. 할머니가 유방암 진단을 받고 결국 유방 절제 수술을 받았을 때는 그녀를 부축하고 다니며 항암 화학요법과 방사선 치료를 받게 했다. 할머니는 깨끗한 상태로 5년을 지냈지만 폐에서 다시 암세포가 발견되고 말았다.

1990년 여름, 로잘리는 80세를 코앞에 두고 있었다. 노마는 뉴저지에 직장과 집이 있었지만 호스피스 센터에서 남은 삶을 보내던 로잘리를 돌보기 위해 버지니아에 3주간 머물렀다. 할머니는 노마의 생일을 하루 앞둔 8월 21일에 숨을 거두었다. 노마가 간호학과 학생으로서 처음 목격했던 죽음만큼 평화로운 떠남이었다. 그녀는 그때처럼 할머니가 마지막 숨을 몰아쉴 때까지 손을 꼭 붙잡아드렸다.

엄마가 장례식에 오지 않아 노마 혼자 자신의 생일에 그 모든 일을 해냈다. 로잘리는 노마의 생일 다음 날 체사피크 베이에서 약간 떨어진 공동묘지에 묻혔다. 노마의 증조외할머니 옆이었다.

할머니는 노마에게 뉴햄프셔의 오두막집 한 채를 살 정도의 유산을 남겼다. 외할머니의 집을 팔려고 내놓은 후, 그녀가 쓰던 고가구들은 대부분 그 오두막집으로 옮겼다.

이후로 쭉 매년 그맘때가 되면 노마는 세상으로부터 완전히 단절되었다. 그녀는 사람들에게 소중하게 여겨지고 싶지 않았다. 전화도 받지 않고 이메일에 답장도 하지 않았다. 누구도 돕지 않았다. 가족마저 가까이 오지 못하게 했다. 그녀의 고립은 생일인 8월 22일 전날에 시작되어 생일 다음 날에 끝났다. 대개는 혼자 그 오두막집으로 훌쩍 떠났다. 사흘 내내 침대에서 웅크려 지내기도 했다. 가족들은 그저 가만히 놔두는 것이 상책이라는 것을 알았다. 깜짝 생일 파티를 연다거나 케이크를 굽는 일은 하지 않았다. 생일 축하 노래도, 생일 선물도 없었다. 대신 그녀를 홀로 내버려두었다.

부모님은 어린 그녀에게 생일 파티를 열어준 적도 없었고 생일이 언제인지 알지도 못했다. 딸이 태어나지 않았으면 좋았을 거라는 말을 엄마라는 사람이 늘상 이야기했으니, 당연히 그녀의 삶을 기념할 이유가 없었다. 외할머니가 그녀의 출생과 거들 사건, 사산된 형제에 대한 이야기를 들려주었을 때 노마는 자신이 아예 태어나지도 못했을 가능성이 얼마나 컸는지 깨달았다.

에릭슨은 이렇게 말했다. '수치심은 바로 그 자리에서 얼굴을 가리거나, 바닥에 고개를 처박으며 숨고 싶은 충동으로 표현된다. 그러나 내 생각에 이는 본질적으로 자기 자신에게 등을 돌리는 격렬한 분노다.'

어린 시절에 노마는 거의 투명인간으로 지내는 방법을 터득했다. 어른이 되어서는 반대로 맨 앞이나 한가운데서 사람들을 가르치고 도울 때 가장 기운이 넘쳤다. 그러나 매년 여름, 자신의

생일이 가까워지면 어쩔 도리가 없었다. 그녀는 또다시 투명인간
이 되기를 원했다.

현장 학습 희망 호스피스 센터 '파더 허드슨 하우스'

글쓰기 과제 호스피스에서 보낸 시간

호스피스 시설에 방문하고 환자들과 직원들을 만났던 경험을 돌아보며, 느낀 점과 생각을 글로 써봅니다.

호스피스에 관한 보고서

2층에 작은 체구의 할머니가 있었는데 상태가 좋아 보이지 않았다. 나는 그녀를 안아주고 싶었다. 그곳에는 나름대로 인생을 잘 살아온, 아마도 우리 중 누구보다도 더 현명할지 모르는 사람들이 있었다. 하지만 그들은 죽음과 질병에 직면해 있다. 그들 중 누군가는 자신의 상태가 부끄럽다고 느끼는 것 같았다. 매우 안타깝고 슬픈 일이다.

나는 내가 할 수 있는 한 우리 할아버지, 할머니와 많은 시간을 보낼 생각이며 그들에게 얼마나 감사해하는지 잊지 않고 말씀드릴 것이다.

_케이틀린

Chapter 7.

삶의 마지노선

2008학년도 가을 학기

그해 9월의 첫 수업 전날, 한 젊은이가 노마 교수의 연구실로 찾아왔다. 셔츠에 넥타이를 맨 그는 개인용과 업무용 휴대전화를 하나씩 벨트에 차고 있었다. 근육질 몸매의 그 남학생은 대기자 명단을 보여줬는데도 죽음학 수업을 듣게 해 달라고 졸랐다.

그의 이름은 이스라엘이었다. 자신이 그동안 어떤 일을 해왔는지 줄줄이 늘어놓았다. 그동안 고치려고 애를 써온 혀 짧은 소리가 눈에 띄었다. 그는 청소년 교정 시설에서 일하며 지역사회의 고위험 청소년들을 멘토링하고 있었다. 안전한 성관계를 홍보하고 범죄 예방에 힘쓰는 단체들에서 일한 경험도 있었다. 그는 이력서에 쓸 자격을 더 쌓기 위해, 또 어쩌면 '슬픔 상담' 쪽으로 나갈 수도 있다는 생각에서 죽음에 대해 배우고 싶어 했다. 그는 틈이 벌어진 앞니가 안 보이도록 입을 다문 채 보조개가 파인 미소를 잠깐 지어보였다.

노마는 그를 찬찬히 바라보았다. 다른 학생들과 조금 다른 인상을 풍기는 모습이었다. 그녀는 결국 이스라엘의 사연을 전부 알게 될 것이다. 그가 창피해하는 모든 것, 바꾸고 싶어 했던 모든 것을 보게 될 것이다. 그가 어울렸던 갱단 멤버들과 이전에 저지른 범죄들까지도.

"뭔가 마음에 걸리긴 하네요. 일단 수업에 들어와 보세요."

일주일 뒤, 이스라엘은 컴퓨터 앞에 앉아서 첫 번째 과제를 어떻게 써내야 할지 고심하고 있었다. 키보드 위로 팔을 쭉 뻗고 있는데도 누가 보면 힘을 꽉 주는 것처럼 이두박근이 울퉁불퉁하게 드러났다. 그렇게 근육질이 되기까지 그는 열심히 운동했다. 돌멩이처럼 단단한 근육은 그냥 얻어진 게 아니었다. 오른쪽 이두박근에는 철조망 문신이 새겨져 있었다. 그의 강한 팔은 역도나 이성 꼬시기, 주먹질하기 같은 일을 하는 데 유용했다. 하지만 타이핑엔 어떨까?

피할 길은 없었다. 이스라엘은 이제 대학생이었으니까. 오래전 그는 대학교 남학생회에 가입하는 대신 길거리 갱단과 인연을 맺었다. 하지만 이제는 자랑스럽게 대학교 사교 클럽의 이름이 그리스 문자로 적힌 클럽 복장을 하고 다녔으며 '지혜를 위한 기회, 문화를 위한 지혜'를 모토로 생활했다. 어렸을 때 그런 지혜를 한 조각이라도 가졌더라면 얼마나 좋았을까.

"여러분의 곁을 영영 떠난 사람 또는 사물에게 작별 편지를 쓰세요."

노마는 죽음학 수업 첫 날 학생들에게 말했다. 그게 바로 일주일 전이었다.

"가장 먼저 머릿속에 떠오른 장소로 가세요. 두렵게 느껴지는 곳으로 가는 겁니다."

그랬다. 이스라엘은 교수를 찾아가 자기를 수업에 넣어달라고 간청했고 노마는 그에게 속는 셈 치고 기회를 주었다. 하지만 작별 편지는 그를 난감하게 만들었다. 그와 같은 사람들은 자신의 약점을 들키게 될 수도 있는 과거에 대해 이야기하지 않는 법이었다. 과거의 한 부분은 다른 부분, 또 다른 부분으로 이어질 것이고 그러다 자칫 죽임을 당할 수도 있는 영역까지 건드릴 수도 있었다. 그가 이 작별 편지를 솔직하게 쓰기 시작하면 어떤 비밀이 쏟아져 나올지 알 수 없었다.

10년 전

이스라엘은 방아쇠에 손가락을 얹은 채 총구를 상대의 얼굴에 겨눴다. 두 단어가 머릿속을 스쳤다. '그를 죽여.'

방 안이 울려 퍼지며 사물의 형체가 흐릿해지기 시작했다. 이스라엘은 주변에서 사람들이 비명을 지르고 고함치고 욕하는 소리를 들었지만 그 소음은 파도처럼 그를 휩쓸고 지나갔다. 귀가 찢어질 듯 울렸다. 그 어떤 것도 현실처럼 느껴지지 않았다. 마치 영화 속에 있는 것 같았다. 꿈인가?

이스라엘은 눈을 깜박인 다음, 자기 앞에 무릎을 꿇고 부들부들 떨고 있는 젊은 남자를 내려다보았다. 이스라엘은 열일곱 살이었다. 그 남자 역시 기껏해야 열아홉 살쯤 되어 보였다. 이스라엘은 방아쇠를 만지작거리며 자신의 손도 떨리고 있음을 느꼈다.

방 안에서 나는 소리가 머릿속에서 계속되던 윙윙거림을 멈추었다. 이스라엘이 분명하게 들을 수 있었던 소리, 그건 그 남자의 엄마가 토해내는 절규였다. 그녀는 울면서 애원했다. "내 아들을 죽이지 마. 우리가 푸에르토리코로 이사를 갈게. 떠나겠다고. 다시는 눈에 안 띄게 지낼게. 제발 내 아이를 죽이지 마!"

그는 어떻게 여기까지 오게 되었을까? 어떻게 이런 일이 일어났을까? 이스라엘의 삶은 어린 시절부터 지금까지 불운과 잘못된 선택, 나쁜 결정의 연속이었다. 그 모든 것이 이스라엘을 지금 이 순간으로 이끌었다. 분명히 그의 인생을 영원히 바꿔놓을 순간, 10대 소년에서 10대 살인자로 변모시킬 이 순간 말이다.

이스라엘의 손이 총의 금속 부분을 움켜쥐었다. 단 한 발이면 충분했다.

이스라엘은 교회에서 기부받은 옷을 입고 자란 마른 체형의 아이였다. 푸에르토리코인 치고는 피부색이 너무 밝아서 라틴계 혹은 아프리카계 미국인 동네에 사는 백인 소년처럼 보였다. 네 살 때 어머니가 폭력적인 아버지를 피해 도망친 후 가족이 살던 푸에르토리코의 판잣집을 떠나 뉴저지로 이사했다. 뉴저지에서 이스라엘과 그의 형, 어머니는 세 명의 다른 사람들과 원룸 아파트에서 살았다. 이스라엘은 당시 영어를 거의 한마디도 못 했다.

누군가 그를 괴롭힐 때마다 맞서 싸울 수밖에 없었고 그렇게 자주 싸우다 보니 싸움에 능숙해졌다. 중학교 때는 골목에서 주먹다짐을 잘 벌이기로 유명한 길거리 싸움꾼이 되어 있었다. 그가 한 녀석을 때려눕히면 더 큰 녀석이 한번 붙어보자고 나서곤 했다. 하지만 이스라엘의 덩치가 커지면서 그를 이길 수 있는 사람은 점점 줄어들었다. 그는 이제 누가 싸움을 걸어올 때만 주먹을 쓰지 않았다. 자신의 싸움 실력으로 그는 운동화나 워크맨, 청바지처럼 갖고 싶은 물건들을 얻을 수 있었다. 열네 살이 되자 학교 근처를 배회하며 아이들이 자기가 원하는 물건을 들고 나오기를 기다렸다.

열다섯 살 때쯤에는 방과 후 아이들을 겁주는 수준에서 벗어나 드라이버로 자동차 문을 몰래 따는 수준이 되었다. 이스라엘과 그의 친구들은 북부 뉴저지를 돌아다니며 화려한 휠과 고가의 스테레오 시스템을 장착한 고급 차를 노렸다. 그런 차를 찾으면 분해해서 비싼 부품들을 불법 카센터에 팔아넘기고 건당 200~300달러를 벌었다. 그러고 나면 한적한 도로에서 시속 160킬로미터로 질주하곤 했는데 차가 전복되기 일쑤였다.

그러다 보니 이스라엘과 친구들은 늘 몸 여기저기에 멍이 들었고 골절상을 입을 때도 있었다. 그런데도 순간의 짜릿함 때문에 계속했다. 그러다 불법 카센터들이 하나둘 문을 닫기 시작하자 그들은 더 수익성 좋은 사업으로 눈을 돌렸다. 대마초를 팔기 시작한 것이다.

하지만 생각보다 돈벌이는 신통치 않았다. 대마초 한 봉지가 10달러에 팔렸으니 말이다. 부자 동네의 백인 아이들에게 팔면 세 배를 더 벌 수 있었지만 그러기엔 번거롭고 위험 부담도 컸다. 더구나 너도나도 대마초를 팔기 시작해서 경쟁이 치열했다. 이스라엘은 코카인으로 품목을 바꿨다. 수입이 꽤 짭짤했다. 그는 150달러짜리 청바지에 300달러짜리 부츠를 신고 두꺼운 헤링본 무늬 금줄을 몸에 휘감은 채 학교에 나타났다. 코카인 구매자들은 주로 스테레오 시스템과 귀금속을 마약과 맞바꾸는 중독자들이었다. 그의 어머니는 일을 두세 가지나 하면서 근근이 먹고 살 돈을 벌고 있었다. 이스라엘은 값비싼 옷들을 가방에 넣어 친구 집에 숨겼다가 학교에 가기 전에 갈아입곤 했다.

어느 날 동네 갱단의 리더가 이스라엘에게 길거리 장사는 그만두고 좀 더 폼 나는 일을 할 생각은 없는지 물었다. 마약을 수거하고 배달하는 일을 해보라는 이야기였다. 당시 열일곱 살이었던 이스라엘은 귀가 솔깃했다. 잠복 경찰이나 지역 경찰의 눈을 피해 다닐 일도, 거래를 하는 척하다가 함정에 빠뜨리는 밀고자들을 상대할 필요도 없었다. 그가 해야 할 일은 조지 워싱턴 다리를 건너 뉴욕까지 가서 다량의 마약을 싣고 뉴저지로 가져오는 것뿐이었다. 하지만 잡히면 단순히 길거리에서 마약을 팔았을 때보다 더 무거운 처벌을 받는다는 건 알지 못했다. 그는 나중에 가

서야 마약을 소지한 채 주 경계를 넘으면 중범죄라는 사실을 알
았다.

이스라엘은 방어용으로 총을 하나 샀다. 길에서 한 남자에게
250달러를 주고 샀는데 그는 수류탄도 600달러에 팔고 있었다.

하루는 다른 동네를 지나가는데 라이벌 패거리 세 명이 신호
등에서 멈춰 선 이스라엘의 차 머스탱을 에워쌌다. 한 명이 열린
창문으로 이스라엘 친구의 얼굴에 주먹을 날렸다. 이스라엘은 차
에서 내렸다. 그러자 어디선가 두 명이 더 나타났다.

"야, 그냥 가자." 친구가 이스라엘에게 말했다.

"바보 같은 짓 하지 말라고."

두 명이 다섯 명을 상대하는 것을 두고 하는 말이었다. 이스
라엘은 다시 운전석에 올라탄 다음, 차를 후진시켜 공격하는 놈
들을 치려고 했다. 그들은 옆으로 몸을 피했다. 얼른 그 자리를
뜨려는데 총소리가 들렸다. 그들이 머스탱을 향해 총을 쐈고 두
발이 차에 맞았다.

이스라엘은 차를 몰아 집으로 달려가서 총을 가지고 나왔다.
그리고 총을 가진 친구 세 명을 더 불러냈다. "우리가 그렇게 당하
고 넘어갈 순 없어"라고 말하면서.

밤 10시를 조금 지난 시각, 그들은 다시 그 동네로 가서 라이
벌 갱단 중 한 명이 사는 집 앞에 차를 세웠다. 패거리 중 두 명은
베란다에 있었고 나머지는 차 근처에 흩어져 있었다. 이스라엘과
친구들이 방아쇠를 당겼다.

이스라엘은 그때까지 누구에게도 총을 쏴본 적이 없었다. 그

러나 그는 지금 친구들과 사방으로 총을 난사하고 있었다. 라이벌 패거리들은 베란다 밑으로 몸을 던지거나 집 안으로 도망쳤다. 그들 중 적어도 두 명은 부상을 입은 것 같았다.

친구들은 경찰이 오기 전에 현장을 뜨려고 했다. 하지만 이스라엘은 거기서 끝낼 수 없었다. 그 정도로는 성이 차지 않았다. 그는 차에서 신호탄을 꺼내 상대의 차에 던져 넣고는 돌아서 냅다 뛰었다. 쾅 하는 폭발음이 들렸다. 바람이 많이 부는 날이라 폭발은 예상치 못한 연쇄 반응을 일으켰다. 옆에 있던 차 세 대가 차례로 폭발한 것이다. 그 구역의 주민들은 모두 대피해야 했다. 이 사건은 지역 신문에도 보도되었다.

그러나 이스라엘 패거리와 라이벌 패거리들이 지키는 불문율이 있었다. '밀고하지 않는다.' 절대 누구도 밀고하지 않았다. 그리고 이스라엘과 친구들은 비난받지 않았다.

사실 그들은 친구 이상의 관계였다. 1940년 일리노이 주 시카고에서 처음 만들어진 히스패닉 갱단이자 미국에서 가장 오래되고 규모가 큰 갱단인 라틴 킹즈의 패거리들이었으니까. 그들과 충돌했던 상대는 라이벌 갱단의 멤버들이었다.

그런데 사건은 끝나지 않았다. 라이벌 갱단의 다른 멤버들이 복수하겠다고 찾아온 것이다. 그들은 이스라엘의 어머니를 노렸다. 그녀는 어느 회사 접수처에서 접수원으로 일하고 있었는데 그들이 사무실 유리문을 부수고 난입하며 "네 아들을 죽여버리겠다!"라고 고함을 쳤다.

겁에 질린 어머니는 울면서 집으로 와 아들에게 물었다. "도

대체 무슨 일에 휘말린 거야? 어떻게 된 일이야?"

이스라엘은 머리끝까지 화가 치밀었다. 감히 가족을 건드리다니. 마지막으로 선을 넘은 것이다. 그는 이를 갈았다. 내 가족을 협박했으니 나도 똑같이 해주겠다고.

멤버들을 불러 모은 이스라엘은 라이벌 갱단 보스의 집으로 향하면서 결심했다. 그를 죽이기로. 그 녀석의 아버지로 보이는 남자가 현관문을 열었다. 이스라엘은 문을 박차고 들어가 남자의 얼굴을 총으로 내리쳤다.

"이 새끼야, 바닥에 엎드려!"

남자는 침입자들을 막아보려 했지만 계속되는 구타로 바닥에 쓰러지고 말았다. 머리에서 피가 흘렀다. 이스라엘이 갱단 보스를 찾아내 총으로 얼굴을 후려친 다음 총구를 눈앞에 들이댈 동안, 다른 친구들은 녀석의 어머니와 남동생까지 때려눕혔다.

손바닥만 한 거실에 가족을 전부 모아놓았을 때 이스라엘은 지금이 기회임을 알았다. '저 개자식이 나에게 총을 쏘고 우리 엄마를 협박했어!' 마음만 먹으면 당장이라도 앙갚음을 할 수 있었다. 그는 항상 명심했다. 총을 꺼냈으면 쏘는 편이 낫다는 것을. 만약 그를 죽이지 않으면 이스라엘과 그의 패거리는 모두 죽은 목숨이나 다름없을 것이고 가족들 또한 그럴 것이다. 그런데 그 보스의 어머니가 고통에 몸부림치며 애원했다.

"제발 우리 아이를 죽이지 마!"

이스라엘은 겨우 몇 센티미터 앞에서 놈의 눈을 보며 머리에 총을 겨누고 있었다. 그의 뺨으로 눈물이 흘러내렸다.

"어서 해치워! 저 새끼 그냥 두면 안 되잖아!"

동료들이 소리를 질렀다. 하지만 이스라엘은 차마 방아쇠를 당길 수가 없었다. 그는 놈에게 몇 번 더 주먹을 날린 다음에 일행에게 돌아서며 말했다.

"됐어. 이제 가자."

집으로 돌아가는 길에 일행 한 명이 이스라엘에게 말했다.

"너 진짜 멍청하네. 규칙을 깼잖아."

이제 어떻게 될까? 라이벌 갱단이 복수를 하러 올 것이다. 이스라엘과 그의 갱단은 매 순간 주위를 살피며, 문을 두드리는 소리에도 총을 움켜쥐고 경계해야 할 것이다.

며칠이 지났다. 이스라엘과 친구들은 무슨 소리만 들려도 화들짝 놀랐고, 차만 보면 황급히 비켜섰으며, 쇼핑몰과 탁 트인 공간을 피해 다녔다. 그러나 아무도 그들을 찾아오지 않았다. 그 보스의 가족이 어머니의 말을 그대로 따랐다는 소문이 떠돌았다. 짐을 싸서 푸에르토리코로 떠났다는 것이다.

그로부터 한 달이 채 안 되어 이스라엘은 소속 갱단의 보스 밑에서 다시 일하기 시작했다. 그는 뉴욕을 드나들며 마약을 운반했다. 보스는 자기 이름으로 차를 임대해 이스라엘에게 몰고 다니라고 줬다.

어느 날 오후, 이스라엘은 보스의 집에 방문했다가 살 물건이 있어서 두 블록 떨어진 가게까지 걸어갔다. 돌아오는 길에 경찰차들이 사방을 포위한 채 보스의 집을 급습하는 광경을 목격했다.

수많은 무기와 산더미같이 쌓인 마약이 발견되었고 보스는 체포되었다. 그는 모든 죄를 혼자 뒤집어썼다. 부하들을 지목할 수도 있었지만 그러지 않았다. 그는 교도소에 수감되었다. 밀고하지 않기. 다시 한 번 거리의 불문율이 이스라엘을 구했다.

이스라엘은 보스에게 큰 빚을 졌다. 자기처럼 밑바닥에서 시작해 보스 자리까지 올라간 사람이었다. 그는 교도소로 면회를 갔다. 보스는 교도관들에게 이끌려 면회실에 나타났다. 이스라엘과 마주 앉은 보스가 그를 가만히 바라보더니 입을 열었다.

"넌 똑똑한 녀석이야. 많은 장점이 있지. 이런 생활 너에겐 안 어울려. 더 이상 조직에 있을 필요 없어."

보스는 이스라엘의 고등학교 생활이 엉망이라는 것을 알고 있었다. 그즈음 상담교사들이 이스라엘을 비행 청소년을 위한 훈련 캠프에 보내기로 했는데 그는 가고 싶지 않아서 무단이탈을 생각하고 있었다. 보스는 훈련 캠프에 가라고, 그리고 갱단에서 나가라고 했다. 두목의 허락이 떨어진 것이다.

이스라엘은 믿을 수 없다는 듯 고개를 저었다. 교도소에 갇혔다고 저렇게 약한 모습을 보이다니. 그가 존경하고 우러러보던 강인한 사람이 맞는지 의심스러웠다. 게다가 다들 알다시피 갱단에서 자유의 몸이 되어봤자 아무 소용이 없었다. 나오기도 전에 죽임을 당할 테니까. 하지만 보스는 완강했다. 그는 보스로서, 리더로서 약속한다며 그를 무사히 떠나게 해주겠다고 약속했다.

"알겠습니다."

이스라엘은 불편한 마음으로 말했다. 하지만 어떻게 해야 할지 몰랐다. 나가서 뭘 하지? 지금까지 인생 설계란 조폭으로 살다가 젊은 나이에 죽을 거라고만 생각했다. 집으로 돌아가 보스가 했던 말을 곰곰이 생각해 보았다. 사람을 죽일 뻔했던 일에 대해서도 돌이켰다. 그는 궁금했다. '내 안에 하나라도 좋은 점이 남아 있다면 정말로 달라질 수 있을까?'

며칠 후, 이스라엘은 그 답을 찾아보기로 했다. 그 길로 훈련 캠프에 등록했다. 그곳에서 6개월을 머물며 고졸 학력 자격 시험을 통과했다. 캠프를 나온 후 새로운 사람이 된 기분이었다. '장소, 사람, 사물을 바꿔라.' 이제 그 말이 그의 새로운 좌우명이 되었다. 이스라엘은 자신의 삶을 회복 중인 알코올중독자나 마약중독자처럼 대하기로 했다. 그리고 학교로 돌아가기로 결심했다.

이스라엘은 커뮤니티 칼리지에 입학했다. 그런데 그 학교는 그와 충돌했던 라이벌 갱단의 동네에 있었다. 그가 얼굴에 총을 쏠 뻔했던 녀석의 홈그라운드에 말이다.

어느 날 밤, 캠퍼스 건너편의 맥도날드 근처를 걷고 있을 때였다. 창문을 선팅한 버건디색 혼다 차량이 천천히 지나갔다. 왠지 신경 쓰였다. 7개월 전의 총격 사건 이후 여전히 예민한 상태였다. 주차장 쪽으로 걸어가던 그는 차의 창문이 내려가는 것을 보았다.

"저놈 잡아!"

누군가 외치는 소리가 들렸다. 총알이 빗발쳤다. 이스라엘은 차들 사이를 요리조리 비집고 몸을 숙이며 캠퍼스로 내달렸다. 그리고는 비어 있는 사무실로 들어가 책상을 뛰어넘어 몸을 숨겼다. 그는 충분한 시간이 지났다고 느꼈을 때 경찰에 신고했다. 그것이 커뮤니티 칼리지에서의 마지막 날이었다.

이스라엘은 아무래도 학교가 원래 자신에게 맞지 않았던 것 같다고 생각했다. 학교를 그만두고 대신 일을 해보기로 마음먹었다. HIV 병원에서 피어 상담자peer educator로 일자리를 얻었다. 비슷한 사회적 배경을 가진 이에게 건강과 관련된 경험, 지식, 대처법을 알려주는 일을 하면서 그는 나중에 코디네이터로 승진했다. 병원 측은 그를 LA, 시카고, 라스베이거스로 보내 상담 훈련을 받게 했다. 이스라엘은 비로소 자신이 가치 있는 일을 하고 있다는 느낌을 받았다. 몇 년이 흘렀다. 그는 학교에 다시 다니고 싶었다. 옛날의 적들과 가까운 곳만 아니라면 어떻게든 다닐 수 있지 않을까?

동료가 좋은 정보를 주었다. 킨 대학교에 국가 지원을 받아 SAT 점수나 내신이 좋지 않은 학생, 경제적으로 어려운 학생들을 돕는 특별 교육 기회 프로그램이 있으니 이용해 보라는 것이었다. 이스라엘은 킨 대학교로 상담사를 만나러 갔다. 상담사 입장에서는 꽤 힘들고 복잡한 일이었지만 어느 날 이스라엘에게 정식 통보가 왔다. 킨 대학교에 입학이 허가되었다는 소식이었다.

이스라엘이 노마가 처음 내준 숙제에 대해 고심하고 있을 때, 반짝 불이 켜지듯 한 이름이 떠올랐다. 한때 그가 알았던 소년이었다. 그의 이름을 입 밖으로 내뱉을 때면 목이 메던 때가 있었다. 그때까지 이스라엘은 그에게 작별 인사를 할 기회가 없었다.

자기도 모르는 새 이스라엘의 손가락이 키보드 위를 날아다니듯 움직이고 있었다. 마치 자신의 마음속을 더 잘 알고 있는 것처럼.

노마가 이스라엘을 호명해 작별 편지를 읽어보라고 했을 때 그는 내키지 않는다고 말했다. 노마가 설득하려 했지만 끝까지 사양했다. 다음 주에 다시 지목되었을 때도 그는 단호히 싫다고 말했다. 그는 아직 자신의 수치심과 죄책감을 드러낼 준비가 되어 있지 않았다. 적어도 아직은 아니었다.

「죽음을 바라보는 관점」 수업 중에서

글쓰기 과제 추도사

삶이 끝난 뒤 남게 될 나에 관한 이야기를 떠올려 보고, 또 내가 어떻게 기억되기를 원하는지 써봅니다.

Chapter 8.

살아 있는 절망

매 학기 노마는 학생들을 남자 교도소에 데려갔다. 죽음학 수업의 필수 코스였다. 현장 학습을 나가기 전 수업 시간에는 금지 사항 목록을 항상 꼼꼼히 확인했다. 열쇠, 신분증, 펜, 노트, 현금, 동전, 휴대전화, 립밤, 벨트 버클, 와이어 브라는 금지되었다.

"파란색, 빨간색, 주황색, 카키색 옷은 입지 마세요. 몸에 딱 붙는 옷도 안 되고, 본인의 이름이 적힌 건 뭐든 절대 착용 금지입니다. 주머니엔 아무것도 넣지 마세요. 껌 하나라도요."

교도소 방문은 약 네 시간 정도가 소요될 예정이었다. 노마는 교도소에 갔을 때 긴급 상황이 발생할 수도 있다고 덧붙였다.

"그러면 우리는 그냥 기다려야 해요. 다들 뛰어다닐 테니까 잽싸게 벽에 붙어 있어야 해요."

학생들은 감방 내부, 조폭 전용 구역, 정신과 센터, 의무실, 그리고 교도소 안의 또 다른 감옥 같은 격리 수용 구역을 보게 되었다. 노던 스테이트 교도소Northern State Prison는 미국에서 두 번째로 큰 교도소로, 원래는 1,000명을 수용하도록 지어졌지만 이제 2,700~3,100명 정도를 수용하고 있다. 그곳에는 그 지역에서 가장 악명 높은 조직 폭력배들이 수감되어 있었다. 노마는 그 현장 학습을 사형제도에 대한 토론의 기회로 삼기도 했는데 간혹 수감자들을 참석시키기도 했다. 교도관들의 안내로 시설을 둘러본 뒤 학생들은 교도소 법률 도서관에 모였다.

"여러분은 살인자들과 한 테이블에 마주 앉게 될 겁니다."

이제 한 시간 반 동안 방화범, 연쇄살인범, 강도, 성폭력범, 유괴범, 총을 쏘거나 칼로 찌르거나 구타로 사람을 죽게 한 살인자들을 만날 것이다. 그들과 학생들 사이에는 철창도, 유리 칸막이도 없으며 수갑도 채워지지 않을 것이다. 수감자들이 테이블을 옮겨 다니며 모두와 대화할 것이다.

"여러분은 그들에게 무엇이든 물어보세요. 그들의 인생, 저지른 일, 양심의 가책은 느끼는지, 사형제도에 대한 생각 등 궁금한 건 뭐든지요."

노마는 학생들을 쭉 둘러보았다. 어떤 학생은 놀란 토끼 눈을 하고 있었고, 일부는 믿을 수 없다는 듯 웃거나 얼떨떨한 표정을 짓고 있었다.

"세상에. 너무 심한 거 아냐?" 누군가가 중얼거렸다.

노마는 미소를 지으며 두 손을 모으고 응수했다.

"자, 이제 수업을 포기할 사람?"

이스라엘은 2008년 그 겨울 노마가 교도소에 갈 거라고 했을 때 기대감과 불길함이 동시에 들었다. 과거에 알았던 사람과 마주치면 어떡하지? 그가 떠난 지 몇 년 사이에, 과거 갱단 동료 중 두 명이 마약 거래를 하다가 상황이 틀어져 사람들에게 총을 쏴서 수감되었다. 그는 이 교도소에 그들이 수감되었을 거라고 생각했다. 그가 마주칠 법한 다른 사람들이 있을지도 모른다. 옛 친구들, 지인들, 혹은 적들은 감방에 있고 대학생인 자신은 같은 교도소 도서관에 앉아 있다니. 그들과 한 테이블에서 만날 수도 있다고 생각하니 아찔했다.

하지만 기회를 놓칠 수 없었다. 그는 과거에 저지른 잘못을 어떻게 속죄해야 하는지 알지 못했고, 자신이 용서받을 자격이 있는지조차 몰랐다.

노던 스테이트 교도소는 1987년 쓰레기 매립지 위에 세워졌다. 그 전에는 석유 배급 센터와 포름알데히드 생산 공장이 있던 곳이었다. 처음엔 교도소 포화 상태를 해결하려고 지었으나 뉴저지에서 가장 혼잡한 교도소 중 하나가 되어버렸다.

그 지역에서 가장 악명 높은 살인자들 몇 명이 이곳에서 복역했다. 1969년 우유를 사서 집에 가던 17세 소녀를 살해한 죄로 징역 98년을 선고받은 로버트 자린스키도 그중 한 명이었다. 또 몸에 'animal'이란 글자를 문신으로 새기고 대머리에 턱수염이 난 크리스토퍼 리게티는 1976년 쇼핑몰에 구두를 사러 갔던 젊은 여성을 납치, 강간하고 칼로 찔러 죽인 죄로 무기징역을 살고 있었다.

로비에 모인 학생들은 금속 탐지기를 통과하며 교도소에 들어섰다. 그리고 독방 사동으로 들어간 뒤 또 다른 문들을 거쳤다. 교도관이 감방으로 통하는 전동 슬라이딩 도어를 열어주었다. 학생들은 한 번에 두 명씩만 안으로 들어갈 수 있었다. 8×9피트 크기의 시멘트 감방은 엘리베이터만 했다. 원래 1인용으로 설계된 작은 방에 수감자들이 두 명씩 배정되는데 스테인리스 세면대, 금속 사물함, 변기, 이층 침대를 함께 쓴다고 했다. 침대는 이스라엘 같은 건장한 체격의 사람이 간신히 들어갈 정도로 비좁았다. 모든 수감자를 수용하기에는 감방이 부족해서 트레일러 스타일의 방갈로들을 건너편 부지에 지어 140명을 그곳에 수감했다.

일부 감방에는 변기를 덮은 골판지 조각들이 있었고 탄산음료 병과 레모네이드 아이스티 팩이 세면대 옆에 줄지어 놓여 있었다. 한 감방 안에는 수감자가 설치한 오래된 컴퓨터 모니터와 키보드가 보였다. 인터넷은 되지 않았지만 죄수는 그 컴퓨터를 워드 프로세서로 사용했다. 대부분의 수감자들은 감방 벽의 틈새로 건네진 쟁반에 담긴 식사를 받았다. 많은 수감자들이 소형 TV를 가지고 있어서 뉴스를 시청했다. 수감자들에게 가장 인기 있는 프로그램은 〈아메리카 갓 탤런트〉, 드라마 〈로스트〉, 〈CSI〉 등이었다.

교도관은 학생들을 서둘러 내보냈다. 다음에 들를 곳은 조폭 전용 구역이었다. 1990년대 후반, 주 교도소 당국은 지역 내 교도소에서 갱단의 세력이 커지는 것을 막기 위한 계획을 세웠다. 어느 날 아침, 주 전역 열두 개 교도소에 수감된 300명에 가까운 조직 폭력배들이 잠에서 깨자마자 차에 실려 노던 스테이트 교도소로 이송되었다. 노던 스테이트에는 320명의 수감자를 수용하기 위해 새로 지어진 이층 구조의 방이 160개가 마련되어 있었다. 배정된 죄수들은 조직 폭력배임을 입증하는 열한 가지 기준 중 세 가지 이상에 해당되는 사람들이었다. 그 기준은 문신, 갱단 관련 범죄에 참여한 전과, 휴대전화 연락처 목록이나 갱단 관련 소지품으로 짐작되는 다른 조직원들과의 연계성 등이었다.

조폭 전용 구역의 마당을 가로지르면서 이스라엘은 그곳엔 농구 골대도 없고 탁 트인 공간도 없다는 것을 알아챘다. 휴게 공간은 간이 화장실만 한 철제 우리로 채워져 있었다. 조폭 전용 구역에 수용된 사람들은 다른 갱단 조직원들과 어울리는 게 금지되어 있었다. 그들의 야외 활동 시간은 비가 오든 눈이 오든 격리된 채로 실외에 있는 우리 속으로 들어가는 것을 의미했다.

"이건 교도소 안의 개집이에요." 한 교도관이 학생들에게 말했다. "우리 집에 불독 두 마리가 있는데 집 뒷마당에 있는 개집이 저것만 한 크기죠." 그 구역은 보호 감호protective custody를 뜻하는 'PC'로 불렸지만 교도관들은 '펑크 시티Punk City'라고 조롱했다.

문의 빗장이 열리자 이스라엘은 안으로 들어가 주변을 둘러보았다. 수감자들은 검투사 경기장의 관중처럼 2층 감방에서 아래를 내려다보거나 구멍으로 밖을 엿보고 있었다. 여기가 바로 그날 거실에서 방아쇠를 당겼다면 자신이 오게 되었을 장소라는 것을 이스라엘은 알았다. 눈앞에 등장한 먹잇감인 학생들을 보고 잔뜩 흥분해 감방 문을 걷어차고 두드리는 수감자들을 천천히 살펴보았다. 블러즈Bloods, 크립스Crips, 아리안 네이션Aryan Nation, 파이브 퍼센터즈Five Percenters, 라틴 킹즈Latin Kings 등 감방 앞에 붙은 손글씨 표지판은 조직에 대한 그들의 충성도를 말해주고 있었다. 그것이 이스라엘의 삶이 될 수도 있었다.

학생들은 금속 탐지기를 한 번 더 통과해 이발소가 있는 복도를 지나 자유의 여신상과 무하마드 알리가 그려진 벽을 거쳐 법률 도서관으로 돌아왔다. 19세기 미국의 흑인 노예 폐지론자이자 웅변가인 프레데릭 더글러스Frederick Douglass의 명언 '읽는 법을 배우면 영원히 자유로워질 것이다'가 벽에 걸려 있었다. 도서관에는 법률 서적과 누군가의 차고 세일에서 팔고 남은 것처럼 보이는 낡은 문고판 책들이 가득했다. 뒷벽 그림에는 돌고래, 상어, 분홍 해파리, 물고기 떼가 떠다녔다. 학생들이 자리에 앉는 동안 10여 명의 수감자들이 거들먹거리며 들어오더니 용의자를 판별할 때처럼 학생들 앞에 섰다. 이스라엘은 그들을 위아래로 훑어보았다. 모두 카키색 점프 수트를 입고 있었다.

갓 면도한 넓은 어깨의 한 남자는 키가 180센티미터쯤 보였다. 자신을 칼Carl이라고 소개한 그는 동네 우체국 직원처럼 수더분하고 친근해 보였다. 불룩한 아랫입술 밑으로 움푹 팬 자국이 선명했고, 웃으면 보조개가 옅게 생겼으며, 이마에는 주름의 흔적이 있었다. 빨간 귓바퀴와 미소 지을 때 적갈색 눈동자 위로 둥글게 휘는 눈썹이 인상적이었다. 중형을 받은 것을 불우한 환경이나 비열한 검사 탓으로 돌리는 대다수의 수감자들과 달리, 칼은 변명하지 않았다. 대신 그가 어느 에세이에서 썼던 것과 똑같은 내용을 학생들에게 설명했다. "나는 한 남자의 유산을 훔치려다 실패하는 바람에 누나네 부엌에서 그를 때려 죽였어요. 정당화될 수 없는 잔혹하고, 분별없고, 비극적인 짓이었죠. 내가 여태껏 한 일들 중 가장 끔찍한 짓이었어요. 내 인생에서 유일하게 다시는 되돌릴 수 없는 일이기도 하고요."

수감자들은 아홉 개의 테이블에 한 번씩 차례로 돌아가며 앉았다. 두 죄수가 세 학생을 마주보는 구도였다. 교도관 두 명이 도서관 주변에서 계속 감시했다. 만남은 어색한 인사로 시작되었다. 악수는 금지되었으며 성은 빼고 이름만 주고받았다. 뻔하고 당연한 질문들이 떠돌았다. "왜요?", "어떻게요?" 어떤 학생들은 궁금한 점을 단도직입적으로 묻기도 했지만, 다른 학생들은 어찌할 바를 몰라 일상적인 이야기를 시도했다. "여기서 지내기 어떤가요?", "부인이 자주 면회를 오나요?" 교도관이 테이블 사이를 오가며 대화를 엿들었다.

소그룹 면담이 끝나자 수감자와 학생 구분 없이 둥글게 둘러앉았다. 칼은 학생들에게 자기들 중에서 몇 명은 언젠가 가석방된다는 것을 기억해 달라고 했다. "우리가 여러분의 이웃이 될 수도 있어요. 여러분은 학교를 졸업하고 사회생활을 하면서 세상에 기여할 수 있는 사람들이 되겠죠. 부디 죄수들을 위한 직업 훈련과 교육, 갱생 프로그램을 지지해 주십시오."

이스라엘은 도서관에서 나간 죄수들이 유치장과 트레일러로 다시 들어가기 전에 학생들에게 고갯짓으로 작별 인사를 하는 것을 지켜보았다. 동시에 자신이 얼마나 우스운 사람이었는지 생각했다. 나는 젊은 나이에 죽을 거라고, 십중팔구 총에 맞아 죽을 거라고 믿으면서 얼마나 많은 시간을 허비했는가. 언제나 등 뒤를 경계하고 손가락을 방아쇠 언저리에 둔 채 살아왔다. 노마와 수감자들이 말했다시피 많은 이들이 노던 스테이트 안에서 죽었다. 암에 걸리거나 침대 시트로 목을 매거나 매트리스에 불을 질러서. 한 늙은 수감자는 화창한 날 교도소 마당 한복판에서 교도관들과 재소자들이 지켜보는 가운데 갑자기 쓰러져 죽었다. 이스라엘은 지금까지 그토록 위험한 순간들을 겪고도 자신이 왜 최악의 상황은 면했는지 확신하지 못했다. 하지만 이스라엘은 수감자들을 보며 자기가 단지 총알을 피했던 게 아니라 불가피한 절망의 삶을 피했던 것임을 깨달았다.

노마는 이스라엘을 안 지 몇 주 되지 않았지만, 그도 교도소 현장 학습에 참여할 필요가 있다고 느꼈다. 공개적으로는 발표하길 꺼리던 그의 에세이를 읽어봤으니까. 노마는 지난 5년간 학생들과 함께 노던 스테이트 교도소에 갔다. 칼처럼 법률 도서관에서 그녀의 제자들에게 말을 건넨 재소자들은 교도소 직원들이 선발한 토론 모임의 구성원들이었다. 참여하려면 모범수로 인정받아야 했으나 그들의 범죄는 교도소에 복역 중인 다른 수감자들 못지않게 심각했다.

예를 들어 1977년 12월 18일, 열아홉의 나이에 80세인 이웃집 할머니를 강간하려다 목을 베어 살해한 도널드 폴 웨버라는 사람이 있었다. 그는 노던 스테이트에서 주방에서 일하며 컴퓨터 기술, 요리, 스페인어를 배우고 심리치료를 받았으며 '분노 가두기 cage your rage'라는 프로그램과 자아 인식 프로그램 및 그룹 상담에 참여했다. 2007년 노마 교수의 교도소 현장 학습이 진행되었을 때 웨버는 노마에게 새로운 도전을 상상하게 만들었다. 그 도전은 이런 것이었다. '수감자들에게 대학 수준의 수업을 제공하면 어떨까?' 수감자들이 받는 수업은 직업 교육과 고졸학력인증제 GED 정도였다. 이런 상황에서 박사 학위를 가진 교수에게 배우는 것은 귀중한 경험이 될 것이었다.

그녀는 재소자들의 요청을 진지하게 고민했다. 저지른 범죄가 아주 잔혹했지만 노던 스테이트의 재소자들은 그녀의 제자들에게 매 학기 자기 인생에 대해 거리낌 없이 이야기하고 교도소, 범죄, 죄의식, 형벌, 삶과 죽음에 대해 생각하게 만드는 식으로 소중한 경험을 제공해왔다. 노마는 범죄로 얼룩진 아버지의 인생을 떠올렸다. 이중 몇몇은 아버지가 마피아를 위해 뉴어크 학교 시스템에서 불법으로 돈을 벌었을 때 그와 관련된 학교의 학생이었을 수도 있다. 어쩌면 이것이 아버지의 잘못을 속죄하는 방법이 될지도 모른다고 생각했다. 그녀가 최소한으로 할 수 있는 일은 한 학기 동안 자원봉사를 하는 것이었다. 노마는 교도소에 제안서를 보냈다. 공중보건 강의를 열어 가르치겠다는 내용이었다.

재소자들 중 열두 명이 수강생 명단에 올랐다. 대부분 현장 학습에서 만난 적이 있는 사람들이었다. 킨 대학교에서처럼 대기자 명단도 있었다. 노마는 그들이 어떤 죄로 복역하고 있는지 묻지 않았다. 그들이 원하지 않으면 알 필요가 없다고 생각했다.

웨버는 다른 재소자들을 모아 처음 몇 차례 수업에 참석했다. 그러다 노마와 지역사회를 충격에 빠뜨리며 주 가석방위원회의 결정으로 출소 허가를 받았다.

과거에 할머니를 살해했고 노마의 이름과 얼굴을 너무도 잘 아는 남자가 갑자기 자유의 몸이 되었다는 사실은 노마로 하여금 자원봉사 교육과 교도소 현장 학습을 완전히 포기하게 만들 수도 있었다. 가석방과 상관없이 수감자들 중 일부는 내면에 깊이 뿌리박힌 악의적 성향을 지니고 있었다. 또 어떤 이들은 결코 개과천선할 수 없는 존재였을지도 모른다. 이들을 도울 수 있으리라 생각한 노마는 대체 어떤 사람일까? 하지만 다른 재소자들은 몰라도 칼은 그녀가 다시 교도소에 찾아갈 가치가 있는 대상으로 보였다. 1990년부터 복역 중이고 2020년 12월 16일부로 가석방 자격이 주어지는 그는, 노던 스테이트에서 시인이자 젊은 수감자들의 멘토, 그리고 헌신적인 불교 전파자로 알려져 있었다.

왜 그런지 모르겠지만 노마는 이 모든 죽음과 암울함 속에서도 그가 실제로 품위 있는 삶을 사는 방법을 찾아낸 것처럼 느껴졌다. 학생들은 칼을 만날 때마다 감동을 받은 채 돌아왔다. 한 학생이 교도소에서 돌아온 후 수업 시간에 말했다. "그 사람은 정말 평온한 것 같아요. 그런데 저는 아직도 허우적대고 있네요."

노마는 자신이 칼의 자기계발에 도움이 될 수 있다면 기꺼이 하겠다고 결심했다. 칼 역시 노마의 수업을 기대하는 듯했다. 침대에서 강의 내용을 곱씹고, 시험을 위해 도서관에서 스터디 그룹을 짜고, 수업에 도움이 될 정보를 찾아보고, 숙제로 깊이 있는 에세이를 써 냈다.

그가 제출한 에세이 중 하나는 수감되기 전에 길고양이 한 마리를 집에 데려온 일이었다. 키티키티라는 이름을 붙여준 그 고양이는 차츰 야생성을 버리고 칼에게서 인간을 믿고 사랑하는 법을 배웠다. 녀석은 종종 그의 품에서 애교를 부리기도 했다. 그러다 칼은 이사를 가게 되어 고양이를 이동장에 넣었다. 그런데 갑작스러운 환경 변화에 두려움을 느낀 고양이가 케이지를 열자마자 뛰쳐나와 달아나버렸다. 칼은 손전등을 들고 숲속을 몇 시간이나 뒤졌지만 키티키티를 찾을 수 없었다.

'그 후 몇 년이 지난 어느 날, 무심코 교도소 천장을 올려다보다 문득 그 고양이가 생각났다. 생각지 못하게 헤어져야 했지만 고양이 덕분에 나는 내 과거를 더 나은 시각으로 바라볼 수 있었다'라고 칼은 에세이에 썼다. '이 동물은 자기 본능을 버리고 나를 믿는 법을 배웠는데 결국 녀석이 그렇게 신뢰했던 나로 인해 충격을 받고 히스테리를 일으킨 것이 아닌가. 내 인생도 이와 비슷한 점이 많다.'

노마가 그 글을 읽은 지 얼마 지나지 않아 칼은 교도소 마당을 어슬렁거리는 길고양이를 우연히 발견했다. 여기저기 상처가 나고 회색, 흰색, 오렌지색이 섞인 털이 엉켜 덥수룩한 모습이었다. 칼은 고양이를 씻겨주고 음식 찌꺼기를 가져다 먹였다. 부엌 창고에 잠자리도 마련해 주었다. 교도관들이 발견하면 쫓아내 버릴까 불안해하면서.

아니나 다를까 얼마 지나지 않아 교도관들에게 들통이 났다. 그 얘기를 들은 노마는 대책을 세우기로 했다. 그녀도 고양이를 좋아했는데 어쩌면 예전에 고양이 꼬리에 불을 붙인 아버지에 대한 반발심 때문이었는지도 모른다. 그녀는 교도관이 고양이를 오후 3시에 보호소로 보낼 것이라는 사실을 알게 되었다. 이에 일명 고양이 구조팀을 꾸려서 한 학생에게 우유 상자를 들려 교도소로 보냈다. 학생은 고양이가 이동하는 경로에서 기다리고 있다가 고양이를 가로채 또 다른 학생에게 넘겼고 그 학생에게서 고양이를 건네받은 노먼이 집으로 무사히 데려왔다. 노마와 노먼의 이웃들은 그 고양이를 '교도소 고양이'로 불렀다.

노마는 궁금했다. 과거에 무슨 일이 있었기에 칼이 이곳으로 오게 되었을까? 다른 재소자들은 본인이 아무리 부인하고 변명해도 끔찍한 범죄를 저질렀던 사람이라고 느낄 만한 구석이 있었다. 하지만 칼은? 그는 지금 고양이 한 마리도 버리지 못하는 사람이었다.

그 답을 알기 전에 노마는 교도소에서 두 번째 강좌를 열 계획이었다. 주제는 「지역사회 정신건강」과 「죽음을 바라보는 관점」이었다.

그녀는 법률 도서관 옆의 비좁은 방을 빌려 교도소 수업을 진행했다. 포개어 쌓을 수 있는 플라스틱 의자들을 드문드문 놓아서 재소자들이 자유롭게 앉게 했다. 한쪽 벽에는 녹색 현수막이 걸려 있었는데 알파벳 'Aa Bb Cc Dd……'라고 적혀 있었다. 또 파도를 타는 서퍼 사진 옆으로 '용기'라는 단어가 인쇄된 포스터, R&B 가수 브랜디의 포스터가 붙어 있었다. 오래된 초록색 칠판 옆으로 책장 두 개가 나란히 놓여 있었다. 책장에는 세바스찬 폭스의《새의 노래: 사랑과 전쟁의 소설》, 린 울만의《당신이 잠들기 전에》같은 책이 꽂혀 있었다.

문을 닫고 수업해서 모두가 편안하게 말할 수 있었다. 교도관은 문 밖에 서 있었다. 이 특별한 죽음학 수업에서는 재소자들이 현장 학습을 나갈 수 없었기에 노마는 현장을 교도소로 옮겨 왔다. 호스피스와 장례식장 직원 같은 외부 인사를 초청하고, 부검 영상을 가져왔으며, 킨 대학교 학생들에게 기증받은《모리와 함께한 화요일》복사본을 여러 권 몰래 가져오는 식으로 말이다. 그녀는 재소자들에게 자신의 유언장을 쓰게 하고 낭독하도록 했다.

노마의 수업 방식을 아는 재소자들은 교실에 들어서자마자 의자부터 둥글게 배치했다. 그들 중에 납치, 강간, 강도, 무기 소지에 대한 벌로 1985년부터 그곳에서 지낸 남자가 있었다. 백발의 레게머리에 긴 얼굴형인 키 큰 남자였다. 그는 노마에게 늘 "올라! 꼬모 에스따스?Hola! Cómo estás?"라고 안부 인사를 건넸다.

마른 체형에 늘 주변을 힐끔거리면서 소년처럼 미소를 짓는 남자도 있었다. 알고 보니 강간죄로 35년을 선고받고 17년째 복역 중이었다. 또 망연자실한 눈빛의 어느 중년은 망치와 지팡이로 부모를 살해해 무기징역을 살고 있었다.

노마는 「죽음을 바라보는 관점」 강의를 들은 재소자들 중 몇 명이라도 피해자에게 용서를 구하고 자신의 죄를 조금이라도 더 뉘우치기를 바랐다. 그때까지는 대부분의 수감자들에게 수업이 효과가 있는지 알 수 없었지만, 칼에 대한 직감만으로도 노마는 계속 시도할 이유가 충분했다. 그녀는 그가 소시오패스가 아니라고 믿었다. 오히려 그녀의 눈에는 폭력과 고통과 죽음이 가득한 곳에서 인간성을 붙잡으려 애쓰는 사람으로 보였다. 그녀는 이스라엘 같은 학생들에게 그랬듯, 칼을 위해서도 변명해 주고 싶은 마음이 들었다. 칼은 구원과 용서가 가능하다는 것을 보여주고 있었다. 그가 감옥에서 해낼 수 있다면 이스라엘도 바깥세상에서 해낼 수 있다고 그녀는 확신했다.

노마는 칼이 숙제로 낸 에세이들과 토론 내용, 그와의 인터뷰, 그의 어머니와 나눈 대화를 토대로 그의 사연을 추적했다. 칼의 어머니는 지팡이에 몸을 의지하고 있었는데 깜짝 생일 선물로 아들을 면회하러 온 어느 주말에 노마는 그녀를 안내해 주기도 했다.

칼의 어머니는 일곱 명의 자녀를 키웠다. 칼은 그중 셋째였다. 칼은 어린 시절에 아버지가 어머니를 때리고 총을 어머니의 입에 쑤셔 넣는 걸 목격한 적이 있었다. 한번은 아버지가 장전된 총을 칼의 얼굴에 들이대며 죽이겠다고 협박하기도 했다. 칼은 다음 날 밤 집을 나왔다. 그 뒤 여덟 시간 만에 첫 범죄인 절도 혐의로 체포되었다. 그의 나이 여덟 살 때였다.

그는 학교에 침입해 전자 제품을 훔치고, 트럭 문을 맘대로 열어 라디오를 훔쳤다. 재미 삼아 차를 훔쳐 달리기도 했다. 어느 날 칼의 아버지는 가족을 데리고 플로리다로 떠났다. 하지만 칼은 햇살 가득한 플로리다로 이사한 지 사흘 만에 가출했다. 그는 어느 화물차 휴게소에 침입해 트럭을 뒤지다가 의자 밑에서 총을 발견했다. 그 총을 들고 라디오 가게를 털다가 경찰에게 잡혔다. 이번에는 판사가 그에게 도난된 총기 소지 및 사용 혐의로 기소했다. 칼이 열두 살 때였다.

그는 10여 명의 다른 비행 청소년들과 함께 그룹 홈_{group home}으로 보내졌다. 1977년 8월 16일, 엘비스 프레슬리가 사망한 날 그곳에 도착했다. 모든 소년이 시무룩한 얼굴로 TV 앞에 모여 추모 방송을 시청하고 있었다.

매일 버스가 와서 소년들을 태우고 학교에 데려갔다. 하지만 그룹 홈의 관리자는 칼의 아버지처럼 늘 술에 취해 폭력적이었고 칼이 온 지 1년도 안 되어 그룹 홈은 문을 닫았다. 칼은 다시 집으로 보내졌다. 그때 그는 열세 살이었고 아버지를 상대할 만큼, 아니 누구와 상대해도 될 만큼 덩치가 커져 있었다.

칼의 아버지는 플라스틱 공장에서 폐품을 분쇄하고 재활용하는 기계를 돌렸다. 칼은 아버지와 함께 일하러 갔다. 하루는 아버지가 다른 작업자에게 잘못된 신호를 보내는 바람에 기계가 너무 일찍 가동되었다. 예리한 칼날에 아버지의 손가락 세 개가 거의 절단되었다. 그는 손가락이 덜렁덜렁한 채로 직접 차를 운전해 병원에 갔다. 봉합 수술을 받았지만 그 후 1년 동안 일할 수 없었다. 사고가 나기 전에도 술꾼이었던 아버지는 아예 알코올중독자가 되어버렸다.

어느 날 칼의 아버지가 아이들을 집 밖으로 내쫓았다. 그는 문을 걸어 잠그고 절대 들어올 생각하지 말라고 했다. 아이들은 퇴근한 어머니에게 아버지가 집에 들어가지 못하게 한다며 불평을 늘어놓았다. 어머니는 아버지 말고 집에 또 누가 있는지 물었다. 집에는 열다섯 살이 된 칼의 누나가 있었다. 나중에 누나는 2년 동안 아버지에게 강간을 당해온 사실을 고백했다. 알고 보니 그가 칼의 이복 누나인 의붓딸도 강간하고 칼의 여동생도 성추행한 사실까지 밝혀졌다. 어머니는 경찰에 신고했고 아버지는 감옥에 갔다.

모든 사건을 겪으며 칼의 마음은 황폐해졌다. 열다섯 살이 되자 강도 사건으로 형사 고발을 당했고 플로리다 전역에 수배령이 내려졌다. 강도 행각은 더 잦아졌다. 칼은 엄마와 형제들에게 작별을 고하기로 마음먹었다. 이번에는 돌아오지 않을 작정이었다. 그는 작은 가방에 소지품을 챙겨 히치하이킹으로 뉴저지로 돌아갔다.

10년 후, 칼은 크리스마스를 8일 앞두고 캠튼 카운티 교도소의 지저분한 바닥에 쭈그러져 있는 신세가 되고 말았다.

경찰 보고서에 따르면, 칼이 살해했다고 자백한 사람은 스티븐이라는 서른다섯 살 남자였다. 스티븐이 죽던 날, 이마가 벗겨진 갈색 머리의 그는 짙은 색 코듀로이 바지와 긴 소매의 티셔츠, 녹색 스웨터, 주황색 수영복 반바지를 입고 있었다.

그 남자가 실종된 지 한 달 후 칼의 누나가 경찰서에 찾아왔다. 그리고 스티븐의 죽음에 대해 칼과 칼의 친구를 살인범으로 신고했다. 두 남자는 경찰 조사에서 범행을 시인했다. 그들은 스티븐과 안면이 있었다. 스티븐이 1만 2,000달러의 유산을 받았고 1982년식 검은색 크라이슬러 트렁크에 돈다발을 넣어두었다는 것을 알게 되었다고 말했다. 그래서 돈을 훔칠 계획을 세우고 그를 찾아다녔지만 허탕만 치고 곧 포기했다. 스티븐이 칼의 누나네 집에 축구 경기를 보러 갔을 때까진 그랬다. 칼은 그날 그보다 늦게 공범과 함께 누나의 집에 나타났다. 누나는 아이들을 재우고 자정이 지나 잠들었다.

스물다섯 살의 칼이 자백한 내용에 따르면 누나가 자는 동안 그를 '한 번 가격'했다. "옆머리를 때렸어요. 고개를 푹 꺾었다가 다시 들더라고요. 그래서 한 번 더 쳤어요. 그제야 완전히 고개를 떨구더군요."

칼은 자메이카산 나무로 만들어진 무거운 조각상의 윗부분이 부러진 후에야 그것을 떨어뜨렸다. 그는 뒷걸음질을 쳤다. 스티븐은 아직 숨을 쉬고 있었다. 칼이 진공청소기를 가져왔다. "청소기 줄로 목을 조르려고 했는데 줄을 잡을 수가 없었어요. 피 때문에 손이 계속 미끄러져서요."

스티븐은 여전히 숨을 쉬고 있었다. 칼은 출혈을 멈추게 하려고 비닐봉지를 가져다가 머리에 씌웠다. 그런 다음 강력 접착테이프로 봉지를 고정했다. 두 사람은 스티븐의 주머니에서 200달러를 찾아냈다. 그들이 스티븐의 차 트렁크에서 발견한 것은 잡지,

옷, 잡동사니로 가득 찬 쇼핑백, 파란색 케이스뿐이었다. 케이스에는 돈 대신 제도용품 세트, 스웨이드 재킷, 방한용 스웨트셔츠, 내복, 다량의 전단지, 대마초 파이프, 향수 두 병, 흰색 플라스틱 머리빗이 들어 있었다. 유산은 없었다.

그들은 스티븐의 시신을 강력 접착테이프로 감아 태아처럼 구부린 후 커다란 트렁크에 구겨 넣었고 식탁보로 바닥에 묻은 피를 닦았다.

범행을 자백한 칼은 경찰과 독일 셰퍼드 개를 스티븐이 묻힌 장소로 안내했다. 숲에서 381미터쯤 들어간 지점에서 개가 짖기 시작했다. 그들 앞에 너비와 깊이가 각각 91센티미터 정도 되는 얕은 무덤이 나타났다. 칼은 스티븐의 몸통을 나뭇잎과 흙으로 덮었지만 머리는 노출된 채로 남겨뒀다. 경찰 보고서에 따르면 머리가 땅 위로 튀어나와 있었다.

마침내 자세한 내막을 알고 나자 노마는 '칼에 대해 더는 따뜻하고 푸근한 마음이 들진 않더라'고 했다. 어쩔 수 없었다. 하지만 그가 알고 있는 칼은 지금의 칼이지 스물다섯 살 때의 칼이 아니었다.

칼은 감옥에서 젊은 시절에 어머니가 심어주려고 했던 종교적 가치관으로 돌아갔다. 기독교 대학의 통신 교육 과정과 교도소 내의 성경 수업을 들었다. 종교에 관해서라면 그는 몇 시간 동안 얘기할 수 있었고 성경 구절도 막힘없이 인용할 수 있었다. '기독교인의 삶을 살지 못한 것이 내가 감옥에 갇힌 이유이며, 오직 주님께 대한 헌신만이 나를 구원할 수 있다고 스스로를 설득했다고 칼은 한 에세이에서 말했다. '그래서 나는 주님을 위해 모든 것을 걸었다.' 하지만 마흔이 되자 칼은 주님에 대한 믿음만으로는 자신의 처지를 바꾸기엔 부족하다는 사실을 깨닫기 시작했다.

그는 한 종교에만 헌신할 필요 없이 다른 종교들에 대해서도 배우고 싶어 했다. 또한 모든 영적 체계 중에서도 불교의 전통적 측면이 가장 와 닿는 것 같았다. 그것은 종교라기보다 철학이나 삶의 방식에 가까웠다. 그래서 칼은 교도소 내 목사에게 선불교를 공부해도 괜찮겠냐고 물었다. 목사는 그 생각을 반기진 않았지만, 칼이 선불교 학교의 한 스님과 연락할 수 있도록 허락했고 그 스님은 교도소에서 수업을 시작하는 것에 동의했다.

그의 영성 학습은 2003년 어느 날 교도관이 짐을 싸라고 말하기 전까지 순조롭게 진행되고 있었다. 그 말은 칼이 수갑을 차고 버스에 실려 감방에 책상까지 두고 목공과 가구 제작 기술을 배우던 편한 교도소를 떠나게 된다는 뜻이었다. 그는 왜 자기가 이감되는지 영문을 몰랐다. 그러다 곧 북쪽의 노던 스테이트 교도소로 간다는 것을 알게 되었다.

그 교도소에는 불교 수업이나 명상 수업이 없었다. 며칠이 지나 칼은 불교 교사가 와서 재소자들을 위해 수업을 해줄 수 없는지 물었지만 그의 요청은 거듭 무시당했다. 그 사안에 대해 성직자와 상담할 수 있는지 묻기도 했지만 역시 거절당했다. 결국 그는 수감자들과 자원봉사 불교 스승들을 연결해 주는 '리버레이션 교도소 프로젝트Liberation Prison Project'에 편지를 보냈다. 연방 민권 소송을 제기하겠다는 엄포도 놓았다. 그제야 교도소 관계자들의 관심을 끌었다. 교도소는 자원봉사자 신청을 받고 있다고 알렸으며 여섯 달이 안 돼 적임자를 찾았다고 통보했다. 저명한 영성 교사이자 명상 지도자인 딘 슬루이터였다.

2005년 딘이 첫 만남을 위해 노던 스테이트 교도소 안으로 왔을 때 세 사람이 그를 맞이했다. 딘은 나중에 이렇게 회상했다. "다른 두 남자는 자기들이 뭘 해야 하는지 잘 모르더군요. 하지만 칼은 아주 명쾌하고 정확했어요. 그동안 책을 읽고 수행해 온 흔적이 역력했지요."

매주 목요일 저녁 6시면 딘은 교도소에 도착했다. 교도관들이 불교 공부 시간을 알리면 수감자들은 각기 다른 구역에서 나와 예배당에 모여 한 시간 반 동안 수업을 받았다. 그룹은 정기 참석자만 열여덟 명에 이를 정도가 되었다. 칼은 노던 스테이트 불교 공동체의 초석이 되었고 딘에게 '집사'라고 불렸다.

재소자들은 수업 때마다 한 시간에 네다섯 번씩 천장에 달린 스피커에서 쩌렁쩌렁 울리는 안내 방송을 꿋꿋이 견뎌냈다. 딘은 그들이 명상의 달인이 되었다고 말했다. "부처님이 말씀하시길, '머리털에 불이 붙은 것처럼 수련하라' 했는데 그들이 그랬어요. 절박함을 깨달은 것이죠. 그들에게 이 수업은 요가 수련원에서 하는 주말 워크숍 같은 게 아니에요. 생존의 문제입니다. 죽느냐 사느냐, 제정신이냐 미치느냐의 문제인 겁니다."

칼은 누이들이 당한 성적 학대에 대해 알게 된 후 몇 년이 지나 아버지를 용서했다. 여전히 가끔씩 화가 치밀지만 감옥에 있는 아버지에게 전화를 걸어 '사랑한다'라고 말하는 자신을 상상하기까지 했다고 한다. 이유를 묻자 그는 간단히 대답했다. "내가 용서하지 못하면서 어떻게 용서받기를 기대할 수 있겠어요?"

노마는 칼이 에릭슨의 생애주기 단계를 헤쳐나가고 있다고 생각했다. 노마가 가르친 바에 따르면 죽음 직전의 마지막 여덟 번째 단계는 성찰로 귀결된다. 에릭슨은 이 단계를 '자아 통합 대 절망'이라고 불렀다.

자신의 인생 전체를 돌아보며 마지막에 "그래, 내 인생은 좋았어. 이런 결과를 맞이하게 되어 만족스러워. 다시 살 수 있다면 기꺼이 그렇게 살겠어"라고 말할 수 있는 사람은 자아 통합, 진정성을 느끼게 된다고 노마는 설명했다.

노마는 알고 있었다. 칼이 자기 삶의 결과에 만족하지 못한 채 마지막을 맞이할 수도 있다는 것을. 하지만 가능한 한 많은 선행을 쌓기 위해 그는 남은 시간 동안 최선을 다하고 있었다.

노마의 경험으로 보자면 생의 마지막에 이르렀을 때 모든 단계를 거쳤고 난관을 만족스럽게 극복한 사람들, 즉 에릭슨의 생산성 의식이 강하게 발달한 사람들은 두려움이나 불만을 덜 느끼며 죽음과 마주할 수 있다.

그들은 간단하게 내려놓을 수 있다고 노마가 말했다. 자연사하는 경우 죽음은 대개 평온하게 찾아온다. 노마가 수습 간호사일 때 임종을 지킨 첫 환자가 거센 저항이나 고통 없이 죽음을 맞았던 것처럼 말이다. 몸에서 마지막 생명이 빠져나갈 때 노마는 그의 손을 붙잡고 있었는데 그 모든 과정이 얼마나 평화롭게 보였는지 그녀는 평생 잊지 못했다.

삶을 돌이켜보며 스스로 만족스럽거나 행복하지 않다는 것을 깨닫는 사람들, 망가진 관계와 깨진 가족의 흔적을 남겨둔 사람들, 진정한 사랑의 감정을 한 번도 경험하지 못했거나 자신이 정말 누구인지 깨달은 적이 없는 사람들. 그들의 삶은 더 가혹한 상태로 끝날 수도 있다. 노마는 학생들에게 죽음에 대해 이렇게 말했다.

"죽음이 찾아왔을 때 그들은 매달리고 또 매달려요. 고통 속에 있죠. 그런 사람들은 절망 속에서 죽어갑니다."

노마 교수는 그런 죽음을 수없이 목격했다. 놓아줄 준비가 전혀 되지 않은 채 두려움에 사로잡힌 사람들의 죽음을.

에릭슨은 '절망감은 또 다른 삶을 시작하기에도, 진정성을 향한 다른 길을 시도하기에도 시간이 너무 짧다고 느끼는 감정의 표출'이라고 했다. '그러한 절망은 흔히 겉으로 드러난 혐오감이나 불신, 특정 제도나 인물에 대한 만성적인 경멸과 불쾌감 뒤에 감춰져 있다. 그 혐오와 불쾌감은…… 자기 자신에 대한 경멸을 뜻할 뿐이다.'

노마가 학생들에게 다시 말했다. "지켜보기 힘들어요. 그들에겐 끝맺지 못한 일이 많은데 시간은 다 흘러가버렸죠. 돌아갈 방법은 어디에도 없고요."

노마가 지켜봐야 했던 죽음 중 가장 힘들었던 죽음은 2년 전에 일어났다. 바로 엄마의 죽음이었다.

린다는 노마의 아버지와 이혼한 후 캘리포니아에서 쭉 살고 있었는데 2006년 12월 무렵엔 폐암으로 고통받고 있었다. 10년 이상 엄마와 거의 말도 하지 않고 지내긴 했지만, 노마는 외할머니에게 해드렸던 것처럼 항암 치료를 받는 린다를 돕기 위해 캘리포니아와 뉴저지를 바쁘게 오갔다.

마지막 순간들엔 린다는 더 이상 움직이거나 음식을 삼키거나 주변 사람들의 반응을 알아차릴 수 없었고, 산소호흡기와 모르핀에 의존해야 했다. 의사들이 종양을 간신히 제거했지만 암세포는 린다의 몸을 완전히 망가뜨렸고, 내장을 갉아먹는 항생제 내성 포도상구균 감염MRSA staph infection까지 일으켰다. 기관절개술이 필요했으나 의료진은 그녀가 수술대 위에서 죽을 수도 있다고 경고했다.

예순여섯 살의 린다는 이제 음식도 먹을 수 없게 되었다. 노마는 린다의 의료 대리인이었다. 의료 대리인이란 당사자가 더 이상 의사 결정을 할 수 없는 상황에 대비해 작성한 사전연명의료의향서living will에 미리 지정된 사람으로, 그 경우 대신 의료적 결정을 내리는 역할을 맡는다. 노마는 이를 설명할 때마다 해당 양식을 학생들에게 나눠주었다. 거기에는 삽관 시술이나 심폐소생술을 원하는지 등을 체크하도록 되어 있었다. 린다는 이 문서에 튜브나 기계에 의존한 연명 치료를 원치 않는다고 명시해 두었다.

뮤지션인 노마의 남동생은 당시 오케스트라와 해외 순회 공연 중이었다. 린다는 노마의 아버지와 두 번 이혼한 후에 만난 연상의 남편과도 갈라선 상태였다. 그녀는 고열에 시달렸고 감염 증세는 나이질 기미도 보이지 않았다. 항생제도 듣지 않았다. 그녀

곁에 있을 때는 항생제 내성 세균MRSA에 전염되지 않도록 노마도 마스크와 가운, 장갑을 착용해야 했다. 의사들은 이틀 동안 상태를 지켜본 뒤 그래도 호전되지 않으면 호흡기를 뗄지 말지 노마가 결정해야 할 거라고 말했다.

린다는 항상 단정하고 깔끔한 여성이었으며 머리와 화장에 신경 쓰는 편이었다. 1차 항암 치료를 받는 동안에 봤던 존 쿠삭 주연의 영화 〈비밀과 거짓말의 차이〉는 그녀의 기분을 북돋아 준 유일한 위안거리였다. 그녀가 말을 할 수 없게 됐을 때 노마는 엄마라면 그런 상태에 놓인 자신을 보는 게 죽기보다 싫었을 거라고 생각했다. 수술을 잘 견뎌낸다 해도, 걷고 말하고 음식을 삼키는 법을 다시 배워야 할지도 몰랐다. 어쨌든 의료진은 그 정도까지 회복되리라고 낙관하지 않았다.

"정말 힘든 싸움이 될 거예요, 엄마." 노마가 말했다. "원하는 게 뭔지 나에게 신호를 보내세요. 상태가 나아지지 않으면 의료진이 엄마가 쓰신 대로 조치를 취할 거니까요."

노마는 대기실로 들어가 결국 울음을 터뜨렸다. 어머니의 산소호흡기를 떼어내는 결정을 내려야 한다는 사실을 알았기 때문이다.

한 할머니가 노마에게 다가왔다. 병원 자원봉사자인 그녀는 은빛 곱슬머리에 교정용 신발을 신고 안경을 쓰고 있었다. 어딘지 모르게 산타클로스 부인 같았다. 그녀는 노마의 이야기를 듣고 위로했다. 할머니는 자기도 최근에 남편 일로 비슷한 결정을 내렸다고 말했다. 그리고 노마의 손을 잡더니 로비로 따라오라고 했다. 사람들이 종이학과 장식물에 사랑하는 사람의 이름을 써서 크리스마스 트리에 걸기 위해 줄을 서 있었다. 노마도 노부인의 도움으로 하나 만들어 가지에 매달았다. 어머니의 이름이 다른 이름들 옆에 매달렸다.

"괜찮을 거예요." 노부인이 말했다. 그녀는 노마의 전화번호를 묻고 며칠 동안 계속 안부를 확인했다. 노마는 어머니가 돌아가신 후에 다시 그 노부인을 만나진 못했다. 하지만 잔잔히 떨리는 목소리를 들으며 느꼈던 위안은 잊지 못할 것 같았다. 그 위로는 그녀 인생에서 단 한 사람, 외할머니에게서만 느꼈던 위안과 비슷한 것이었다.

"오늘 밤 저희가 조치를 취하는 게 좋을까요?"
의사가 물었다.
"아니요. 오늘 밤은 안 돼요."
노마가 대답했다. 그녀는 그날 저녁 어머니의 집으로 돌아가 문 앞에서 옷을 다 벗어서 뜨거운 물과 표백제를 넣은 세탁기에 던져 넣고 세탁했다. MRSA의 흔적까지 소독하기 위해서였다. 그리고 오랜 시간 샤워하며 땀을 쭉 뺀 다음, 오래된 사진첩을 뒤적였다.

노마도 알다시피 호스피스 치료에는 삶에 대한 회고라는 고유의 방식이 있다. 간병인과 상담사들은 때때로 말기 환자와 함께 구술 역사처럼 그 작업을 한다. 어떤 이들은 자신의 이야기를 글로 적고, 어떤 이들은 녹음한다. 또 어떤 이들은 묻혀버린 기억을 떠올리려고 음악을 듣고, 어떤 이들은 친구와 가족을 초대해 옛날 이야기를 나눈다.

회고 과정에서 일종의 점화 장치 역할을 하는 질문들도 있다. 어린 시절에 누가 당신을 돌봤으며 그들은 어떤 사람이었는가? 첫사랑은 누구였나? 대학 시절 가장 친한 친구는? 만일 인생을 다시 살 수 있다면 무엇을 다르게 할 것인가? 똑같이 하고 싶은 건 무엇인가? 인생에서 가장 불행했던 시기는 언제인가? 그로부터 무엇을 배웠는가? 가장 행복했던 때는 언제인가?

노마는 어머니가 자신의 인생을 되돌아볼만큼 정신이 맑지 않다는 걸 알았다. 그래서 그날 밤 집에서 혼자 앉아 어머니를 대신해 인생을 되돌아보았다. 어머니가 마지막으로 결혼한, 노마와는 일면식도 없는 남자와 함께 태국과 중국을 여행하며 찍은 사진들을 넘겨보면서.

부모님이 두 번째 이혼을 했을 때 노마는 성인이었다. 기억 속에서 어머니는 브리지 게임 파트너와 바람을 피우고 있었고, 아버지는 그 사실을 알고 상대 남자를 죽이겠다고 협박했다. 어머니는 남편의 직장에 전화를 걸어 그가 마피아에 계약을 넘기고 있다고 고발했다. 노마의 기억이 맞는다면 마피아의 보스가 린다를 앉혀놓고 돈을 주며 이렇게 말했다. "다시는 당신 얼굴도 보고 싶지 않고 소식도 듣고 싶지 않소. 이게 경고로만 끝나길 바라오."

노마는 어머니가 울면서 "그들이 나를 죽일 거야"라고 말하던 모습이 기억났다. 어머니가 캘리포니아로 이사한 게 그때였다. 그 일로 노마의 아버지는 경찰에 두 번째로 체포를 당할 뻔했고,

마을을 떠나 잠적하기로 결심했다.

어머니와의 관계가 16년간 소원했던 이유는 심각한 사건들 때문이었다. 첫 번째 사건은 노마가 독립기념일에 엄마의 사촌이 살던 브루클린 아파트에 갔을 때 일어났다. 발코니에 나갔다가 술에 취한 엄마가 당시 어린이였던 노마의 딸 멜리사를 48층 높이의 난간 위로 들어 올린 채 흔드는 걸 본 것이다. 노마는 생각했다. '와, 이 여자는 이제 나를 해칠 수는 없지만 내 아이를 다치게 할 수 있겠구나. 그건 내가 절대 용서할 수 없을 거야.'

얼마 뒤에도 린다는 멜리사를 발레 수업에서 빼내려 했고, 또 다른 날에는 학교를 그만두게 하려고 했다. 두 번 다 노마에게 알리지도 않고 허락도 받지 않았다. 참다못한 노마가 엄마에게 경고했다.

"이제 내 주변에 얼씬거리지 마세요. 전화할 생각도 하지 말고요." 린다는 다신 멜리사를 보지 못했다. 둘째인 베카의 존재는 영원히 알지도 못하게 되었다.

린다가 죽기 몇 달 전, 그녀는 노마에게 어떤 형태로든 사과하려 했던 적이 있었다. 항암 치료를 받기 위해 노마의 차에 타서 병원으로 가던 중이었는데 린다가 노마를 바라보며 "내가 최고의 엄마는 아니었어"라고 중얼거린 것이다.

노마는 아무 대꾸도 하지 않았다. 그것이 아마 린다가 할 수 있는 가장 사과다운 사과라는 것을 알면서도 가만히 있었다. 몇 초간 침묵 끝에 노마가 입을 열었다. "다 옛날 일이에요."

어머니의 캘리포니아 집에서 인생을 돌아보던 그날 밤, 노마는 어머니가 돌아가신 뒤 아버지가 혼자 아파하고 자기 잘못을 되새기며 살아갈 것임을 알았다. 에릭슨이 쓴 대로 생의 여덟 번째이자 마지막 단계는 '자신의 유일무이한 생애주기의 수용, 그리고 거기에 중요한 존재가 된 사람들을 받아들이는 것'이었다. 노마는 알고 있었다. 숱한 불화가 있었고 폭력적인 사랑을 했지만 두 사람의 사랑은 진짜라는 것을. 아버지는 말해지지 않은 모든 것을 안고 계속 살아가야 할 것이다. 다음 날 아침 노마는 아버지에게 전화를 걸었다.

"오늘 엄마 산소호흡기를 뗄 거예요."

아버지가 말했다.

"네 엄마에게 하고 싶은 말이 있다."

노마는 병실에 있는 어머니 귀에 전화기를 댔다. 아버지가 평소처럼 저주의 말을 퍼붓거나 "나한테 빚진 돈은 어떻게 할 거야?" 같은 소리만은 하지 않길 바랐다.

"린다……."

아버지의 목소리가 들렸다.

"처음 본 날부터 나는 당신을 사랑해왔어."

어머니의 눈꺼풀이 파르르 떨렸다.

"당신은 내 평생의 반려자였어. 예쁜 두 아이를 낳아줘서 고마워. 당신이 아프니 나도 마음이 아프네. 후회하며 떠나지 않았으면 좋겠어." 아버지도 울고 있는 것 같았다.

"우린 정말 좋은 시간들을 보냈어. 좋았던 시간만 간직해 줘. 나쁜 기억은 잊어버리고."

아버지가 마지막 인사를 건네고 나서 그녀는 전화를 끊었다. 그러고는 어머니에게 속삭였다.

"이제 의사들이 산소호흡기를 뗄 거예요. 엄마 옆에 내가 있을게요."

노마는 병상에 올라가 그녀를 꼭 껴안았다. 어머니의 거친 숨소리가 들렸다.

"엄마, 나 여기 있어요. 괜찮아."

노마는 휴대용 CD 플레이어를 병원에 가져왔었다. 남동생의 클래식 음악이 담긴 CD를 틀었다. 의사가 간호사들과 들어왔다. 간호사 한 명이 어머니의 턱을 잡고 다른 한 명은 입을 통해 튜브를 빼냈다. 튜브는 기다란 밀크쉐이크 빨대처럼 기도와 목에서 미끄러져 나왔다.

어머니는 튜브 없이 숨을 쉴 수 없었다. 노마는 마스크와 병원 가운을 입은 채 모든 게 끝날 때까지 린다를 안고 있었다. 하지만 어머니의 마지막 순간은 외할머니나 간호학교 시절에 본 할머니 환자만큼 우아하진 않았다.

노마가 그때를 회상하며 말했다. "엄마가 무슨 생각을 했을지 상상도 안 가요. 몸부림을 치셨죠. 숨이 가빠 헐떡이면서요. 내가 음악을 틀어놨는데 약간 겁에 질린 것처럼 보였어요." 노마는 울어서 빨개진 눈으로 잠시 말을 멈췄다. "정말 힘들었어요."

린다가 연명 치료를 원치 않는다고 분명하게 밝히긴 했지만 어느 순간 노마는 의사에게 튜브를 제거하라고 한 것이 잘못인 것처럼 느꼈다. 모두 중지시킬 생각도 했다. 하지만 이미 너무 늦었다. 시간이 다 된 것이다.

이스라엘이 자신의 에세이를 발표할 차례가 다시 돌아왔다. 전에는 노마 교수가 아무리 지목해도 마다했는데 이번에는 먼저 읽어보겠다고 나섰다. 재소자들을 만난 일이 아직 그의 기억에 남아 있었다. 갱단 시절의 옛 친구들 생각이 머리에서 떠나지 않았다. 너무나 많은 재소자가 자기 죄에 책임을 지려 하지 않는 것 같았다. 그러나 칼 같은 극소수는 속죄와 진정성을 향해 한 걸음씩 나아가는 듯했다. 작별 편지를 꺼내든 이스라엘은 잠시 머뭇거리더니 "친애하는 제이슨에게." 하고 편지를 읽기 시작했다.

제이슨은 이스라엘이 비행 청소년 훈련소에서 일할 때 만난 10대 소년이었다. 이스라엘은 당시 스물네 살로, 갱단 생활을 청산한 지 6년째 되었으며 과거를 만회할 방법을 찾으려고 애썼지만 정확히 어떻게 해야 할지 모르고 있었다. 제이슨은 그때까지 갱단에 발목이 잡힌 처지였는데 새로 만난 멘토에게 거기서 완전히 나오고 싶다는 속마음을 털어놓았다. 이스라엘은 제이슨에게 조폭 생활에서 발을 빼도록 도와주겠다고 약속했다.

훈련소를 졸업한 뒤 제이슨은 갱단 동료들에게 이스라엘이 자신의 보호감찰관이라고 거짓말을 했다. 그는 친구들이 어리석은 짓을 하려 할 때마다 이스라엘에게 전화를 걸었다. 그러면 이스라엘은 차를 몰고 와서 "제이슨, 이리 와"라고 외쳤다.

"야, 저 사람 내 보호관찰관이야. 나 가봐야겠다." 제이슨이 동료들에게 말했다. 이스라엘은 보호감찰관과는 거리가 멀었다. 그저 형 같은 존재로, 제이슨을 체육관에 데려가거나 밥을 사주고 택배 회사에서 일자리를 얻게 도와주었다. 그는 자신이 깨달은 것, 갱단 생활에서 벗어나는 게 마약 중독에서 회복되는 것과 비슷하다는 점을 제이슨에게 말했다. 그 후 1년 동안 제이슨은 멘토의 조언을 따랐다.

그러나 어느 날 밤, 맨해튼에서 영화를 보고 있을 때 훈련소에서 만난 10대 중 한 명이 이스라엘에게 전화를 걸어왔다. 그는 함께 일하는 청소년들에게 필요할 때면 언제든지 연락하라고 했었다. 그 아이는 제이슨에게 무슨 일이 생겼다고 전했다. 제이슨이 길을 걷고 있을 때 두 남자가 뒤에서 접근하더니 총을 두 발 쐈다는 것이었다. 제이슨은 결국 살아남지 못했다.

이스라엘은 제이슨을 죽인 범인들이 그가 속한 갱단원들이었다는 사실을 나중에 알게 되었다. 이스라엘은 제이슨을 너무 급하게 갱단에서 빼내려 한 것 같아 죄책감에 시달렸다. 자신처럼 대가를 치르지 않고 빠져나올 수 있을 거라는 생각에 어떻게든 빼낼 궁리만 했다. 그러나 현실은 무시무시했다.

"누구에게나 정이 들고 애착이 가는 사람이 한 명은 있잖아요." 이스라엘이 말했다. "제이슨은 제 자식 같았어요." 학생들 앞에서 자신의 사연을 공개한 것은 제이슨이 죽은 지 1년이 지난 뒤였다. 두 용의자는 검거되어 재판을 앞두고 있었다. 하지만 그들은 살아 있었다. 아마 그들은 노던 스테이트 교도소에 수감될 것이다.

노마는 귀 기울여 그의 이야기를 들었다. 다른 학생들도 마찬가지였다. 이스라엘은 어떤 젊은이의 머리에 총을 겨눈 적이 있다고 솔직히 말했다. 열의를 가지고 제이슨을 돕고, 결국 실패로 끝난 데 대해 그토록 괴로워했던 이유가 거기 있었다.

죽음학 수업이 끝나기 일주일 전, 이스라엘은 의류 할인매장에 갔다가 10년 전에 알았던 누군가와 우연히 마주쳤다. 그가 거의 죽일 뻔했던 바로 그 청년이었다. 푸에르토리코에서 돌아온 그는 이제 어른이 되어 있었다. 둘의 시선이 마주쳤다. 이스라엘은 그의 진한 눈동자와 흐르던 눈물을, 그 안에 서려 있던 공포를 기억했다. 어머니의 비명 소리도 기억났다.

두 사람은 매장 한가운데 서서 서로를 응시했다. 이스라엘은 그의 곁에서 한 여자가 유모차를 붙잡고 있는 것을 보았다. 오만 가지 생각으로 머릿속이 복잡해졌다. 이제 가정을 꾸린 건가? 그의 옛 숙적은 자기 삶을 찾아 잘 살아온 것 같았다. 정착했구나. 녀석도 내가 과거를 청산했다는 소식을 들었을까? 어쨌든 그들은 옛날의 길모퉁이가 아닌 의류 매장 안에서 마주쳤다. 이제 두 사람 모두 삶의 두 번째 기회를 얻은 채 서 있었다.

이스라엘은 사과하고 싶었다. 하지만 무슨 말로 시작해야 할까? 너와 네 아버지를 총으로 갈기고 어머니를 때려눕힌 채 네 머리에 총을 겨눠 미안하다고? 아무 말도 나오지 않았다. 어떤 말도 필요하지 않았다. 대신 두 사람은 몇 분이나 되는 침묵 속에 그 자리에 서 있었다. 그런 다음 둘 다 돌아서서 걸어갔다.

현장 학습 노던 스테이트 교도소

글쓰기 과제 사형 제도

현재 사형 선고를 받고 집행을 기다리고 있는 사건을 찾아 사건의 경과와 쟁점을 정리하세요. 또 사형 제도에 대해 찬성 또는 반대 중 한쪽 입장을 정해, 그 판단의 근거를 조사 내용과 함께 써봅니다.

Chapter 9.

남겨진 사람의 몫

2008년 11월

망상형 정신분열증 판정을 받은 동생 조시가 병원에서 퇴원한 후 조나단은 케이틀린과 헤어졌다고 해서 괴로워할 틈이 없었다. 케이틀린이 엄마의 자살 시도 때문에 노마를 자주 만나 신세 한탄을 하고 있는 상황도 몰랐다. 조시에게 매일 약을 챙겨주는 일만으로도 정신이 없었다. 조시는 점점 나아지고 있는 것처럼 보였다. 자기 손으로 직접 양치하고 샤워도 하고 있었으니까. 조나단은 정신이 제법 온전해진 동생을 데리고 뉴저지를 잠시 떠날 필요가 있겠다고 판단했다. 그는 할머니를 뵈러 가기로 하고 우루과이행 비행기표를 끊었다. 어렸을 때 그랬던 것처럼 해변에서 느긋하게 시간을 보내는 것이 조시에게 좋을 것 같았다.

하얀 모래밭과 맑은 바다가 펼쳐진 풍경, 할머니의 손맛이 가득한 요리들이 처음엔 효험이 있는 듯했다. 거의 예전 모습으로 돌아간 조시는 행복해 보였다. 심지어 탈취제를 뿌리고 옷도 말끔히 차려입고는 조나단에게 밖에 나가고 싶다는 말까지 했다.

조나단은 흔쾌히 그러자고 했다. 두 형제는 세상에 아무 걱정도 없는 또래 대학생들처럼 술집과 댄스 클럽에서 밤을 보냈다. 그러나 우루과이에 거의 한 달 동안 머물며 여행이 거의 끝나갈 무렵, 조시는 몸이 좋지 않다고 불평하기 시작했다.

어느 날 조나단은 조시가 알약을 입 안에 넣고 있다가 삼키지 않고 화장실 변기에 뱉어버렸다는 것을 눈치 챘다. 조나단은 그를 추궁했다.

"형은 그 약을 먹으면 기분이 어떤지 몰라서 그래." 조시가 반발했다. "자살 충동이 든단 말야. 식탁에 같이 앉아 있을 때는 형을 죽이는 생각을 하게 돼. 내 손에 나이프가 있잖아. 찌르고 싶어진다고."

"알았어." 조나단이 차분하게 말했다. "뭐, 그래도 날 찌르진 않았잖아? 그 약을 먹지 않으면 날 찔렀을지도 몰라. 집에 돌아가면 그 문제에 대해 고민해 보자. 정신과 선생님한테 진료도 받고."

조나단은 열다섯 살 때 우루과이의 백사장을 따라 달리다가 돌고래 여섯 마리가 떼를 지어 헤엄치고 노는 모습을 본 적이 있다. 조나단은 그 녀석들과 한참 나란히 달리면서 자연스럽게 물속으로 미끄러지듯 들어갔다. 그리고 녀석들과 한 가족인 양 어울려 헤엄쳤다. 몸집이 어마어마하게 큰 돌고래들도 있었는데 하나도 무섭지 않았고 마냥 짜릿하기만 했다.

어렸을 때 형제들이 잠든 사이에 아빠가 엄마를 칼로 찌르는 장면을 목격하면서도 그는 무섭지 않았다. 혼란스럽고 분노가 일긴 했지만 두려움은 없었다. 자동차가 다리에 충돌해 교통사고가 나고 아빠가 감옥에 갔을 때조차 마찬가지였다. 그저 다음에 해야 할 일을 파악하고 실행했다.

조나단은 꼼짝할 수도 없는 공포를 느낀 적이 한 번도 없었다. 지금까진 그랬다. 하지만 이제 조시가 자기를 죽일 수도 있다는 것을 알았다. 언젠가는 그런 일이 일어나리라는 예감까지 들었다. 단지 시간 문제일 뿐이었다. 그는 유언장을 쓰기로 결심했다.

할머니 댁은 방들이 어두컴컴했다. 조나단의 침실 문은 열려 있었다. 조시가 밤새 복도를 뛰어다니는 소리가 들렸다. 그의 손에 칼이 들려 있을까? 조나단은 잠을 이루지 못했다.

우루과이에서 돌아오고 열흘이 지났을 때 조나단은 샤워하다가 무릎이 마비되는 걸 느꼈다. 팔과 가슴은 전부터 마른 버짐이 퍼진 상태였다. 의사는 스트레스 때문이라고 했다.

조나단은 자기와 동생 둘 다 망가지고 있는 것처럼 느껴졌다. 그는 이런 얘기를 털어놓을 사람이 아무도 없었다. 자신을 이해해 주었던 유일한 여자, 케이틀린은 이제 옆에 없었다. 그는 늘 기진맥진해 있었고 조시의 병원비와 생활비를 감당하느라 많은 빚을 지고 있었다. 유동적으로 근무할 수 있는 일을 해서 처음엔 동생을 돌볼 시간을 낼 수 있었지만 부동산과 관련된 회사 일이 최악으로 치닫고 있어서 빠져나오기가 쉽지 않았다.

그는 조시가 100퍼센트 회복될 리 없다는 것을 알고 있었다. 하지만 50퍼센트만 나아져도 괜찮은 삶을 살 기회가 생길지도 몰랐다. 어쩌면 조시는 전문대에 진학해 무사히 졸업하고 파트타임 일을 구할 수 있을지도 몰랐다. 아니면 우루과이로 완전히 돌아가서 형인 자신이 그를 부양할 수도 있었다.

어떤 밤에 조나단은 하루 종일 일한 뒤에도 조시가 기타를 치거나 노래하는 것을 듣고 함께 연주해 주곤 했다. 하지만 동생은 그때마다 광기를 드러냈다.

"형은 나를 따라하고 있어. 나를 통제하려고 일부러 그러는 거야. 전에는 기타에 관심도 없었잖아. 기타를 좋아하지도 않았으면서."

조나단은 여태껏 동생을 도우려고 애썼다. 함께 노래 부르는 게 그에게 좋을 거라고 생각해서였다. 그러나 점점 스스로에게 의심이 들었다. 내가 옳다고 생각한 모든 것들이 틀렸다면 어떻게 조시를 도울 수 있을까? 어떻게 해야 하지?

우루과이에서 돌아온 지 얼마 안 되어 사회복지사가 찾아왔다. 그녀는 조나단에게 현실을 직시하라고 말했다. "모든 시간을 동생과 보낼 수는 없어요. 당신 인생을 망치고 있어요. 평생 이렇게 살 거예요?"

조시가 정신분열증 진단을 받은 후 조나단은 그에게 편지를 썼었다. 직접 대면하는 것보다 글로 이야기하는 것이 더 잘 와닿을 거라고 생각했기 때문이다.

조시, 난 널 정말 사랑해. 널 돕기 위해 뭘 해야 하든 상관 안 해. 네 뜻과 다른 일일지라도 말이야. 나는 네가 나에게 말해주길 바라고 있어. 무슨 생각을 하는지, 너 자신을 어떻게 생각하는지, 요즘 네 머릿속과 삶에서 벌어지고 있는 일들에 대해서도. 넌 내가 아는 가장 똑똑한 아이야. 내 바람대로 네 생각을 말해주면 좋겠다. 그게 이제 네가 해야 할 일이야. 그렇게만 해준다면 우리는 더 가까워질 거야. 이런 걸 혼자서 해낼 순 없어. 네가 날 믿어줘야 해.

난 네 편이야. 무슨 일이 있어도 네 편에 항상 서 있을 거야. 네가 워싱턴에서 돌아오던 날 차 안에서 말했지. 너 대신 내가 고통을 겪으면 좋겠다고. 네가 알아줬으면 하는 건 내가 외롭다는 거야. 난 항상 외로워. 사람들과 함께 있을 때조차도. 부모님께 일어난 일 이후로 계속 그런 기분이야. 유일하게 외롭지 않을 때는 너랑 있을 때 아니면 형이나 케이틀린과 있을 때뿐이야. 조시 난 널 잃을 수 없어. 너도 날 잃어선 안 돼. 무슨 일이 있어도.

조나단은 결코 종교적인 사람이 아니었다. 하지만 무릎에 마비가 왔던 날 그는 샤워하면서 기도를 올렸다. "제발 조시에게 힘을 주세요. 그 애가 점점 나아지도록 해주세요"라고.

다음 날 조나단과 조시는 함께 정신과를 찾았다.

"그러니까, 자살 충동을 느낀다고요?"

의사의 물음에 조시가 그렇다고 대답하며 약물 복용량을 줄

여달라고 말했다.

"구체적으로 어떤 생각이 드세요?"

"기차나 버스에 뛰어들거나 총을 쏘는 생각을 해요. 하지만 곧 생각을 멈춰요."

"그건 왜 그렇죠?"

"죽은 후에 무슨 일이 일어날지 무서워서요."

의사는 고개를 끄덕이며 메모를 하더니 약을 바꾸는 데 동의했다.

"한 달 후에 봅시다."

진료는 10분 만에 끝났다. 형제는 침울한 표정으로 병원을 나왔다. 조나단은 의사를 만난 게 별 도움이 안 된다고 생각했다. 조시도 실망한 눈치였다.

"배고프지 않아?"

조나단은 조시를 위로하려고 물었다. 둘은 샌드위치 가게에서 점심을 먹을 수도 있었고, 형 크리스와 그의 여자친구를 만나 피자 가게에서 밤늦게 외식을 할 수도 있었다.

"당연하지."

점심을 먹으며 조시는 기분이 좀 나아진 것 같았다. 의사가 약의 강도를 조절하고 항우울제를 추가해 주었기 때문이다. 조나단은 조시를 집에 내려주고 다른 볼일을 보러 갔다. 동생에게는 한 시간 뒤에 돌아오겠다고 말해두었다.

그는 돌아오는 길에 조시의 상태를 확인하려고 전화를 걸었다. 신호음만 계속 들릴 뿐 조시는 전화를 받지 않았다. 그리 놀랄 일은 아니었다. 조시는 늘 휴대전화를 잃어버리거나 배터리를 충전하는 걸 깜빡하곤 했으니까.

아파트에 도착했을 때 조시는 집에 없었다. 크리스에게 전화를 걸어 조시에게서 무슨 얘기 들은 거 없냐고 물었다. 크리스는 아무 얘기도 듣지 못했다고 했다. 조나단은 집에서 나와 동네 주변을 돌아다녔다. 조시가 산책을 나갔을지도 모르니까. 몇 분 뒤에 크리스에게서 전화가 왔다. 그는 울고 있었다. 아파트에 도착해 조시의 방에 가봤더니 기타 줄에 편지가 걸려 있더라는 것이다. 스탠드 불빛에 빛나는 그 편지는 조시의 유서였다.

조나단의 뇌리에 그날 아침 의사가 던진 질문이 번뜩 스쳐지나갔다. 구체적으로 어떤 생각이 드는데요? 달리는 기차에 뛰어들거나……. 아파트 근처에 기차선로가 있었다. 조나단은 차를 몰아 역으로 정신없이 달려갔다.

역이 가까워질수록 많은 구급차와 경찰차가 보였다. 조나단은 차를 황급히 세우고 뛰어내려 사람들에게 무슨 일이냐고 물었다. 경찰이 어느 마약 중독자를 버스에서 끌어내리려는 중이라고 누군가 알려줬다.

‘다행이다.’ 조나단은 속으로 중얼거렸다. 조시가 아니었다. 하지만 여전히 그를 찾아야 했다.

“긴급 상황이에요. 스물네 살 된 남자를 찾고 있습니다. 갈색 머리고요.”

그는 기차역 주변을 둘러싼 경찰관 한 명에게 다가가 사정을 이야기했다.

"제 동생입니다. 유서를 썼어요. 자살을 시도할지도 몰라요."

동생을 막으려면 기차선로로 가봐야 했다. 하지만 경찰관이 그를 막았다.

"저쪽에 서 계세요."

조나단은 절박한 마음에 경찰의 지시를 무시하고 선로 쪽으로 달려갔는데 또 다른 경찰관이 막아섰다.

"저기 선생님, 말씀드릴 게 있습니다." 그 경찰이 말했다.

"이해하지 못하겠지만, 제게 급한 사정이 있어요."

조나단이 대답했다. 그러자 경찰관이 잠시 멈칫했다. 조나단이 그를 쳐다보았다. 얼굴 표정에서 감이 왔다.

"제 동생이 죽었군요, 그렇죠?"

"한 시간 전에 자살했습니다."

목격자들은 플랫폼 근처에서 한 젊은 남자가 담배를 피우고 있었다고 진술했다. 뉴욕행 기차가 역에 정차했다가 다시 출발하던 순간, 조시가 선로 위에 머리를 대고 누웠다. 기관사로서는 기차를 세울 겨를이 없었다. 조시는 그대로 기차와 충돌해 머리에 손상을 입은 채 현장에서 사망했다.

이윽고 크리스가 기차역에 도착해 눈물로 범벅된 조나단을 보았다. 그들은 서로를 부둥켜안았다. 크리스가 조시의 유서를 보여주었다. '우리는 평생 죽음을 두려워하지만 이걸 알아둬. 오늘부터 마지막 순간까지 나는 고통과 슬픔, 사랑을 정복할 거야. 인류가 죽음도 정복하길 바라고 있어. 안녕, 친구들. 영원히 사랑해.'

그는 조나단에게 기타를 남겼다. 기타 안쪽에 이런 말이 새겨져 있었다. '형, 사랑해.'

그날 저녁, 케이틀린의 휴대전화가 울렸다. 발신자 이름을 보니 크리스의 여자친구였다. 갑자기 소름이 돋았다. 케이틀린은 뭔가 잘못됐다는 걸 직감했다. 전화를 받아보니 그녀는 울고 있었다. 케이틀린은 가슴이 철렁 내려앉았다. 조시가 조나단을 죽인 걸까?

"왜 그래? 무슨 일 있어?"

"조시가 자살했어."

"아, 세상에!"

케이틀린이 비명을 질렀다.

"조나단은 어디 있어? 조나단은 어디 있냐고!"

케이틀린은 극도로 흥분한 상태로 전화를 끊어버리고 바로 노마에게 연락했다. 하지만 말을 제대로 잇지도 못한 채 계속 흐느끼기만 했다.

"케이틀린! 그만해!" 노마가 소리를 질렀다.

케이틀린이 말을 멈췄다. 노마는 그녀에게 천천히 심호흡을 하라고 말했다.

"조시가 죽었대요."

"뭐라고?"

노마는 전화기를 떨어뜨릴 뻔했다. 그녀는 평소처럼 그 식당에서 보자고 케이틀린에게 말하고 부리나케 대문을 나섰다.

둘의 단골 식당인 애플비즈의 웨이터는 노마가 입은 나이트 가운과 케이틀린의 퉁퉁 부은 얼굴을 보더니 눈치껏 조용한 자리로 안내했다. 노마는 케이틀린에게 진정해야만 한다고 말했다. 부들부들 떨고 횡설수설하는 모습이 금방이라도 공황발작을 일으킬 것 같았다.

케이틀린은 어떻게 해야 할지 몰랐다. 단지 조나단이 괜찮은지 확인하고 싶었다. 그가 이 상황을 어떻게 견뎌낼까? 그를 보듬어주고 세상과 단절하고 싶었다. 그는 어디에 있을까? 누가 그를 돌봐줄까?

케이틀린은 휴대전화를 꺼내 조나단을 아는 모든 사람들에게 전화를 걸기 시작했다. 덕분에 조나단이 친구와 같이 있으며 그 친구 어머니의 집으로 가는 길이라는 걸 알아냈다. 그 어머니란 사람이 말했다. "그냥 여기로 와요, 케이틀린."

"모르겠어요. 조나단이 그걸 원하는지 모르겠어요."

"조나단은 지금 자기가 뭘 원하는지 몰라요."

케이틀린은 노마를 쳐다보았다.

"가야 하는 걸까요?"

"그러렴." 노마가 말했다.

"가서 그의 곁에 있어줘."

조나단이 밤늦게 친구네 집으로 들어갔을 때 그곳에서 케이틀린이 기다리고 있었다. 조나단은 포장된 샌드위치를 들고 있었다. 친구가 데리고 나가 뭘 좀 먹이려고 했는데, 조나단이 평소 하던 대로 동생과 나눠 먹겠다며 샌드위치를 사서 반쯤 남겨 온 것이다. 그는 잊고 있었다. 이제는 동생이 없다는 사실을.

조나단은 케이틀린을 한번 흘끗 보았다. 너무 지친 나머지 그녀의 등장에 놀랄 기운도 없었다. 대신 들고 있던 샌드위치를 내밀며 어색하게 물었다.

"이거 먹을래?"

두 사람은 더 이상 아무 말도 할 필요가 없었다. 케이틀린은 조나단과 함께 조시가 기타를 남겨 놓은 아파트로 돌아갔다. 조시의 방엔 스탠드 불이 아직 켜져 있었다. 케이틀린이 불을 껐다.

그들은 나란히 누워 잠이 들었다. 이렇게 가까이 붙어 있는 건 3개월 만이었다. 케이틀린은 자기가 조나단의 삶에 다시 들어가려 한다는 느낌을 주지 않으려고 둘 사이에 공간을 두었다. 그가 잠이 안 와 고생하거나 악몽을 꾸다 깨게 되면 곁에 있어주고 싶었던 것뿐이다. 그녀는 그의 숨소리가 느려지는 걸 들으면서 조시와 오늘 일어난 모든 일을 떠올리며 생각에 잠겼다.

그리고 막 잠이 들려는 순간 케이틀린은 조나단의 손길을 느꼈다. 그는 자기 품 안으로 그녀를 바싹 끌어당겨 어루만졌다. 그리고 힘껏 껴안았다.

이틀 뒤, 케이틀린의 엄마가 또 약물을 과다 복용했다. 불과 한 달도 채 지나지 않은 때였다. 이번에는 케이틀린이 학교에 있을 때 아빠에게 연락을 받았다. 아직 의식이 또렷한 엄마에게 아빠는 이렇게 말했다. "케이틀린이 집에 오는 중이야. 걔가 이번엔 그냥 안 넘어갈 거야."

케이틀린은 집으로 급하게 왔지만 전과 달리 무섭지 않았다. 몹시 화가 났을 뿐이다. 어떻게 지금 이런 위험한 짓을 할 수가 있지? 엄마는 조나단의 동생이 자살했다는 걸 알고 있었다. 케이틀린의 부모는 조나단을 예뻐했다. 조시와도 안면이 있었다. 조시는 세 번이나 그들 집에 왔었고 케이틀린의 졸업 파티에서도 인사를 나눴다.

집에 도착한 케이틀린은 엄마를 병원으로 데려가려 했다. 하지만 엄마는 계속 몸부림을 쳐 감당을 못하게 만들었다. 케이틀린이 울기 시작했다.

"어떻게 다른 때도 아니고 지금 이러실 수가 있죠? 조시가 자살을 했잖아요!"

케이틀린은 방에 들어가 엎드려 눈물을 쏟았다. 해도 해도 너무 한다 싶었다. 그냥 모든 게 너무 잔인했다.

케이틀린 자매들은 엄마를 설득해 정신과 의사에게 진료를 받고 그 다음엔 응급실로 가서 위세척을 하기로 했다. 조나단에게 전화가 왔을 때 케이틀린은 병원에 가는 길이었다. 그는 장례식에 쓰일 조시의 사진들을 편집하고 있는데 도와줄 수 있는지 물었다. 동생들이 옆에서 말했다.

"조나단한테 가 봐. 엄마에겐 우리가 있잖아."

사실이었다. 케이틀린은 엄마를 위해 모든 걸 포기하고 싶지는 않았다. 조나단에게 지금 곧 가겠다고 대답했다.

조시의 장례식은 킨 대학교 아래쪽, 모리스 애비뉴에 위치한 맥크라켄 장례식장에서 열렸다. 노마가 매 학기 학생들과 현장 학습을 나가는 곳이었다. 설립자 빌 맥크라켄이 열혈 골퍼였던 까닭에, 아주 깨끗한 백색의 건물 마당에는 골프 필드처럼 초록색 잔디가 푹신하게 깔려 있었다. 봄에는 빨갛고 노란 튤립과 보라색 히아신스, 노란 수선화가 수천 송이나 뒤덮여 고등학생들이 그 아름다운 풍경을 배경으로 졸업 사진을 찍으러 올 때가 많았다.

장의사들은 항상 노마에게 친절하고 협조적이어서, 학생들이 현장 학습 차 방문했을 때 장례식이 진행되고 있으면 잠시 참관하도록 허락했다. 또 지하실에서 다양한 유골 단지와 관도 둘러보게 해주었다. 노마는 학생들에게 자신이 매장되거나 화장되고 싶은 방식을 고르게 했다. 은과 장미를 사용한 관이 있는가 하면 스테인레스 스틸과 금속으로 만들어진 관도 있고, 벚꽃나무나 단풍나무를 잘라 만든 것도 있었다. 개인적으로 조각된 명판, 크림색이나 분홍색의 공단 깔개와 베개, 야구공에 깃발에 십자가에 심지어 골프채 같은 장신구도 있었다. 유골 단지로는 검은색 에나멜, 청동, 나비 모양이나 은 갈매기가 달린 니켈 도금 놋쇠 제품들이 있었다. 노마는 자기 어머니의 유해를 모신 단지는 갈매기 단지라며 손가락으로 가리키곤 했다.

한번은 장의사가 테이블에 시신이 하나도 없는 방부처리실로 학생들을 데리고 가서 시체 보존 과정을 단계별로 가르쳐주었다. 이 작업에 임할 때면 그는 항상 앞치마와 장갑을 착용한다. 마스크는 쓰지 않았다. 페이셜 파우더와 샴푸, 립스틱이 담긴 쟁반 가까이에 서서 그는 일상적인 작업들을 설명했다. 죽은 사람의 특징 표현하기, 눈꺼풀 밑에 보형물을 넣어 눈 감기기, 벌어진 입을 닫아놓기 같은 작업이었다. 때에 따라서 입에 봉합사를 사용하기도 했다.

"바늘이 잇몸을 통과해 코로 나온 다음, 입술 밑으로 들어가 입 안 바닥을 돌게 됩니다. 입을 다물게 하는 한 방법이죠." 다른 방법은 피스톨형 주사기를 이용하는 것인데 철사에 부착된 바늘을 위턱과 아래턱에 쏘는 식이라고 했다. 그는 방부 처리와 체액 흡입 과정까지 설명하고 마지막에 이런 말을 덧붙였다.

"저는 시신을 구석구석 닦습니다. 머리를 감기고, 몸 전체를 씻기고, 싹 말리고……. 이 테이블에 누워 있는 사람을 깊이 존중합니다. 방부 절차를 밟는 동안 성기 부위는 늘 가리지요. 이 작업은 아주 성스러운 작업이니까요."

맥크라켄의 장의사들은 노마의 한 제자를 위해 무료로 장례식을 열어준 적이 있었다. 제자의 아기가 사산되었을 때였다. 그보다 2년 전에는 노마가 어머니의 장례식을 준비하는 것을 도와주기도 했다.

조시가 죽은 후 노마는 그들의 도움이 필요할 거라고 조나단에게 말해두었다. 조나단이 조시의 약값과 아파트 월세, 생활비를 해결하기 위해 남은 돈을 다 써버렸기 때문이다. 통장엔 한 푼도 들어 있지 않았다. 하지만 그는 조시를 위해 관을 열어놓고 하는 장례식을 원했다. 물론 머리가 제자리에 잘 봉합되어 있길 간절히 바랐다. 동생에게 작별 인사를 하고 예전 모습으로 그를 기억할 수 있도록 말이다. 맥크라켄 장례식장에서 그를 도울 수 있을까?

장의사들은 그의 부탁을 들어주기로 했다. 가능한 한 적은 비용으로 격에 맞는 장례식을 열어주고 최선을 다해 조시를 작별 인사를 받을 수 있는 모습으로 만들어 놓겠다고 했다. 장례비용은 1,200달러가 들었고 조나단의 남은 가족들이 분담했다. 조시는 화장될 예정이었다.

조시는 유서에 아버지의 유해와 함께 뿌려지기를 원한다고 썼다. 그러나 형제는 그동안 아버지의 유해를 뉴저지 교도소에서 찾아오지 못하고 있었다. 조나단은 훗날을 기약하며 조시의 유해를 간직하겠노라고 혼잣말을 했다.

장례식 전날 밤, 조나단은 조시의 시신이 관에 놓인 방으로 들어갔다. 사고 후 처음으로 보는 동생의 모습이었다. 방부 처리 담당자는 조시의 머리를 잘 봉합하고 목에 난 봉합 자국을 화장으로 솜씨 있게 가려 놓았다. 조시는 조나단이 백화점에서 케이틀린과 함께 고른 갈색 터틀넥 상의와 형한테 빌린 적이 있는 바지를 입고, 조나단의 검은색 정장 구두를 신고 있었다. 삐죽삐죽했던 머리카락은 잘 다듬어져 젤이 발라져 있었고 턱에는 염소수염이 나 있었다.

조나단은 동생을 물끄러미 바라보았다. 슬퍼 보였지만 아주 편안해 보였다. 살갗을 만져보았다. 차가웠다.

"사랑한다." 조나단이 말했다.

"나는 언제나 널 기억할 거야. 약속해. 너의 죽음이 남긴 의미를 찾을 거야. 그럴 수 있도록 노력할게. 내 말이 들리니? 그럼 괜찮은지 좀 보여줘."

의자에 앉아 있던 그는 갑자기 서늘한 기운이 두 번 몸을 관통하는 것을 느꼈다. 온몸에 소름이 돋았다. 조나단은 미소를 지었다. 그래, 녀석은 잘 지내고 있는 거야.

그는 이 슬픔이 가르쳐주는 의미를 찾아내보겠다고 했다. 그러나 조나단은 자신이 어떻게 그 약속을 지키게 될지 전혀 알지 못했다.

"저는 조시가 얼마나 고통스러워했는지 여러분에게 도저히 설명할 길이 없습니다. 조시 본인조차 설명하지 못했으니까요. 그래서 그 애가 얼마나 아팠는지 말씀드리는 대신, 제가 언제까지나 기억할 조시의 마지막 모습을 여러분과 함께 간직하기로 마음먹었습니다……. 저희는 석 달 반 동안 최고의 시간을 보냈습니다. 바깥세상과 모든 골치 아픈 문제들을 뒤로 하고 달리는 차 안에서 목이 터져라 노래를 부르곤 했지요.

그 애는 기타를 아주 잘 쳤습니다……. 계속 저를 가르치려고 했어요. 조시는 생각이 깊은 아이였어요. 그 모든 광기와 고집을 가지고서도 세상을 구원하려고 노력했거든요."

─장례식장에서 낭독한 조나단의 편지

현장 학습 장례식장 방문

글쓰기 과제 장례식장에 관하여

장의사와 방부 처리 담당자와 이야기를 나눈 뒤, 장례식장에서 보고 겪은 장면들이 삶과 죽음에 대해 어떤 생각을 남겼는지 쓰세요.

삶을 되돌리다

PART 2

Chapter 10.

타인의 편이 되는 방식

2009년 1월

킨 대학교의 학생 신문《더 타워The Tower》는 3주간 겨울 방학을 보내고 돌아온 학생들을 이 사설로 환영했다.

경제 불황, 치솟는 물가, 임박한 예산 삭감, 그리고 일자리와 돈이 부족하다는 인식 속에서 막 봄학기에 접어들었다. 신입생이든 상급생이든 당신은 이 경제 위기에 영향을 받고 있다. 많은 이들이 미래에 대한 희망의 상징으로서 버락 오바마가 취임 선서를 하는 장면을 지켜보았다. 이번 학기에 졸업하는 학생들은 자신이 킨 대학교 밖으로 걸어 나가 곤경에 처한 취업 시장으로 들어가고 있음을 체감하고 있다. 그들은, 은퇴할 여건이 안 되며 실직으로 인해 구직 중인 경력자들과 경쟁을 하게 된다.

일시 해고와 인원 감축, 10~20퍼센트에 달하는 등록금 인상에 대한 이야기로 캠퍼스가 뒤숭숭했다. 노마의 제자들 중에는 수업을 빡빡하게 들으면서도 일을 두세 가지씩 하는 학생들도 있었다. 체육교사, 바텐더, 미용사, 택배 회사 직원, 교도소 경비원, 은행 창구 직원, 보육원 근로자, 맥주와 핫도그 노점상, 보험 설계사, 회계원, 심지어 스트립 댄서까지 직업도 다양했다. 노마는 편부모, 중년의 이혼 남녀, 20대에 대학을 다닐 돈이 없어서 10~20년 뒤에야 공부하려고 결심한 만학도들을 가르쳤다. 많은 수강생들이 경제적 여유가 없어 빠듯하게 살아가는 형편이었다. 집이 담보로 잡혔다가 날리거나 직장에서 일시 해고를 당한 학생들도 있었다.

그 학기의 「죽음을 바라보는 관점」 수업 첫 시간에 노마는 학생 한 명 한 명에게 왜 이 수업을 신청했는지 물었다. 어떤 학생들은 대답을 얼버무리고 넘어갔지만, 어떤 학생들의 답변에서는 이 수업에 특정 유형의 학생들이 모인다는 사실이 드러났다. 죽음과 관련된 개인적인 경험을 정리할 필요가 있는 학생들이었다.

몇 달 후 캠퍼스의 분위기는 일찍 찾아오는 저녁처럼 어두워졌다. 오바마 대통령의 취임식과 맞물려 낙관적이고 들떴던 새 학기의 처음 며칠과는 사뭇 다른 풍경이었다. 당시 대통령은 빨간 넥타이를 맨 차림으로 오른손을 들어 선서했다. 학생들은 삼삼오오 킨 대학교의 강당과 라운지에 모여 취임식을 지켜보았다. 그들은 염원을 담은 박수를 보내기도 하고 손가락으로 평화의 사인을 만들어 높이 치켜들어 좌우로 흔들거나 양 주먹을 허공에 찔러댔다.

"미국이 건국되던 해, 혹한의 겨울에도 얼마 안 되는 우리 조상들은 얼어붙은 강가의 꺼져가는 모닥불 주위에 모여 애국심을 불태우고 있었습니다." 대통령은 그날 취임사에서 이렇게 말했다.

"수도는 함락됐고, 적은 진격해 들어오고, 눈밭은 피로 얼룩져 있었습니다. 혁명의 결과가 어떻게 될지 불확실한 상황에서도 우리 건국의 아버지들은 국민들에게 이렇게 말해주었습니다. '미래 세대가 알도록 합시다. 희망과 고결함 외에는 아무것도 살아남을 수 없었던 한겨울에도, 모두에게 닥친 위험에 맞서기 위해 도시와 시골 모두가 함께 나섰다는 사실을.'"

3월에 접어들자, 몇몇 학생들은 중간고사와 생업, 각종 청구서와 골치 아픈 가정사를 동시에 감당하느라 한계점에 도달했다. 수업을 완전히 포기한 학생들도 있었다. 기온이 갑자기 뚝 떨어져 날씨가 몹시 추웠다. 강의실 창문 밖의 헐벗은 나뭇가지들은 앙상한 손가락처럼 보였다. 캠퍼스에 내린 싸락눈이 기묘한 푸른빛을 띠던, 얼음장 같은 뉴저지 겨울의 한복판에서 학생들은 영감을 불러일으킬 무언가를 원하고 있었다.

어느 날 오후, 노마는 교도소와 관련된 회의에 참석했다. 그곳에서 뉴어크Newark 지역을 기반으로 종교와 무관하게 노숙자와 마약 중독자를 위해 봉사 활동을 하는 한 목사를 만났다. 그 목사가 학대받는 여성들과 일하는 사람을 한 명 소개해 주었는데, 그 사람이 노마에게 중요한 정보를 알려주었다. 킨 대학교에

서 겨우 12킬로미터 떨어진 거리에 10대 소녀들만 생활하는 노숙
자 보호소가 있다는 것이다. 노마는 지난 10년간 이토록 가까운
곳에 그런 시설이 있는 줄 몰랐다는 게 믿기지 않았다.

주소를 입수한 노마는 10대 소녀들을 만나러 갔다. 길을 따
라 가다 보니 네 집 걸러 한 집씩은 현관과 창문이 판자로 막힌
이스트 오렌지East Orange란 동네가 나왔다. 잔디가 지저분하게 자
란 어느 블록에서 담장도 없는 집 두 채가 눈에 띄었다. 모퉁이의
어느 잡화점은 한낮인데도 셔터가 내려진 상태였다. 공터는 잡초
에 점령당했고 포장지와 찌그러진 캔, 전단지들이 나뒹굴어 쓰레
기장을 방불케 했다. 근처 길에는 쓰러져 잠든 남자들이 보였고
어느 벽에는 명복을 빈다는 'RIP'란 낙서가 휘갈겨져 있었다.

노마는 나중에서야 그 동네의 살인과 가중 폭행 발생률이
전국 평균의 네 배에 이른다는 사실을 알게 되었다. 또 건물 두
채 규모의 노숙자 보호소인 이사야 하우스Isaiah House의 젊은 입
주자들 대부분이 학대를 당하거나 버림받은 아이들이라는 것도
알게 되었다. 그중에는 부모가 에이즈로 사망한 경우도 있었고,
소녀들 가운데 두 명은 임신한 상태였다.

이 특별한 두 채의 집은 쌍둥이처럼 나란히 붙어 있었는데
3층 높이의 집 위에는 가장자리가 갈색으로 칠해진 달걀 껍데기
색의 뾰족한 지붕이 얹혀 있었다. 두 집 사이에는 통로가 나 있었
고 바람막이처럼 두 건물을 에워싼 우람한 나무들은 그 안에 사
는 아홉 명의 소녀를 어떤 위협으로부터도 지켜주는 듯 보였다.

하우스 입주자들은 어느 날 연락도 없이 현관에 나타난 이 여성을 어떻게 받아들여야 할지 몰랐다. 카랑카랑한 목소리에 뭔가 도움을 줄 것 같은 분위기를 풍기는 그녀는 잠깐 들러보고 싶었다면서 자신을 의사 비슷한 사람이라고 소개했다. "보위 박사에요."

소녀들은 입던 옷과 재활용품을 선물이랍시고 현관에 두고 가는 박애주의자들의 일회성 선심에 이골이 나 있었다. 때로는 몇 주간 선물 꾸러미를 풀지도 않은 채 무더기로 쌓아 두었다.

"사람들이 어떤 식으로 와서 기부를 하는지 아세요?"

언젠가 니콜이라는 열일곱 살의 입주자가 물었다. 그 소녀는 아홉 남매 중 여섯째로, 헤로인과 크랙 중독자인 엄마에게서 태어났으며 초등학교 5학년 때부터 위탁 가정을 들락날락거렸다.

"사람들은 어쩌다 한 번씩 우리 삶에 들어왔다 나가곤 하죠. 하지만 보위 박사님은 정말로, 정말로 꾸준하셨어요."

노마는 계속 그곳을 찾았는데, 가끔은 그냥 편하게 놀거나 이야기를 나누며 시간을 보내다 갔다. 때로는 건강 검진을 해줄 간호사들과 개인 지도를 해줄 학생들을 데려오기도 했다.

그렇게 이사야 하우스를 방문하던 어느 날, 교수가 소녀들에게 각자의 방을 다시 꾸미면 어떻겠느냐고 물었다. 당시 벽들은 대체로 칙칙한 노란색과 회색 페인트가 벗겨지면서 시멘트가 드러나 있었다. 몇몇 방에는 나무 바닥에 러그도 깔려 있지 않았다. 어떤 창문들은 커튼 없이 판자로 막혀 있었다. 그래도 여기서 지내는 것이 길에서 사는 것보다는 낫다고 소녀들은 입을 모았다.

카운슬러들과 직원들이 그들을 잘 돌보긴 했지만 실내는 아무 특색도 없었다.

한 소녀는 벽에 커다란 검은색 장미를 그리면 좋겠다고 했다. 또 다른 소녀는 밝은 분홍색 벽을 원했으며 자주색을 칠해 달라고 한 소녀도 있었다.

노마는 호스피스 시설의 실내를 재단장했던 이전 학기의 'Be the Change' 학생들을 소집했다. 그 그룹은 봉사 프로젝트에 참여하길 원하는 캠퍼스 내 클럽들의 관심을 끌고 있었다. 노마는 「죽음을 바라보는 관점」 수강생들, 정신건강 수업을 듣는 학생들, 지난 학기들의 수강생들에게도 동참해 달라고 부탁했다.

100명이 넘게 모인 봉사자들은 3월 말의 어느 주말에 하우스로 갔다. 여러 대의 트럭에 싣고 온 소파, 선반, 책상을 비롯해, 가정용 건축자재 회사인 홈 데포와 미국 체인 백화점인 시어즈에서 기증받은 수백 통의 페인트를 풀어 놓았다. 비즈니스 호텔 체인 코트야드 바이 메리어트는 작업하는 동안 소녀들이 머물 호텔 방을 제공했다.

페인트 범벅이 된 학생들은 주말 내내 힙합과 레게 음악을 틀어놓고 일했다. 3개월 전 조시의 장례식을 치른 조나단도 가구 옮기는 일을 거들었다. 노마는 마음의 준비가 되면 죽음학 수업에 들어와서 어머니, 아버지, 동생의 죽음과 얽힌 경험을 털어놓으라고 조나단을 설득했지만 그는 아직 준비가 안 되어 있었다.

한편 지칠 줄 모르고 일하는 한 청년은 다른 사람들과 달리 특별한 열정으로 그 프로젝트에 몰두하는 듯 보였다. 그는 이른 아침부터 밤늦게까지 물건을 들어올리고, 끌고, 칠을 벗기고 입히고, 광택을 내고, 쓸고 닦았다. 먼 곳에 사는 기증자의 집까지 직접 트럭을 몰고 가서 소파와 식탁, TV를 실어 오기도 했다. 혼자서 낡은 카펫을 뜯어내는가 하면, 책꽂이를 머리 위로 번쩍번쩍 들어올렸다. 바로 이스라엘이었다.

그는 죽음학 수업에 발을 디딘 이후 몇 가지 교훈을 얻었다. 한때는 조금도 빚진 게 없다고 믿었던 사회에 자신이 되돌려줄 것들이 얼마나 많은가 하는 것 말이다. 그리고 그는 노마 교수에게 필요한 일이라면 열 일 제쳐두고 앞장서는 사람들 중 하나가 되었는데, 이사야 하우스 출신의 여성이 킨 대학교 학생이 된 날에도 그는 선뜻 도와주었다. 주위에 부모도 친구도 없는 그 여성은 오리엔테이션에 동행해 줄 사람이 필요했는데 수업이 있던 노마는 이스라엘에게 대신 함께해 달라고 부탁했다.

그는 직장을 하루 쉬고 그 신입생에게 캠퍼스 이곳저곳을 친절하게 구경시켜주었다. '지금 두려워하는 거 다 알아. 이 학교가 몸에 안 맞는 옷처럼 느껴지겠지. 나도 처음엔 그랬어'라는 표정으로.

봄맞이 단장을 마친 후 하우스는 벽에 걸린 칠판에 '환영합니다'라는 글씨를 써 놓고 소녀들을 맞이했다. 몇몇은 자기 침실에 들어가자마자 눈물을 왈칵 쏟아냈다. 벽들은 이제 노랑, 분홍, 보라, 주홍 같은 산뜻한 색상과 꽃, 나비, 구름 등 이미지들로 환하게 빛났다. 소녀들은 말끔히 단장되고 밝은 색으로 칠해진 콜센터와 사무실, 식당과 휴게실을 둘러보았다. 청록색, 빨간색, 연보라색을 띤 자원봉사자들의 핸드 프린팅이 한 쪽 벽을 장식하고 있었다.

이스라엘은 그 벽으로 걸어가 핸드 프린트 중 하나에 자신의 손바닥을 댔다. 그리고 노마를 향해 활짝 웃었다.

2009년 3월

이사야 하우스는 노마에게 교도소와는 다른 종류의 보람을 주었다. 그것은 오염되지 않은 낙관주의였다. 새롭게 꾸며진 보호소를 찾을 때마다 노마는 노숙자 처지에서 벗어나 대학생으로 탈바꿈할 수 있을 것 같은 또 다른 소녀에게 관심을 두면서, 적당한 거리를 지키며 만났다.

교수는 가능한 한 많은 소녀들을 킨 대학교에 입학시키려고 마음먹었다. 킨에서는 그녀와 'Be the Change' 학생들이 멘토 역할을 해줄 수도 있고 주립대학이기 때문에 뉴저지에서 장학금을 받을 수도 있었다.

어느 오후, 노마는 막내딸 베카를 데리고 이사야 하우스를 다시 찾았다. 정신건강을 전공한 박사 부모를 두어서인지 열여섯의 나이에도 베카는 자신의 정체성에 대한 확고한 믿음이 있어 보였다.

베카는 채식주의자였고 뮤지컬 사운드트랙을 모으는 창의적인 예술가 성향을 지녔다. 〈착한 남자, 찰리 브라운You're a Good Man, Charlie Brown〉, 〈피핀Pippin〉 같은 연극에 배우로 출연한 적도 있었다. 부모는 그녀를 펜실베니아 주 체스터 카운티에 있는 유페티나스라는 고등학교에 다니게 했다. 자유로운 사고를 북돋우고 규칙보다 의사소통을 중시하는 학교였다. 매년 여름, 베카는 어드벤처 게임과 즉흥 연극의 기회를 주는 '웨이파인더 익스피리언스Wayfinder Experience' 같은 캠프에 참가했다. 어렸을 때부터 자신감과 모험심이 넘쳐 열두 살 때 맨해튼의 8번가와 43번가로 연기 수업을 받으러 간다고 혼자 기차에 올라탔을 정도로 당찼다.

베카가 열세 살, 첫째 멜리사가 스물한 살 때 노마가 인도로 두 딸을 데려간 적이 있다. 그곳에서 열리는 여성 회의에 연설자로 참석해 3주 동안 머물 예정이었다. 도착과 동시에 멜리사는 집에 가고 싶다며 징징댄 반면, 베카는 아주 느긋했다. 베카는 엄마를 따라 뉴저지의 외진 곳들을 다니며, 낯선 환경에서도 사람들과 잘 어울리는 법을 이미 터득한 아이였다.

그로부터 3년이 지나 노숙자 보호소를 새 단장하는 데 한 몫 거들었던 베카는 이번 방문에서 익숙한 얼굴을 발견했다. 그 소녀는 얼추 베카 또래로 보였지만 키는 최소한 10센티미터는 더 작았고 달리기 선수처럼 호리호리했으며 피부는 윤이 나는 흑요석 같았다.

코에 보일락말락 하게 피어싱을 낀 그 소녀를 베카는 뚫어져라 쳐다보았다. 새 단장하는 동안에는 만난 적이 없었으니 이제 막 입주한 것이 틀림없었다. 시선을 느꼈는지 소녀도 베카를 바라보았다. 베카의 얼굴에 호기심 어린 표정이 스쳤다. 쟤를 어디서 봤더라?

“나는 베카라고 해.”

“난 아이시스야.” 소녀의 목소리는 낮고 빨랐다. 음절을 툭툭 내뱉는 듯했다. 둘은 열여섯 살 동갑이었다.

아이시스는 새 단장이 끝난 뒤에 입주했다. 노마의 학생들인 자원봉사자들은 만나지 못했으나 분홍색과 흰색으로 칠해진 방에 배정되었다. 겉으로는 괜찮아 보였지만 사실 그녀의 마음속은 엉망이었다. 노숙자 보호소에서 또다시 지내야 한다는 사실이 미치도록 싫었던 것이다.

“어디서 왔어?” 베카가 물었다.

아이시스는 여기저기에 있었다고 대답했다. 학교를 열세 군데나 다녔으니까. 하지만 속사정을 베카에게 다 털어놓진 않았다. 이를테면 한때 화물차 휴게소 건너편에 있는 모텔에서 살았다던가 하는 이야기 말이다. 그 모텔은 바퀴벌레와 창녀와 마약 중독자들로 넘쳐났고 냄새가 어찌나 지독했던지 엄마가 식당 화장실에서 공기 청정제를 훔쳐 오라고 시켰을 정도였다. 엄마는 사탕과 화장품, 음식물도 훔쳤다. 모녀는 호텔 방에서 전열기로 통조림 식품을 요리해 먹었다. 아이시스는 이모가 일하는 스타벅스에서 자유 시간을 보내곤 했다. 매장에서 판매하지 못해 폐기되는 음식이 있으면 이모가 그것을 가져가게 했다.

“하이랜드 파크에서 산 적 있니?” 베카가 물었다.

“응, 어렸을 때.” 아이시스가 대답했다. 상황이 더 악화되기 전이었다.

“자주색 용 조각상이 있던 학교에 잠깐 다녔어.”

"나돈데!"

베카가 소리쳤다. 그제야 생각났다. 그들은 단순한 동급생이 아니었다. 아이시스가 노마 집에 놀러오곤 했었다. 아이시스와 베카는 어린 시절 친구였던 것이다. 노마와 베카 주변에서 맴돌던 시절에 대해 아이시스가 가장 많이 기억하는 것은 그들의 삶이 얼마나 완벽해 보였는지다. 부모님이 다 살아계시고 우러러볼 언니도 있는 데다 마당이 넓은 이층집에 사는 베카가 얼마나 행복해 보였는지 모른다. 아이시스에게 그들은 영화나 TV 드라마에 나오는 가족 같았다. '왜 나는 저렇게 살 수 없는 걸까?' 서글퍼했던 기억이 났다.

자신의 어린 시절이 만족스럽진 않았어도 하이랜드 파크의 노마네 집 아래쪽 아파트에서 살던 때가 아이시스에게는 인생 최고의 시간이었다. 어렸을 때 아이시스는 하이랜드 파크의 아파트를 좋아했다. 복도 맞은편에는 자기 가발을 써보게 해주는 아프리카 여인이 살았다. 아이시스의 엄마는 흰색 소파와 길쭉한 스탠드 조명으로 실내를 꾸몄다. 엄마가 마약을 판 돈으로 집을 늘 깔끔하게 유지했다는 건 나중에 알았다. 아이시스는 친아빠를 한 번도 만난 적이 없었지만 엄청난 덩치의 트럭 운전수가 집을 드나들던 것은 기억했다. 일진이 안 좋은 날엔 엄마를 두들겨 팼으나 아이시스와 다른 두 아이에게 손을 댄 적은 없는 사람이었다. 다섯 살 무렵 아이시스는 방망이로 그를 때리며 엄마를 보호하려 했던 일을 기억했다.

그녀의 엄마는 마약을 팔았고 직접 복용도 했다. 엑스터시,

대마초, 크랙, 코카인, 헤로인, 처방약 등 다양했다. 엄마가 아이시스에게 마리화나를 건넨 적도 있었다. 네 살 때 욕조에 앉아 있는데 엄마가 입에 마리화나를 물려주며 피워보라고 한 것이다.

"천식을 앓던 저에게 그래 놓고 엄만 변기에 앉아서 깔깔 웃더라고요." 아이시스는 마리화나를 피우는 엄마 곁에서 전염되어 취한 기분이 들곤 했다.

"차 안에서 마리화나를 피우면 말 그대로 너구리굴이 되고 말았죠."

아이시스는 당시에 많은 기도를 했다.

"감사합니다, 하느님. 오늘도 무사히 일어나게 해주셔서요."

주기도문도 매일 암송했다. 그러나 나이를 먹으면서 기도 내용이 달라졌다. "나를 이 세상에서 완전히 사라지게 해달라거나, 엄마가 나를 대신할 다른 아이를 찾게 해 달라고 기도했어요. 그냥 이 자리에서 확 죽여 달라고도 빌었고요."

네 살 때 아이시스는 빌름스 종양Wilms tumor으로 알려진 희귀한 신장암 판정을 받았다. 그 나이 또래 아이들 20만 명 중 한 명 꼴로 나타나는 병이었다. 그녀의 기억 속에는 CT 촬영과 MRI 검사, 그리고 병원에서 마시던 오렌지 주스의 맛이 아직 남아 있었다. 당시 그녀에게 행복이란 병원에 입원하지 않아도 되는 날에 느끼는 안도감 같은 것이었다.

외과의들은 그녀의 신장 하나와 맹장을 제거하고, 목 아래 움푹 팬 곳부터 시작해 흉부를 빙 돌아 골반까지 내려간 다음에 상복부와 흉부로 곧게 올라오는 흉터를 남겼다. 그녀는 그 흉터

를 메르세데스Mercedes 로고 모양이라고 묘사했는데 흉터가 너무
싫어 목의 깃이 높이 올라오거나 목둘레에 딱 맞게 파인 옷만 입
고 다녔다. 수영복은 입어본 적도 없었고, 심지어 흉터가 보일 만
큼 남자애를 가까이 다가오게 두지도 않았다. 고등학교 친구들이
한창 남자애들과 가까워질 무렵에도 아이시스는 신체적인 관계
를 피했다.

그녀는 자신이 암을 이겨내고 살아난 데는 분명 무슨 이유
가 있을 것이라 생각했다. 하지만 그게 무엇인지는 알아낼 수가
없었다.

아이시스는 수술 후에 엄마와 첫 번째 호텔에 머물렀다. 어
느 날 엄마는 아이시스를 이모한테 맡기고는 오랫동안 나타나지
않았다. 엄마 말로는 휴가를 가는 거라 했지만 그 휴가지가 실은
교도소였음을 나중에야 알았다.

아이시스는 이 주 저 주를 오가며 친척 집을 전전했고, 엄마
가 형편이 나아지면 딸을 데려가곤 했다. 엄마는 직장에 나갈 때
도 있었지만, 지원서의 ‘전과 유무’를 묻는 항목에 거짓말을 적어
냈으므로 오래 버티진 못했다. 면접은 매번 통과할 만큼 매력이
있긴 했다. KFC와 타코 벨에 취직했을 때는 매니저까지 고속 승
진했다.

엄마는 아이시스처럼 예뻤다. 레게머리, 짧은 머리, 긴 머리,
금발 머리, 오렌지색으로 부분 염색한 흑발 머리 등 헤어스타일도
다양하게 바꿨다. 그녀는 수표로 세포라와 에스티 로더 화장품을
샀고 아이라인을 고양이 눈처럼 그렸다. 그러나 직장을 구해 다니

다가 신원조회 결과가 나오는 몇 달 후에는 어김없이 해고를 당했다.

두 모녀는 한동안 아이시스의 외할머니 집에 있었지만 외할머니가 더는 뒷바라지를 못하겠다고 손을 드는 바람에 쫓겨나고 말았다. 그들이 뉴저지 주 에디슨에 있는 여성 및 아동 전용 노숙자 쉼터에 들어간 것은 아이시스가 중학교 2학년 때였다. 그녀는 이층 침대 하나만 들여놓아도 꽉 차는 방이 30개가 넘는 두 동짜리 건물로 들어서던 순간을 기억했다. 1가족 1실이 규칙이었고 누구나 공동 샤워장을 이용해야 했다. 그곳은 깨끗하고 지저분한 사람, 무례하고 예의바른 사람이 섞여 있었다. 마약 중독자들도 있었고, 학대 피해자인 여성, 수 년 동안 노숙한 이들도 있었다. 처음 2주 동안 아이시스는 매일 밤 엄마와 나란히 침대 아래층에 웅크리고 누워 숨죽여 울다가 잠들었다.

학교에 들어간 그녀는 반 아이들에게 노숙자란 사실을 숨기기로 했다. 아이라이너, 마스카라, 파운데이션, 아이섀도 등 엄마의 화장품을 바르며 자신을 꾸미기 시작했다.

학교에서는 다른 모습을 보여줄 수 있었다. 새 쉼터나 모텔, 그룹 홈에 들어갈 때마다 그녀는 전학을 가며 새로운 소녀가 되었다. 신비롭게 보일 수도 있었고, 위압감을 줄 수도, 대담한 척을 할 수도 있었다. 화려한 목걸이, 두꺼운 팔찌, 커다란 귀걸이, 굽 높은 구두로 치장했다. 학교 친구들은 아이시스의 당돌한 겉모습, 쓰리 잡을 뛰어서 산 화장품들, 포에버21 옷 뒤에 그녀가 무엇을 감추고 있는지 굳이 알 필요가 없었다. 집으로 향하는 버스

안에서 그녀는 익숙한 두려움의 무게를 느끼곤 했다. 쉼터로 귀가하는 그 느낌 말이다. 종종 친구 집에서 밤을 보내면 다음 날 곧바로 학교로 직행해서 그 느낌을 아예 피해버리곤 했다. 그러나 대다수 쉼터에는 특정 시간까지 복귀해야 한다는 규칙이 있어서 이를 어기면 쫓겨날 수도 있었다.

학교 아이들은 아이시스가 이따금 밤에 어디에서 잘지, 무엇을 먹게 될 지를 모른다는 사실을 알지 못했다. 기부받은 샌드위치나 컵라면으로 끼니를 때우는 일이 많다는 것도. 그들은 그녀의 빈티지 스타일 블라우스와 재킷 밑에 감춰진 메르세데스 로고 모양의 흉터를 보지 못했다. 고등학생이 됐을 때 아이시스는 엄마를 따라 쉼터에서 나와 어떤 집에 잠시 머물렀다가 노스 브런즈윅 1번 도로의 한 모텔로 거처를 옮겼다. 영화에 흔히 나오는, 차를 세우고 싶은 마음이 조금도 들지 않아 휙 지나쳐버리는 우중충한 모텔들 중 하나였다.

아이시스의 엄마는 계속해서 마약을 했다. 한번은 아이시스가 모텔 방으로 돌아왔다가 욕조에서 마약을 주사하는 엄마의 모습을 보았다. 그녀는 아이시스가 불쑥 들이닥쳤다고 화를 냈다. 뭐에 홀린 눈빛이었다. 그녀는 야구 방망이를 집어 들고 아이시스를 때렸다.

엄마는 습관적으로 그녀를 구타했다. 아이시스에게는 입맛을 다시는 버릇이 있었는데, 어느 날은 또 그런다고 옆구리를 걷어찼다. 아이시스가 침대에서 떨어졌을 때는 딸의 몸에 올라타 눈을 주먹으로 한 차례 가격한 뒤 양손으로 목을 졸랐다. 아이시스는 반항하지 않았다. 한 번도 그런 적이 없었다. 그렇게 괴롭힘을 당하고도 그녀는 엄마를 사랑했다.

하지만 엄마는 이렇게 소리 질렀다.

"진짜 싫어, 너!"

죽어버렸으면 좋겠다는 말도 했다. 아이시스는 그 말을 믿었다. 엄마가 진짜 자기를 죽이려 들 것이라고. 그러던 어느 날 딸을 인정사정없이 때리다가 분노가 마침내 가라앉자 엄마는 울면서 사과했다.

"너한테 이럴 생각은 없었는데……. 사랑한다, 아이시스. 넌 내 목숨과 같아."

딸이 피를 흘리면서 겨우 숨을 쉬고 있는 것을 보며 그녀는 괴로워했다.

"여기를 떠나야 할 것 같아. 사는 게 지쳤어."

넋두리를 하듯 중얼거리고 그녀는 수면제를 한 움큼 삼켰다. 죽을 작정이었던 것이다. 아이시스는 엄마가 서서히 잠들 때까지 모텔 방 한 구석에 웅크리고 있었다.

다음 날 아침 엄마는 깨어 있었다. 먼 모텔까지 스쿨버스가 오진 않았으므로 보통 이모가 아이시스를 데려다줬는데 그날 아침 이모는 아이시스의 눈이 붓고 피투성이가 된 꼴을 보았다. 심하게 맞아서 흉이 질 게 뻔했다. 물론 흉터가 하나 더 느는 것뿐이겠지만.

"아이시스, 더는 널 위해 해줄 게 없구나."

이모가 말했다.

“너도 이제 다 컸잖니. 이런 생활에서 벗어나고 싶으면 목소리를 높일 필요가 있어.”

그날 오후, 집에 돌아온 아이시스는 다른 사람의 방에서 밖을 살피고 있는 엄마를 보았다. 문을 마구 두드렸더니 눈이 충혈된 남자가 문을 열었다.

“저희 엄마가 그 안에 있어요!”

아이시스가 큰 소리로 말했다. 남자는 대꾸도 없이 문을 쾅 닫아버렸다. 아이시스는 울면서 문을 발로 차기 시작했다. 엄마는 나올 생각을 하지 않았다. 아이시스는 411에 전화를 걸어 뉴저지 청소년 및 가족 복지국의 수신자 부담 전화번호를 알려달라고 했다.

“엄마한테 학대받고 있어요.”

그녀는 사회복지사에게 호소했다. 연락을 받고 찾아온 담당자는 당분간 아이시스를 이모 집에 머물도록 조치했다. 그러나 이모는 임신을 한 데다 남쪽으로 이사를 가야 했다.

“제가 이모의 발목을 잡고 있었던 거죠.”

아이시스가 말했다. 담당자는 그녀를 이사야 하우스에 넣었다. 입소한 지 며칠 만에 아이시스는 담당자에게 전화로 불만을 토로하며 나가고 싶다고 했다. 그녀에게 이스트 오렌지는 생소하기 짝이 없는 곳이었고, 다른 소녀들은 새로 들어온 아이시스가 좀 특이하다는 것을 감지한 것 같았다. 옷차림에 투자를 했던 만큼, 아이시스는 자신이 싸움이나 도둑질의 표적이 되기 쉽다는 것을 알았다.

아이시스는 뉴저지 청소년 및 가족 복지국에서 매달 나오는 81달러로 어그 부츠를 샀다. 그리고 부츠와 어울리게끔 친구가 준 쥬시 쿠튀르 목걸이와 팔찌를 꼈다. 또 쉼터 근처 뷰티 매장에서 시간당 5달러를 받고 장부에 없는 점원으로 일했다. 그렇게 번 돈 역시 빈티지 룩을 완성하는 데 썼다.

그녀는 어반 아웃피터스나 H&M 같은 SPA 매장에서 주로 쇼핑했다. 포에버21은 말할 것도 없었다. 가끔은 상류 사립학교 학생이 된 기분으로 제이 크루와 랄프 로렌의 단정한 셔츠에 돈을 펑펑 썼으며, 월마트에서 60달러짜리 두툼한 이불과 그 위에 놓을 색색깔의 쿠션을 구입하기도 했다.

몇 주 지나지 않아 아이시스는 어그 부츠를 도둑맞았다. 숨겨둔 현금과 쥬시 쿠튀르 액세서리도 없어졌다. 청소를 하던 중에 한 소녀와 싸움을 벌이기도 했다.

"걔가 코앞에서 엉덩이를 살랑대며 약 올리잖아요, 짜증나게. 그래서 꺼지라고 세게 밀어버렸죠. 그랬더니 빗자루로 저를 치잖아요."

그녀는 이사야 하우스 생활에 진저리를 쳤다. 설상가상으로 엄마의 형편은 아이시스가 떠난 후 악화되기만 했다. 한 노인에게서 돈을 빼앗고 신용카드를 훔친 혐의로 경찰에 검거되어 두 건의 강도죄로 징역 11년을 선고받았다.

아이시스는 너무 화가 났다. 엄마에게, 또 자신을 거두겠다고 나서지 않은 친척 모두에게. 이집트 신화에서 아이시스는 부활의 여신이자 죽은 이들의 보호자였다. 그 이름대로 아이시스는 스스

로가 노숙자 쉼터에 어울리지 않는다고 생각했지만 자꾸만 그곳
에 머물게 되고 말았다.

시간이 좀 지났을 때 또 다른 입소자인 니콜이 아이시스에
게 호감을 느꼈고, 아이시스도 그랬다. 둘 사이엔 많은 공통점이
있었다. 니콜의 엄마도 약물 중독자였다. 니콜은 아이시스보다 키
가 작았고 머리카락을 뒤로 넘기고 다녔다. 그녀는 노마라는 여
자에 대해 끊임없이 이야기했다. 그 여자와 대학교 제자들이 쉼
터를 어떻게 고쳤는지, 이곳 애들이 대학에 다니도록 어떻게 애쓰
고 있는지, 졸업 파티 드레스를 입는 데 어떤 도움을 주는지까지.

"그 여자 정체가 뭐야? 무슨 여신이라도 되나?"

아이시스는 냉소적으로 말했다. 하지만 노마가 베카와 함께
나타난 날 아이시스는 자신의 어린 시절을, 하이랜드 파크의 그
집을, 부러워했던 그 행복한 가족을 떠올렸다. 모두에게 사랑을
듬뿍 받는 것 같은 이 여자를 그녀는 알고 있었다.

노마도 아이시스를 기억했다. 밤늦게까지 남아서 아이시스와
베란다에서 이야기를 나눴다. 아이시스는 어린 시절 이후 자기가
어떻게 지내왔는지 털어놓았다. 모텔을 전전하던 나날과 엄마에
게 얻어맞은 얘기까지도. 노마는 아이시스에게 연락처를 알려주
면서 자신의 어린 시절도 크게 다르지 않았다며 언제든 전화를
해도 된다고 일러두었다.

아이시스는 정말로 노마에게 매주 연락했다. "보고 싶어요"라
고 음성 메시지를 남기면 노마는 항상 전화로 응답했다. 처음에
아이시스는 이 여자가 잠깐 관심을 보이고 말겠지 생각했다. 연락

한 것은 정말로 약속을 지킬 사람인지 알아보기 위한 일종의 테스트였다. 그냥 지역 봉사 차원에서 시간을 보내는 걸까, 아니면 진심일까? 진짜 걱정하는 건가? 하지만 여러 달이 지나도 노마는 여전히 찾아왔고, 여전히 전화에 응답했다.

아이시스는 킨 대학교에서 'Be the Change'란 모임으로 활동하는 다른 학생들도 만났다. 보디빌더 같은 체격에 휴대전화를 두 개나 허리에 차고 다니는 이스라엘이란 젊은 남자도 그중 한 명이었다. 그는 어느 날 오후 쉼터에 찾아와 소녀들에게 자신의 과거사를 들려줬다. 갱단 멤버들과 몰려다니던 생활, 대학에 오기까지 순탄치 않았던 과정에 대해 솔직하게 이야기했다. 아이시스의 눈에는 굉장히 똑똑하고 의욕적인 사람으로 보였다. 그녀는 대학 입학을 진지하게 생각해 본 적이 없었다. 하지만 이스라엘의 이야기를 듣고 마음 한 구석에서 작은 불꽃이 일었다.

노마는 아이시스의 삶에서 가장 안정적인 기둥이 되어 있었다. 그녀를 잃는다면 어떤 일이 벌어질지 상상도 할 수 없었다.

2009년 12월 어느 날, 아이시스가 노마에게 전화했다. 노마는 전화를 받지 않았다. 한 번 더 걸었다. 메시지도 남겼다. 그래도 연락이 없었다. 좀 이상하다. 이럴 리가 없는데. 니콜에게 무슨 얘기 들은 것 있냐고 물었지만 역시 그녀도 모르긴 마찬가지였다. 느낌이 안 좋았다. 뭔가 잘못된 거야. 아니면 크리스마스가 코앞이고 폭설이 내린다고 했으니 미리 볼일을 보느라 외출 중인 건가?

다시 노마의 전화번호를 눌렀다. 이번에도 음성 메시지로 넘어갔다. 아이시스는 자기의 직감이 맞았음을 곧 알게 되었다. 노마가 다쳤던 것이다. 철의 여인으로 보였던 노마 교수는 타고 있던 밴이 마주오던 트럭과 충돌하는 바람에 갈비뼈가 부러지고 머리에 피가 나서 구급차에 실려 가는 중이었다.

글쓰기 과제 유령처럼 지내기

두 달 정도 유령처럼 조용히 지내봅니다. 말을 하지 않고, 전화받는 것과 대화도 줄이며, 그저 듣고 지켜보면서 지내세요. 그 경험에 대해 글로 써봅니다.

Chapter 11

회복할 자격

2009년 4월

조시가 자살한 지 석 달이 되었다. 조나단은 동생의 관 앞에 서서 했던 맹세가 여전히 목구멍에 박혀 있는 것 같았다. 동생의 죽음에서 중요한 의미나 가르침이라도 찾아질 거라 생각했지만 그게 정확히 무엇인지는 아직 알아내지 못했다.

조나단과 케이틀린은 재결합한 건 아니었다. 밤을 함께 보낼 때가 많았지만 서로를 다시 남자친구와 여자친구로 칭하진 않았다. 그러면서도 매일 밤 조나단이 악몽에 시달리다 땀에 흠뻑 젖어 깰 때면 케이틀린이 옆에서 그를 진정시키며 다시 잠들게 했다. 그때까지도 조나단은 조시를 구하려고 안간힘을 쓰거나, 아버지가 엄마를 죽이려 달려드는 걸 막으려고 발버둥치는 꿈을 꾸고 있었다.

조나단이 노마의 수업에 들어와 처음으로 가족 이야기를 했던 4월의 어느 오후에도 케이틀린은 그의 곁에 있었다. 조나단은 둥글게 앉은 학생들 앞에 책상을 가져다 놓았다. 단추를 목까지 채운 셔츠와 잘 닦은 정장용 구두 차림에 머리를 젤로 정돈한 그는 마치 고객들에게 사업 설명을 하러 나온 사람처럼 보였다. 조나단의 뒤에 앉은 케이틀린은 애써 담담한 척하며 종이 위에 뭔가를 끼적거렸다.

학생들이 주목하자 조나단은 이야기를 시작했다. 어렸을 적 잠결에 비틀거리며 부엌에 들어갔던 그 눈 내리던 밤, 피를 흘리며 바닥에 쓰러져 있던 엄마와 부엌에 흥건하게 고인 피, 맨발로 차에 오른 뒤 백미러로 보았던 아버지의 매서운 눈초리, 교각과 충돌한 교통사고, 쇄골이 부러진 채 자동차 계기판 아래 끼였던 어린 조시, 외계인 때문에 엄마를 죽였다는 아버지의 진술, 수감 중 일어난 그의 자살…….

그는 조시의 영민함과 편집증에 대해서도 말했다. 노숙자 쉼터에서의 생활, 조시가 칼을 휘두르며 공격했던 일, 우루과이에서 "그런 눈으로 바라보지 마!"라고 외쳤던 모습, 유서, 기차선로 위에서의 끔찍한 죽음까지도 숨기지 않고 이야기했다.

몇몇 여학생은 눈물을 흘렸다. 그러나 말을 꺼내는 사람은 아무도 없었다. 그래서 조나단은 계속 이야기를 했다. 이제는 멈출 수가 없었다. 조나단은 조시가 죽은 다음 날 아침을 회상했다. 그날 그는 침대에서 벌떡 일어나 노마에게 전화를 걸어서는, 성의 없이 상담하고 조시를 집에 보낸 정신과 의사한테 따지고 싶다는 심정을 토로했다. "그때는 '그 빌어먹을 놈의 의사, 내가 죽여버리겠어.' 뭐, 그런 심정이었죠."

그날 노마는 그를 진정시키면서 의사에게 할 수 있는 법적, 의학적 질문 몇 가지를 알려주었다. 조나단은 전화를 끊자마자 녹음기를 챙겨서 그 의사의 진료실로 향했다. 의료 과실과 직무 태만으로 고소할 생각이었다. 녹음기가 몰래 작동되고 있었지만 의사는 조시와의 상담에 대해 별로 기억나는 게 없는 듯했다. 자살을 생각하던 그 정신분열증 환자를 의사가 어렴풋이 기억해낼 즈음 조나단이 불쑥 끼어들었다. "이봐요, 내 동생이 이 진료실을 나가고 나서 한 시간 만에 자살했다고요!"

그 말을 들은 의사는 양손을 머리에 얹었다. 하지만 조나단이 보기에 그 의사가 정말로 마음 아파하는 것 같지는 않았다. "그 의사는 동생 이름도 기억하지 못하던걸요." 조나단은 계속 말했다. "'그냥 약이나 더 먹을 수밖에.' 나는 동생이 이렇게 받아들였을 거라고 생각해요. '의사들은 나를 멍청하게 만들려고만 해. 그럼 결코 나아지지 않을걸?' 그 애에겐 선택의 여지가 없었을 겁니다."

학생들은 여전히 꼼짝도 하지 않고 듣기만 했다.

"그 후로 어떻게 지냈나요?" 노마가 물었다. "가까운 사람을 자살로 두 번이나 잃었는데 말이에요."

조나단이 대답했다.

"미쳐버릴 만큼 화가 나기도 했고, 우울해지기도 했고, 사람들을 멀리한 적도 있었어요. 하지만 결국 중요한 것은 하나더라고요. 앞으로 나아갈 것인지, 아니면 뒤로 물러날 것인지."

"당신은 무엇을 향해 나아가고 있나요?"

"한때는 '죽을 때까지 동생을 돌볼 생각이다, 무슨 대가를 치르든 얼마나 오래 걸리든 상관없다, 어떤 일이 닥쳐도 동생을 보살필 거다'라고 다짐했어요. 저에겐 동생이 우선이었으니까요. 그랬는데 그 애가 스스로 목숨을 끊었어요. 그러자 제 삶이 돌아오더군요. 참 기이한 일이죠. 만일 앞으로 제가 살아가면서 제 삶을 내팽개친다면, 늘 우울해하면서 되는대로 시간을 흘려보낸다면, 그 애의 죽음은 아무 의미가 없을 겁니다."

케이틀린이 조금 일찍 강의실을 나가기 위해 일어섰다. 그녀는 메모지를 접어 조나단에게 건네고 조용히 강의실을 나갔다. 거기에는 이렇게 적혀 있었다.

'네가 정말 자랑스러워.'

글쓰기 과제 죽음 이후에 대한 생각

사후에 대해 어떤 이미지를 떠올리는지 쓰세요. 종교나 정
신 수행 등 인생에서 중요하게 여겨온 믿음이 있다면 그것
이 사후 상황에 대한 생각에 어떤 영향을 미치는지도 함께
써봅니다.

Chapter 12

붕괴를 감당하는 사람

조나단이 학생들에게 과거사를 들려준 지 일주일 뒤, 케이틀린의 엄마가 또다시 처방약 과다 복용으로 병원에 실려갔다. 6개월 동안 세 번째 자살 시도였다.

케이틀린은 캠퍼스에서 일하던 중에 휴대전화 벨소리를 들었다. 발신자는 아버지였다. 불길했다. 그녀는 깊게 숨을 몰아쉬면서 전화를 받았다. 이건 나쁜 일일 거라고 생각하면서.

"여보세요?"

"케이틀린, 네 엄마한테 전화를 걸고 있는데 받질 않는구나. 무슨 일이 있는 게 틀림없어."

나는 지금 당장 갈 수가 없는데. 케이틀린이 생각했다. 상사가 캠퍼스 어딘가에서 세미나에 참석 중이었다. 세미나가 어디에서 열리는지 알아내는 건 어렵지 않았다. 집에 급한 일이 생겼다고 말씀드릴까. 어쨌든 가봐야 하니까. 그러다 순간 생각을 멈추었다. 엄마가 죽어 있는 걸 발견하고 싶진 않아.

케이틀린은 전화를 끊고 동생들과 친구들에게 연락을 돌리기 시작했다. 누구든 빨리 집에 가서 엄마의 상태를 확인해 주길 바랐다. 마침내 집에 가주겠다는 한 친구와 연락이 닿았다. 케이틀린은 친구가 집에 들어가 엄마의 침실이 있는 2층으로 올라갈 때까지 전화를 끊지 않고 있었다.

"문이 잠겨 있는데? 열리지가 않아."

친구가 말했다. 그녀는 한참 열쇠 구멍과 씨름을 한 끝에 안으로 들어갈 수 있었다. 그때 케이틀린 귀에 친구의 헉, 하는 소리가 들렸다.

"무슨 일이야?" 케이틀린이 소리쳤다.

"결혼사진이…… 거기에 막 낙서가 되어 있는데…… 내 생각엔 네 엄마가…… 911에 전화해야겠다."

그 말에 케이틀린은 일을 팽개치고 집으로 내달렸다. 엄마의 침실에 들어서자 웨딩드레스를 입은 액자 사진에 거칠게 휘갈긴 낙서와 색칠 자국이 눈에 들어왔다. 엄마가 입 속에 약을 털어 넣기 전에 벌인 일이었다. 케이틀린은 40년 전의 아름다웠던 엄마를 무척 좋아했다. 그 모습이 다 망가져 지금 그녀의 앞에 있었다.

엄마는 다시 병원에 입원했다가 곧 퇴원했다. 그러고 나서 일주일이 채 안 돼 케이틀린은 친구들을 만나기 위해 샤워를 하려다 급히 아래층으로 뛰어 내려갔다. 부모님이 고함과 괴성을 지르며 싸우고 있었다. 평생을 악다구니와 이혼 협박과 죽음에 시달렸는데 단 한 번만이라도 평범한 부부처럼 서로 사랑할 순 없는 걸까? 그냥 가만히 좀 있으면 안 되나? 케이틀린은 부엌 바닥에 떨어진 컵을 집어서 벽에 던졌다. 그런 다음 벽에 걸린 액자를 주먹으로 쳤다. 유리가 깨지며 피가 사방으로 튀었다.

"당장 나가세요!" 케이틀린이 악을 썼다.

"이 집에서 나가라고요! 멀리 가 버려요! 당신들은 서로 가까이 있어선 안 되니까!"

잠시 정적이 흘렀다. 그러더니 아버지가 집을 나가 빗속으로 사라졌다. 케이틀린은 멍하니 서 있던 동생에게 일렀다.

"엄마 잘 지켜. 쓸데없는 짓 못 하게."

그런 다음 양말 바람으로 아버지를 쫓아나갔다. 몇 시간 후, 소동은 가라앉았다. 케이틀린은 잠들었다가 악몽을 꾸었다. 정신이 들었지만 숨을 쉴 수가 없었다. 악몽에 시달리는 건 흔한 일이었다. 입이 벌어지지 않는 상태로 깨어난 적도 많았다. 고등학생 때 가벼운 교통사고를 당했는데, 그때 부딪친 충격으로 악관절 장애가 생겨 특히 악몽을 꾸다가 턱이 빠지는 일이 종종 있었다. 그때마다 한참을 기다려야 입을 다시 벌릴 수 있었다.

다음 날, 케이틀린은 편한 차림으로 학교에 갔다. 손에는 권투선수처럼 하얀 붕대가 감겨져 있었다. 케이틀린은 날마다 수면 부족에 시달렸다. 대학원에서 좋은 성적을 유지하고 직장 일도 소홀히 하지 않기 위해서였다. 좀비가 된 기분으로 캠퍼스를 걸어 다니다 보면 오늘이 무슨 요일인지, 몇 월인지도 모르기 일쑤였다.

그녀는 조나단에게서 위안을 찾았다. 그는 케이틀린이 엄마를 보러 병원에 가는 길에 동행했고 노마의 연구실에 따라가기도 했다. 케이틀린이 퉁퉁 부은 눈을 선글라스로 가린 채 학교 복도에서 바들바들 떨고 있을 때면 조나단이 층계참으로 데려가 안정될 때까지 안아주었다.

그러나 케이틀린은 자신의 괴로움이 조나단에게 과거에 대한 상념을 떠올리게 한다는 것을 알 수 있었다. 그는 가족의 죽음으로 인한 고통을 잊으려고 노력하고 있었지만 케이틀린 가족의 혼돈이 자꾸만 발목을 잡았다.

글쓰기 과제 다양한 믿음에 관하여

자신과 다른 종교적, 영적 관점을 가진 사람을 만나 그가 어떻게 삶과 죽음을 바라보는지 인터뷰합니다. 대화를 통해 새롭게 알게 된 점이나 기존의 생각과 달라진 부분이 있다면 함께 정리하세요.

Chapter 13.

선의의 온도

2009년 여름

노마 교수는 자주 말하곤 했다. 아무리 끔찍한 사연이라도 세상을 향해 크게 소리 내어 이야기를 하다 보면 놀라운 경험을 하게 된다고. 큰 소리로 말하는 것은 노트에 적거나 컴퓨터로 타이핑을 하는 것과는 전혀 다른 힘을 발산한다고.

"사연에 소리를 입히세요. 그러지 않으면 그 이야기가 여러분에게 어떤 걸 안겨줄지 모른 채 지나갈 수도 있어요."

에릭슨은 '사람은 타인을 가르칠 필요가 있다'라고 강조했다. '가르침을 받을 필요가 있는 사람을 위해서만도 아니고, 자신의 정체성을 실현하기 위해서만도 아니다. 사실은 입으로 말해짐으로써, 논리는 실증됨으로써, 진리는 천명됨으로써 계속 살아 있게 되기 때문이다. 그러므로 가르침에 대한 열정은 교직에만 국한되지 않는다.'

조나단은 그날 노마의 강의실에서 저 교훈이 진실임을 느꼈다. 그에게는 노마의 강의실을 넘어 자신의 사연을 더 많이 이야기할 필요가 있었고, 무엇보다 해피엔딩이 필요했다. 그래서 그것을 찾아 나섰다.

조나단은 이후 몇 달 동안 노마의 제자들 틈에 끼어 노던 스테이트 교도소 같은 곳으로 현장 학습을 나갔다. 거기서 구속 의자가 있는 하얀 벽돌의 정신병동을 보았다.

"이 의자에 앉으면 사람이 망가져요."

교도관이 학생들에게 설명했다. 검은색 의자에는 하단과 양 팔걸이에 발목과 손목을 고정시키는 족쇄가 달려 있었다. 의자에 앉은 수감자의 가슴 위로는 끈 두 개가 X자 형으로 교차된다. 투약을 거부하는 재소자, 정신 발작이나 극심한 경련을 일으키는 재소자, 난동을 부리는 재소자는 이 의자에 네 시간씩 묶여 있어야 한다. 그러고 나면 교도관이 들어와 한 손의 족쇄를 풀어 음식을 먹을 수 있게 한다. 잠깐 변기를 사용하는 것이 허락되며 그후엔 다시 족쇄가 채워진다. 하지만 수감자가 다음 자유 시간까지 용변을 참을 수 없으면 방법은 없다.

"안됐지만 이 의자에서 그냥 싸야 할 거고 그 냄새가 다음 타임이 올 때까지 진동을 하겠죠."

만일 묶인 상태에서 어디가 가렵거나, 파리가 눈앞에서 성가시게 날아다니거나, 너무 춥거나 덥더라도 그 불편함을 고스란히 감당해야 한다. 교도관은 이마에 '666'이란 문신을 새긴 어느 재소자의 이야기를 들려주었다. 화장실 휴식 시간 한 번 없이 나흘을 꼬박 그 의자에 앉아 있었다는 것이다.

이야기를 들은 조나단은 아버지가 스스로 목숨을 끊은 게 당연했다고 생각했다. 정신적으로 아픈 사람들이 그런 취급을 받았다면 자살이 최선의 선택이었을 수도 있다.

그는 노마와 학생들이 트렌튼 정신병원에 방문했을 때도 따라갔다. 조나단의 아버지와 동생도 거기에 입원한 적이 있었다. 그곳은 별로 달라진 게 없었다. 완만한 경사의 넓은 목초지에 흰 벽돌로 된 병동들이 모여 있고, 4~5층 높이의 병동들은 대부분 비어 있었다. 조나단이 듣기로는 현재 입원한 환자 수가 440명이라 했다. 하지만 한때는 자원봉사를 하는 사람들만 3,800명에 이르렀다는 게 병원 투어 가이드의 설명이었다. 이제 그 건물들은 납 페인트와 석면 자재 때문에 더 이상 쓸 수 없었다. 가이드는 인슐린 쇼크 요법이 사용되던 건물을 손가락으로 가리켰다. 아이비 넝쿨이 외벽을 뒤덮었고 판자로 가려진 창문들이 눈에 띄었다. 조나단은 판자 틈새로 안을 들여다보려는 학생들의 뒤를 따랐다. 일행은 그룹 거주 시설인 오두막 단지 쪽으로 걸음을 옮겼다. 유칼립투스 나무에서 떨어진 갈색 솔방울 같은 열매들이 발밑에서 으드득 소리를 냈다. 현관과 잔디밭 의자에 앉은 입주자들의 눈길이 학생들에게 쏠렸다.

머리털이 삐죽삐죽 자라고 턱수염이 난 남자가 뒷짐을 진 채 걷고 있다가 들뜬 표정으로 마구 손을 흔들었다. 다른 사람들은 대부분 멍하게 쳐다보기만 했다. 한 남자는 시끄러워 잠을 잘 수가 없다고 툴툴대면서 다른 곳으로 비틀비틀 걸어갔다. 전화박스

안에서 통화는 하지 않고 그냥 앉아 있는 남자, 금발 머리를 두 갈래로 땋고 현관 계단에 슬픈 표정으로 앉아 있는 20대 중반의 여자도 보였다. 노마 일행은 꽃이 활짝 핀 커다란 목련나무 옆을 지나갔다. 연분홍 꽃들은 우중충한 여름 하늘을 배경으로 더욱 도드라져 보였고, 떨어진 꽃잎들이 나무 밑을 융단처럼 푹신하게 덮고 있었다.

가이드는 가족들이 면회를 자주 오진 않는다고 했다. 조나단은 조시가 여기서 치료를 받는 동안 면회가 가능할 때마다 두 시간씩 차를 몰고 왔던 기억을 떠올렸다. 환자들이 외로워 보였다. 어떤 얼굴들은 동생을 생각나게 했다.

가이드의 설명에 따르면 정신질환자를 위한 뉴저지 주의 치료 센터 가운데 상당수가 지난 30년 동안 문을 닫았다. 파르시패니Parsippany에 있던 최대 규모의 주립 정신병원인 그레이스톤 파크도 그중 하나였다. 이 병원은 2000년, 당시 주지사였던 크리스틴 토드 휘트먼이 '환자 613명을 수용하던 이 시설은 현대 정신치료의 모델에 부합하지 않는다'라고 밝힌 뒤 폐쇄되었다. 주 전역의 수많은 환자들이 재평가를 거쳐 더 이상 장기 치료가 필요치 않는 것으로 판정받았다. 노마는 이후 많은 정신질환자들이 거리를 떠돌거나 교도소에 수감되었다는 얘기를 해주었다.

가이드가 덧붙였다. "교도소와 구치소에서 정신질환자의 수가 늘었습니다. 끔찍한 일이죠. 그들은 거기서 치료를 받는 게 아니라 학대당하기 일쑤거든요."

조나단은 미국에서 정신질환자들에 대한 관심이 얼마나 미미한지 깨닫고 있었다. 정신분열증이나 다른 정신질환을 앓는 사람 한 명 한 명에게 가족이 있고 그들을 사랑하는 이들이 있다는 것을 아무도 이해하지 못하는 것 같았다. 때로는 가족마저도 정신질환자에 대한 기대를 접었다.

정신병원 현장 학습이 끝나고 조나단과 다른 학생들은 노마와 함께 노마가 자주 찾던 단골 식당에 갔다. 뒤이어 케이틀린도 그 자리에 합류했다. 현장 학습에 대한 후기를 이야기하는 동안 조나단과 케이틀린은 나란히 앉아서 손을 잡고 있었다. 어느 순간 케이틀린이 머리를 조나단의 어깨에 비스듬히 기대었다. 노마가 그 모습에 미소를 보냈다. 날씨가 더워지면서 조나단과 케이틀린의 관계도 다시 뜨거워지고 있었다.

케이틀린은 이제 자기 가족의 드라마 같은 풍경에서 벗어날 마음을 먹고 있는 듯했다. 부모를 변화시키기 위해 자신이 할 수 있는 일이 별로 없다는 것을 깨달으면서, 심리학 석사 학위를 취득하는 쪽으로 마음이 기울고 있었다. 그녀는 아주 오랫동안 조나단에게 말해왔다. 자기가 부모님 집에서 살아야 두 사람을 감시하고 서로 죽이거나 자살하지 못하게 할 수 있을 것 같다고. 그런데 이제는 독립하는 문제를 의논하고 있었다.

2009년 겨울

조나단은 부동산과 관련된 생업을 의욕적으로 재개했다. 재정적 목표를 세운 뒤, 빚을 갚고 조시를 돌보느라 텅텅 비어버린 통장도 다시 채우려고 열심히 뛰었다. 그는 케이틀린과 노마에게 정신 질환 인식 개선 운동을 벌이고 싶다고 말했다.

이 캠페인을 실천하기 위해 페이스북 페이지를 개설하고 몇 주 만에 회원을 천 명 이상 끌어 모았다. '기능성 정신분열정동장애functioning schizo-affective'를 앓는다고 밝힌 오리건 주의 한 여성은 '무지의 그늘 속에서' 사는 것에 관한 글을 페이지에 남겼다. 여기저기서 관심이 쇄도하자 조나단은 기운이 났다. 그리고 11월에 정신건강 의식 고취 그룹을 위한 브레인스토밍 회의를 열기로 결정했다. 노마는 회의 장소로 킨 대학교 강당을 예약해 주었다.

조나단은 참석자가 반쯤 들어찬 강당의 맨 앞에 서서 마이크를 들었다. 스크린에는 백사장에서 챙이 넓은 모자를 쓰고 엄지를 치켜든 채 미소 짓고 있는 조시의 사진과 '브레인스토밍 주제: 정신건강 제도를 변화시키고 의식을 고취시키는 방법. 조슈아 스타인그래버를 추모하며'란 글귀가 떴다.

케이틀린의 아버지와 여동생은 강당 뒤편에, 조나단의 형 크리스와 그의 여자친구는 고아가 된 세 형제를 맨 처음 거둬준 이모와 이모부의 뒤에 앉아 있었다.

"여러분의 도움이 필요합니다." 조나단이 청중에게 말했다.

"그래서 저희가 여기에 온 것입니다."

케이틀린은 연단에 함께 서 있었다. 연구와 통계 자료를 통합해서 사용하는 대학원의 조사 기술을 프레젠테이션에 접목시켜 설명하기 위해서였다. 그녀는 정신분열증을 앓는 사람이 일반인보다 자살 시도 위험이 50배나 높다는 점과, 자살이 정신분열증 환자들 사이에서 조기 사망의 주요 원인이라는 통계 자료를 줄 줄 읊었다. 교도소에 수감된 미국인들의 20퍼센트는 심각한 정신질환을 앓고 있었는데, 이는 병원에 입원한 정신질환자들의 수를 훨씬 웃도는 수치였다. 그녀는 자살한 재소자들의 70퍼센트에게 정신병력이 있음을 밝혀낸 2002년도 뉴욕 시 연구를 인용했다. 정신분열증이나 조울증을 앓는 약 20만 명은 노숙자라는 사실도 덧붙였다.

정신건강 회의가 열리고 나서 며칠 후, 정신건강 그룹의 첫 사업은 정신질환자와 노숙자에게 의복과 담요를 제공하는 것으로 정해졌다. 노마의 학생들 'Be the Change' 멤버들이 크리스마스 전 주말에 열리게 될 그 행사를 위해 조나단의 정신건강 그룹과 팀을 이루기로 했다. 조나단이 상상한 그림은 길거리, 골목, 기차역, 공원, 해변을 넘나들며 열정적으로 음식과 의복과 담요를 나눠주는 모습이었다.

그러나 공동의 대의를 위해 조직을 일원화하는 과정에서 노마의 그룹과 조나단의 그룹 간에 갈등이 생겼다. 노마는 그 추위에 노숙자를 찾겠다고 학생들이 거리를 헤매는 것은 위험하다며 반대 의사를 표했다. 노마는 제자들을 위험에 빠트리는 모험을 할 순 없었다. 쉼터와 기차역에 방문하는 것으로도 충분하다고 생각했다. 하지만 조나단은 그렇게 해서 무슨 수로 도움이 가장 절실한 노숙자들을 찾을 거냐고 따졌다. 노마는 쉼터들을 방문할 것을 제안했지만, 조나단은 쉼터엔 이미 따뜻한 담요와 음식이 있다고 맞섰다. 그는 거리에서 잠을 자는 정신질환자들, 누구에게서도 도움의 손길을 받아본 적 없는 이들, 너무 아프거나 외로워서 쉼터를 찾아 나설 수도 없는 이들을 찾고 싶었다.

마음이 그토록 간절하다면 조나단의 그룹은 그런 방식으로 할 수도 있겠지만, 'Be the Change'는 그들의 방식대로 할 수밖에 없음을 노마는 분명히 해두었다. 그러면서 자원봉사자들이 안전하지 않은 장소에 가야 한다면 그의 프로젝트에 그녀의 이름을 걸지 말아달라고 했다. 학생들을 위험에 빠트릴 수 있는 일은 교수로서 그녀를 곤경에 처하게 할 수 있기 때문이었다.

그러나 조나단은 노마가 모든 일을 그녀가 정한 규칙대로만, 또 티셔츠를 맞춰 입는 'Be the Change'의 기치 아래에서만 진행하려 든다고 생각했다. 그즈음 그의 신경을 건드리는 사람은 노마 교수만이 아니었다. 'Be the Change' 학생 리더들 일부도 그에게 훈수를 두고 싶어 하는 듯 보였다. 이 모든 일은 그의 아이디어, 그의 소망에서 시작되었다. 맞춤 티셔츠나 클럽 학생들의 봉사활동 점수가 중요한 게 아니었다. 조시를 추모하기 위해 벌인 일이었고, 조시 같은 사람 모두를 위한 일이었다. 현실적이고 지속적인 변화가 거기에서 나와야 했다.

협력적인 사회봉사 활동으로 시작했던 일은 결국 별개의 두 프로젝트로 쪼개졌다.

토론 수업 장례에 대한 나의 선택

내가 죽은 뒤에 어떻게 장례를 치를 것인지 생각해 봅니다.

1. 나는 ______________ 원한다.

   a. 매장되기를

   b. 화장되기를

2. 나는 ______________ 원한다.

   a. 장례식이 장례식장에서 열리는 것을

   b. 장례식이 교회나 절에서 열리는 것을

   c. 묘지에서의 추모만을

3. 나는 ______________ 원한다.

   a. 장례식이 공개되기를

   b. 장례식이 공개되지 않기를

4. 나는 ________________ 원한다.

    a. 꽃으로 장식되기를

    b. 꽃으로 장식되지 않기를

5. 나를 추모하는 의미로 ________________ 에 기부가 이뤄지

    길 원한다.

6. 나는 ________________ 원한다.

    a. 수의를 입고 매장되기를

    b. 외출복, 특히 (   )을 입고 매장되기를

_'장의사에게 지시하는 사항',

「준비해야 할 시간A Time to Prepare」에서 발췌.

Chapter 14

예기치 못한 사고

2009년 12월

크리스마스를 일주일 넘게 앞둔 월요일이었다. 뉴저지에 눈보라가 몰아칠 예정이라 노마는 그 전에 해야 할 일이 많았다. 기상 캐스터는 눈이 50센티미터 정도 쌓일 수 있다고 예보했다. 노마는 크리스마스 카드에 붙일 우표를 사야 했고, 평가해야 할 리포트도 수십 편 있었다. 아직 기말고사도 끝나지 않았다. 게다가 공항 근처 메리어트 호텔에 들러 노숙자들에게 나눠줄 담요 수백 장을 받아 가야 했다. 앞좌석에는 학생들을 위해 지도에 표시해 놓은 쉼터 목록이 놓여 있었다. 뒷좌석은 행사에 쓰일 기부 물품들로 넘쳐났다. 양털 담요, 이불, 심지어 한 학생의 어머니가 양복 커버를 씌워 내놓은 밍크코트까지 있었다. 이제 식료품도 사고 쿠키도 구워야 했다. 무엇보다 아버지가 크리스마스를 맞아 오신다고 해서 신경 쓸 일이 더 늘었다. 이번에도 홀리데이 인에 그가 묵을 방을 예약해 둘 참이었다.

뉴저지 주 에디슨 시, 우딩 가와 1번 고속도로의 교차로에서 신호를 기다리는 동안 그녀의 머릿속에는 해야 할 일들이 계속 떠올랐다. 베카를 학교에 내려주고 CVS 편의점을 막 지나친 때였다. 전날 밤 해외에서 돌아온 친구 집에 방문해 늦게까지 잠을 자지 못한 탓에 피곤했다.

기온이 영하로 뚝 떨어진 아침의 혼잡한 시간대였다. 핸들을 잡고 있었고 라디오는 꺼진 상태였다. 몇 분 후에 겉옷이 벗겨져 들것에 실릴 줄 알았더라면 적어도 속옷 입을 생각은 했을 것이다. 아니면 머리를 빗든지. 대신 그녀는 그 추운 아침에 요가 바지와 티셔츠 위에 달랑 겨울 코트만 걸치고 집 밖으로 나왔다. 안전벨트를 장식 띠처럼 느슨하게 두른 채 신호가 바뀌길 기다리면서 그래도 이는 닦고 나왔다고 좋아하고 있었다.

그곳에서 400미터쯤 떨어진 곳에서는 흰색 SUV를 모는 한 남자가 1번 고속도로를 따라 서쪽으로 쌩 지나갔다. 신호등이 빨간색으로 바뀌기 직전이라 흰색 SUV에 탄 그 성질 급한 남자도 정지해야만 했다. 노마 앞의 신호등은 녹색으로 바뀌려고 하고 있었고, 그녀의 밴은 맨 앞줄에서 대기 중이었다. 노마는 서너 블록 떨어진 우체국에서 크리스마스 카드에 붙일 우표를 사야겠다고 생각하며 던킨 도너츠 아이스 라떼를 홀짝였다.

밴 뒷좌석에는 기부 물품 말고도 수십 편의 에세이가 담긴 노트북이 있었다. 당시 그녀에게는 마음 쓰이는 또 다른 재소자들이 있었다. 노던 스테이트 교도소 외에 다른 곳에서도 매주 한 차례 수업을 하기 시작했던 것이다. 그 시설은 킨 대학교에서 자동차로 45분 걸리는 클린튼의 에드나 마한 여성 교정 시설이었다. 그곳 여자들 중에도 살인범들이 있었다. 하지만 벌써부터 그녀는 노던 스테이트의 남자들보다 이곳 여자들이 자신의 강의에 더 순수하게 반응한다는 걸 느꼈다.

그 시설에서 만난 사람 중에 안경을 쓴 중국계 미국인 한 명은 '나는 욕실에서 내 딸아이의 시신 위에 쓰러져 있었다'라는 문장으로 시작되는 에세이를 써 냈다. 서른네 살 때 그녀는 자기 자식을 익사시켰다. '시작은 스물네 살 때 우울증으로 처음 입원하면서부터'였다. '열여섯 살 때부터 정신분열증을 앓아온 엄마를 돌보면서 논문 준비를 하느라 하루하루를 힘겹게 보내고 있었다'라고 했다. 병원에 입원도 해 봤고 지하철에 뛰어들려고도 했다. 매니큐어 리무버를 마신 적도 있으며 다리 위에서 뛰어내리기까지 했다.

그녀는 이렇게 썼다. '나는 욕조에 천천히 물을 채웠다. 따뜻한 물을, 딸아이가 딱 잠길 정도의 높이로……. 아이는 처음엔 내가 괴로워하는 걸 눈치 채고 자기 얼굴을 나한테 부벼댔는데, 아무런 반응이 없자 내가 욕조에 넣어 준 공룡 장난감을 가지고 놀기 시작했다. 그때 나는 속으로 생각했다. '지금 꼭 해야 돼. 그렇지 않으면 평생 못할 거야.' 일이 벌어졌을 때 나는 안도했다. 무겁게 짓누르던 부담과 책임을 벗어던진 느낌이었다.'

노마는 어쩌면 그 여성들에게서 변화를 더 많이 만들어낼 수도 있겠다고 생각했다.

신호등이 녹색으로 바뀌었다. 노마는 가속 페달을 부드럽게 밟으면서 교차로로 진입했다. 그 순간, 왼쪽 눈 꼬리에서 하얀 빛이 번쩍이는 걸 느꼈다. 고개를 돌리자 문제의 SUV가 교차로를 가로질러 밴의 운전석 쪽으로 돌진해 오는 것이 보였다. SUV 운전자는 틀림없이 브레이크를 힘껏 밟았을 것이다. 요란하고 길게 이어지는 경적 소리가 들렸다. 마지막으로 든 생각은 하나였다. '이제 죽는구나!'

그녀는 금속과 금속이 부딪쳐 날카롭게 찢어지는 듯한 소리를 들었다. 커다란 발톱이 칠판을 긁어대는 듯했다. SUV의 앞코가 그녀의 몸을 꿰뚫을 것처럼 운전석 문짝을 관통하는 것은 미처 느끼지 못했다. 심하게 요동친다는 느낌뿐이었고 귀청이 터질 듯한 굉음을 들었다. 마시던 아이스 라떼는 용기가 터져버린 것 같았다. 머리가 유리에 쾅 부딪쳤다. 노마는 의식을 잃었다.

눈을 떴을 때는 머리가 지끈거리고 숨이 잘 쉬어지지 않았다. 노마는 밴 안에 갇혀 있었다. 안전벨트가 가슴을 짓눌렀다. 얼음 조각이 허벅지와 좌석 위, 머리카락, 사방으로 튀어 있었다. 많은 생각들이 빠르게 머릿속을 지나갔지만 어두운 꿈속을 걷고 있는 기분이었다.

그녀는 얼음 조각을 바라보았다. 던킨 도너츠 얼음은 어째서 이렇게 차가울까? 의아했다. 왜 그렇게 오래도록 녹지 않을까? 눈을 깜박였다. 방금 일어난 일을 받아들이는 데 시간이 걸렸다. SUV가 노마의 차 측면을 들이박은 것이었다. SUV의 앞 범퍼가 밴 안으로 들어와 있었다. 그 차가 운전석 문을 치받고 들어오기 전에 마지막으로 들었던 생각이 기억났다. 이제 죽는구나!

경찰이 곧 도착할 것이다. 내출혈이 있으면 어떡하지? 아직은 살아 있지만 사고 현장에서 죽을 가능성도 있었다. 운전면허증을 찾아야겠어. 시신의 신원을 확인하려면 면허증이 필요할 테니까. 밴의 번호판은 노먼의 이름으로 등록되어 있었다. 사고가 났다는 것을 그에게 얼른 알려야 했다. 노마는 휴대전화를 집으려고 바닥으로 손을 뻗었다. 아악! 참기 힘든 고통이 온몸으로 뻗쳤다. 바닥을 더듬거려 휴대전화를 쥐었다. 노먼이 전화를 받자 눈물이 왈칵 쏟아졌다.

"나, 사고 당했어!" 목소리를 높였다.

"너무 너무 아파."

"노마, 당신 지금 어디야?"

스카이락 레스토랑 옆, 우딩 가와 1번 고속도로의 교차로라고 알려주었다. 그가 911에 신고하고 몇 분 안 돼서 부보안관이 밴 밖에서 소리쳤다.

"다친 데 없습니까? 괜찮으세요?"

부보안관이 문을 열려고 해봤지만 소용 없었다. 노마가 일부 남아 있는 손잡이를 당겨 문을 밀어보려 했으나 SUV가 가로막고 있었다. 어깨가 쑤시고 아팠지만 제일 통증이 심한 곳은 가슴이었다. 전문 작업자들이 달려와 차량을 조각조각 잘라내기 시작했다.

"저, 심장마비 아니에요?"

그들이 마침내 차 문을 열었을 때 노마는 묻고 또 물었다. 구급대원들은 목이나 허리를 다친 부상자에게 사용하는 딱딱한 목재 척추판 위로 노마를 통나무처럼 굴렸다. 그들은 목 보호대와 머리 고정 장치로 그녀를 묶었다. 움직일 수 없다고 생각하니 통증이 더 심하게 느껴졌다.

몇 분 뒤 현장에 도착한 노먼은 공황 상태에 빠진 듯 보였다. 구급차에 같이 타고 가겠다는 것을 노마가 말렸다. 대신 나중에 함께 집에 갈 수 있도록 그의 차로 구급차를 따라오라고 일렀다. 지금까지 살아 있고, 심장마비는 아닌 것 같고, 부상 정도도 그리 심하지 않은 게 분명하니 병원에 입원할 필요는 없을 거라고 판단한 것이다.

구급대원이 노마의 요가 바지와 셔츠를 자르기 시작했다. 그녀가 어색한 농담을 던졌다.

"깨끗한 속옷을 입으라고 부모님들이 늘 잔소리하는데 괜히 그러는 게 아니에요. 저, 속옷 하나도 안 입었거든요!"

구급대원들에게 그건 중요치 않았다. 한 구급대원이 로버트 우드 존슨 대학 병원으로 이송될 거라고 알려주었다. 노마는 그 병원이 미국 외과의협회에서 레벨1 외상센터로 평가받았다는 것을 알고 있었다. 이는 그곳에 중상을 입은 환자들을 치료할 장비가 최고 수준으로 갖춰져 있다는 뜻이었다. 노마는 '레벨1 외상센터까지 갈 필요는 없을 텐데'라고 생각했다.

병원에서는 의사들이 불편한 척추판과 머리 고정 장치를 얼른 분리해 내지 않았다. 먼저 등, 목, 머리에 부상이 없는지 확인해야 했다. 그들은 등을 검사하기 위해 그녀를 옆으로 뉘었다. 노마는 통증으로 얼굴을 찡그리고 앓는 소리를 했다. 확실히 큰 부상은 없었다. 목도 마찬가지였다. 다음으로 흉부 X-ray를 찍었다. 갈비뼈 다섯 개가 부러져 있었다.

"심장과 머리는 어떤가요?"

노마가 물었다. 아직은 둘 다 어떤지 모르는 상태였다. 간호사가 X-ray 사진들을 가지고 들어왔다.

"CT를 한 번 더 찍으셔야 돼요."

또 왜? 이미 MRI를 찍었잖아. 노마는 거부하고 싶었다. 의료진은 혈관의 모든 움직임과 염증이 영상에 잘 보일 수 있도록 방사선 조영제를 주사할 것이었다. 그녀는 조영제를 투여하면 오줌을 쌀 것 같은 기분이 든다는 것을 알고 있었다. 그런 느낌은 정말 싫었다.

"저도 간호사예요. 무슨 상황인지 말해주세요."

간호사가 아주 심각한 표정을 지어 노마는 순간 긴장되었다.

"대동맥이 박리됐을 수도 있대요."

위가 뒤틀리는 느낌이 들었다. 대동맥 박리라니. 그게 무슨 뜻인지 그녀는 정확히 알고 있었다. 정맥을 통해 몸 전체에 혈액을 공급하는 심장의 주요 부분인 대동맥의 내막이 찢어졌다는 얘기였다. 정도가 심하면 다량의 혈액이 손실될 수도 있었다. 대동맥이 파열된 사람들의 4분의 3 이상이 사망에 이르며, 교통사고 사망자의 사망 원인은 20퍼센트 가까이가 대동맥 파열이다. 그 통계가 맞는다면 그녀는 약 30분 후면 출혈로 사망할 예정이었다. 즉시 심장 절개 수술에 들어가는 경우엔 대동맥 손상을 복구해 보려고 외과의들이 나머지 갈비뼈를 다 부러뜨릴 수도 있었다. 매우 위험한 수술이었다.

"당신이 멜리사에게 연락해. 이리로 오라고 해."

노마가 노먼에게 말했다. 큰딸은 여전히 러트거스 법대에 다니고 있었다. 고등학생인 막내딸 베카는 그날 아침 기말고사를 치르는 중이어서 사고 소식을 전하지 않은 상태였다. 그러나 이제 아이들도 알아야 할 때가 된 것 같았다. 노먼은 먼저 멜리사에게 전화를 걸었고, 그 애의 남자친구가 병원까지 데려다주기로 했다. 이어 베카에게 전화를 했다.

"시험 어땠니?" 노먼이 물었다.

"괜찮았어."

"잘 됐구나. 근데, 엄마가 사고를 당했어."

"뭐라고요?"

베카가 소리를 질렀다. 노마가 전화를 바꿔 달라고 했다.

"엄마 차가 다른 차랑 부딪혔어."

그녀는 베카가 너무 걱정할까 봐 안심을 시켰다.

"약간 어지럽긴 한데 괜찮아."

"엄마 울고 있잖아요."

"아닌데? 내 목소리가 우는 것처럼 들려? 괜찮다니까."

간호사들이 다시 나타나 노마를 CT 촬영실로 데려갔다. 검사가 끝난 후 노마와 노먼은 응급실에서 결과를 기다렸다.

의사는 좋은 소식과 나쁜 소식을 모두 가져왔다. 일단 대동맥 박리는 아니었다. 그러나 심장 압박과 심장 좌상은 있었다. 즉, 심장에 멍이 들었다. 노마는 안도의 숨을 내쉬었다. 죽진 않겠구나. 하지만 의사는 그녀의 머리 단층 촬영에서 염려되는 점이 있다고 말했다.

가벼운 지주막하 출혈subarachnoid hemorrhage이 있다는 것이었다. 뇌와 그것을 감싸고 있는 지주막 사이에 혈액이 새는 증상으로, 더 악화되면 구토, 의식 장애, 발작, 뇌 기능 상실, 뇌졸중을 일으키고 역시 사망할 수도 있다. 지주막하 출혈이 일어난 사람들의 반 이상이 사망하며, 살아남더라도 많은 경우 삶을 완전히 바꿔놓을 정신적 결함 및 운동 기능 장애와 싸워야 한다. 노마는 간호사 시절에 그런 환자들에게 무슨 일이 벌어지는지를 보았다. 생각하고 말하는 능력을 조금씩 상실할 것이다.

'평생 침을 질질 흘리며 살 수도 있어.'

신경외과 수술을 받아야 할지도 몰랐다. 머리에 구멍을 뚫게 될 것이다.

모든 건 그 출혈의 양과 부은 정도에 달려 있었다. 지금까지는 출혈량이 적다고 의사가 말했다. 출혈이 줄어들면 심각한 합병증이나 수술 없이 회복할 수도 있었다. 의료진은 시간이 얼마나 걸리든 크게 위험할 일이 없다는 확신이 들 때까지 그녀의 상태를 지켜봐야 한다고 했다. 그건 며칠이 걸릴 수도 있고 몇 주가 걸릴 수도 있었다.

◇ ◇ ◇

노마는 그날 밤에 킨 대학교에서 기말고사를 치르기로 되어 있었다. 그녀가 나타나지 않자 학생들은 주말의 노숙자 행사에 대해 물어보려고 전화를 걸었다. 응답이 없었다. 10대 노숙자 쉼터의 아이시스는 평소처럼 안부 전화를 했다가 노마에게서 응답이 없자 심란해졌다.

다음 날 아침, 베카가 페이스북 담벼락에 메시지를 남겼다. '엄마가 어제 자동차 사고를 당하셨어요. 갈비뼈가 부러졌고 머리에 겉으로 피가 좀 났어요. 어깨가 부러졌을지도 모르고요.'

저녁에는 킨 대학교 전체에 노마의 사고 소식이 퍼져 있었다. 이사야 하우스 소녀들과 남녀 재소자들도 소식을 전해 들었다. 아이시스는 울음을 터뜨렸다.

학생들, 이웃 주민들, 교수들, 친구들이 꽃과 카드를 들고 노마의 병실에 나타나기 시작했다. 남학생 클럽과 여학생 클럽 회원들도 병원으로 몰려들었다. 'Be the Change' 자원봉사자들은 삼삼오오 무리를 지어 찾아왔다. 수없이 많은 문자 메시지가 쏟아졌다. 노마는 1950년대에 인기리에 방영됐던 TV 쇼 〈이것이 당신의 인생입니다This is Your Life〉의 주인공이 된 것 같은 기분이었다. 그 프로그램에서는 매 회 평범한 일반인의 인생을 깜짝 소개하는데 가족과 직장 동료, 친구들이 특별 출연을 한다. 그런데 이렇게 북적북적한 와중에 문병을 오지 않은 단 두 사람이 있었다. 조나단과 케이틀린이었다.

노마는 페이스북에 글을 올렸다. '목요일에 퇴원해 부러진 갈비뼈 다섯 대와 심장 압박 부상, 머리 외상에서 회복되는 중입니다. 이렇게 무사하니 얼마나 감사한지, 또 날마다 저에게 영감을 주는 여러분 모두가 얼마나 고마운지 말로 표현할 길이 없습니다. 저는 정말 행운아예요.'

정신건강 노숙자 프로젝트는 노마 없이 잘 진행되고 있었다. 사고 후 며칠 동안 노마는 조나단과 케이틀린을 보지 못했지만 걱정하진 않았다. 무엇보다 그녀는 피곤했다. 지역 봉사 프로젝트를 둘러싼 의견 충돌을 중재하느라 진절머리가 났는데 부상을 당하고 나니 몇 배는 더 피곤했다. 식구들은 지금이 그녀 인생에서 스스로에게 집중해야 할 바로 그때라고 설득했다. 노마는 컨디션 회복에 초점을 맞출 필요가 있었다.

글쓰기 과제 사전연명의료의향서 작성하기

의식 불명 상태에 빠지는 것처럼 예기치 않게 의사 표현이 어려운 상황을 가정해, 삶의 마지막에 어떤 의료적 선택을 원하게 될지 씁니다. 가족과 의료진에게 미리 전해두고 싶은 생각, 생명 유지를 위한 처치에 대해 바라는 점과 원하지 않는 점도 포함해서 쓰세요.

「죽음을 바라보는 관점」 수업 중에서

Chapter 15.

구원이라는 착각

2010년 봄

조나단은 뉴저지를 돌아볼 때마다 여전히 동생 생각이 났다. 아버지가 엄마를 죽였던 로젤 파크의 아파트 단지에 트럭을 몰고 지날 때나 아버지와 낚시를 즐기던 노마히건 파크의 강을 지날 때, 혹은 동생이 마지막으로 머리를 뉘었던 린든역 기차선로를 건널 때 등 그 모든 장소는 달콤하고도 쓸쓸한 기억을 불러일으켰다. 이제는 쓸쓸함이 더한 듯했다.

그즈음, 케이틀린이 완전히 변할 수 있다는 믿음과 두 사람의 미래에 대한 희망은 또다시 시들해지고 있었다. 케이틀린이 부모의 난투극에서 끝내 벗어나지 못하리라는 것이 분명해지는 것 같았다. 조나단은 그녀가 엄마의 자살 욕구를 막아야 한다는 강박에서 벗어나지 못하는 게 걱정되었다.

"케이틀린 가족 안의 복잡한 관계가 나를 미치게 했어요"라고 조나단은 말했다. "가끔 그녀의 집에 가 있을 때도 혼란은 계속되었죠. 테이블을 창문 밖으로 던지고 싶은 충동이 일곤 했어요. 그 가족을 참을 수가 없었어요. 미칠 지경이었죠. 이 모든 게 늘 되풀이되었고요. 돌아버릴 것 같았어요."

조나단은 동생이 아팠을 때 자신이 시간을 자유롭게 쓸 수 없었다면 동생을 돌보고 병원이나 우루과이에 데려가는 일을 하지 못했을 거라고 했다. 그는 사람들이 재정적으로 자립하도록 조언하고 실질적인 도움을 주는 일을 시작했다. 조나단은 자신이 독립적인 직업을 가진 덕분에 동생과 마지막 몇 달을 보낼 수 있었던 것에 감사했다.

그는 샌디에이고와 뉴저지를 오가다 시카고, 달라스, 애틀랜타, 시애틀, 애너하임, 로스앤젤레스까지 발을 넓혀 재무 코칭을 하면서 자신의 인생 이야기를 수천 명의 사람들과 공유하기 시작했다. 부동산 업계에 뛰어들고 싶어 하는 사람들에게는 프레젠테이션을 해주는 한편, 가족사에 조시와의 여정을 잘 버무려 희망의 메시지로 강연을 끝맺곤 했다. 때로는 180~300명 되는 청중 앞에서도 강연을 했다. 많은 이들이 강연 후에 그를 찾아와 정신질환이나 죽음과 관련된 그들의 가족사를 털어놓곤 했다.

"제 사명은 정신건강에 대한 세상의 인식을 개선시키는 것입니다"라고 조나단은 말했다. "하지만 지금은 그 범위가 더 넓어졌어요. 긍정적으로 생활하고 역경을 극복하는 삶의 자세에 대한 인식도 심어주고 싶어요. 살면서 달라지는 목적의식에 대해서도 말하고 싶고요. 저는 삶이 변하는 과정에서 목적의식도 변한다는 것을 배웠거든요."

2010년 샌디에이고로 출장을 갔을 때 조나단은 맑은 하늘과 푸른 바다가 펼쳐진 백사장, 따뜻한 겨울과 일 년 내내 문을 여는 야외 카페에 홀딱 반했다. 자유로움과 충만한 가능성이 느껴지는 분위기가 그의 고향과는 너무나 달랐다. 목을 조이는 올가미처럼 여겨지는 뉴저지와는 딴판이었다.

"저는 그냥 끌리는 대로 했어요. 케이틀린에게 말했죠. 샌디에이고로 이사할 생각이라고."

케이틀린이 발끈해서 목청을 높였다.

"나는 조금도 고려하지 않고 결정한 거야?"

"그래, 안 했어. 네 말대로야."

"다시 생각해 볼 수 없어? 내 사정을 좀 헤아려 달라고."

그러나 조나단은 이미 마음을 정했다.

"이사를 결정하면서 너를 고려하지 않았다는 사실이 무엇을 말하는 거겠어."

그녀가 가족이나 조나단이 아닌 자기 자신을 제일 먼저 돌볼 필요가 있듯이, 그도 자기 자신을 보살필 필요가 있었다.

"케이틀린의 인생은 케이틀린의 인생이죠. 다른 사람들을 구하느라 자신의 삶을 다 써버릴 필요는 없어요."

조나단은 힘든 과정을 거쳐 이 사실을 터득했다.

"케이틀린은 부모님 걱정에 매여 있었어요. 내가 숱하게 저지른 실수를 넌 저지르지 말라고 가르쳐주고 싶었어요. 제가 조시를 구하는 데 매달리느라 제 인생을 방치했잖아요. 이제 와서 시간을 되돌릴 순 없죠. 그런데 케이틀린이 같은 길을 걷고 있어요. 돌이킬 수 없는 지점까지 온 거예요.”

그녀에 대한 마음이 달라진 건 아니었다. 두 사람은 케이틀린이 대학원을 졸업한 후 샌디에이고로 이사 가는 문제를 의논했다. 조나단이 이사한 첫해에는 장거리 연애를 이어가려고 서로 노력도 했다. 하지만 케이틀린의 이사 이야기는 흐지부지되고 말았다. 뉴저지가 아닌 다른 곳에서 그녀가 뭘 하며 지낼 수 있겠느냐고 조나단이 반문했다. 그녀에겐 샌디에이고에 사는 친구도, 가족도, 탄탄한 일자리에 대한 전망도 없었다. 이사를 했다면 아마 불행했을 거라고 조나단은 덧붙였다. 특히 그가 2주에 한 번씩 프레젠테이션을 위해 출장을 떠나기 때문에 더 그랬을 거라고.

하지만 아무리 멀리 떨어져 있어도 그녀의 자리를 대신할 사람은 없었다. 조나단은 그녀만큼 자신을 이해해줄 수 있는 사람은 없다는 걸 알고 있었다. 조시에게 정신분열증이 있다는 걸 알게 된 후 그가 편지에 썼던 것처럼 말이다.

‘조시, 네가 가장 알아줬으면 하는 건 내가 외롭다는 거야. 외롭지 않은 때는 너나 형이나 케이틀린과 함께 있을 때뿐이야.’

케이틀린은 조나단이 동생의 유해를 바다에 뿌리려고 우루과이에 갔을 때 고소공포증을 무릅쓰고 그와 동행했다. 이사가 자신의 결정이긴 했지만 그럼에도 조나단은 가슴이 아팠다.

“죽도록 그녀를 사랑해요.”

케이틀린의 곁을 떠난다는 것이 스스로도 믿기지 않는 듯이 그는 고개를 저었다. 조나단은 이사한 후로 노마에게 연락을 하지 않았다. 그러다 최근에는 조나단과 케이틀린이 보낸 이메일에 노마가 답을 하지 않았다. 조나단은 페이스북으로 그녀에게 메시지를 보냈다.

'안녕하세요, 보위 교수님. 그동안 연락이 뜸했지요? 이유야 어찌되었든 함께 하던 프로젝트 때문에 교수님과 제가 좀 멀어졌는데, 그 일에 관해선 서로 이야기한 적이 없네요. 제가 아는 건 교수님이 제 인생에서 가장 힘들 때 저를 도와주셨고 저는 평생 그걸 잊지 않을 거라는 사실이에요. 교수님과 더 이상 연락이 닿지 않는다면 너무 싫을 것 같아요. 제가 최상의 능력을 발휘하도록 이끌어주신 점, 감사드립니다.'

토론수업 죽을 권리

사람에게 죽을 권리가 있다고 생각하는지 그 이유와 함께 의견을 나눠봅니다. 사례와 상황을 들어 근거를 뒷받침하세요.

Chapter 16.

지옥은 여기까지

조나단이 샌디에이고로 이사한 뒤 어느 날, 뉴저지의 한 식당에 앉으면서 케이틀린이 말했다.

"저는 그의 곁을 떠난 적이 없어요. 내 문제로 씨름하는 동안에도요. 단 한 번도요. 그건 조나단도 알아요."

굵은 빗방울이 창문을 두드리는데 샐러드를 집어 먹는 케이틀린은 어딘지 달라 보였다. 말투에 날이 서 있는 것이 약간 과장 섞인 자기 확신이 묻어났다.

"헤어지지 말자고 애원했어요. 하지만 그는 가고 싶어 했고 나로선 어쩔 도리가 없었죠. 제가 뭘 어떻게 하든 그는 달라지지 않을 것처럼 보였어요. 무엇보다 자기 커리어를 중요시하더라고요. 저는 항상 걔가 최우선이었는데. 사랑하니까요. 누군가를 정말로 사랑하면 그렇게 되지 않나요? 매번 나보다 그 사람을 앞에 놓죠. 저도 그랬어요. 그래선 안 되는 경우에도요."

조나단은 케이틀린의 인생에서 가장 힘든 시기에 그녀를 떠났다. 케이틀린은 돈을 벌기 위해 보모로 일하면서 엄마가 자살하지 못하게 감시하고, 부모님이 파산에 이르지 않도록 관리하면서 대학원 수업을 다섯 개나 듣고 논문도 준비하는 등 스스로 무너지지 않게 눈코 뜰 새 없이 바쁜 생활을 이어갔다. 그러나 케이틀린은 조나단과 완전히 끝났다고는 생각하지 않았다. 그는 전에도 그녀를 떠난 적이 있었다. 둘은 언젠가 다시 합칠지도 모른다.

"어떤 식으로든 그가 상처받는 건 원치 않아요. 이 세상에서 내가 제일 좋아하는 사람이에요. 우린 서로 지옥을 지나는 모습을 지켜봤고요."

당분간 그녀는 스스로에 대한 것, 하고 싶은 일, 커리어를 쌓는 것에 집중할 생각이었다. 엄마에 대해서는 결론을 내렸다.

"엄마가 죽고 싶으시다면 그렇게 하시겠죠."

그녀의 엄마는 지난 2년간 자살 시도와 약물 과다 복용으로 열두 번이나 입원했다. 의사들은 약을 계속 처방했다.

한번은 엄마에게 뇌 검사를 받게 하려고 병원에 가보기로 했다. 엄마의 파괴적 행동이 혹시 신경학적 문제 때문인지 알아보기 위해서였다. 여동생이 운전하는 동안 케이틀린은 조수석에, 엄마는 뒷좌석에 맑은 정신으로 앉아 있었다. 고속도로에 들어서자 엄마가 케이틀린에게 들고 있던 물병을 달라고 했다. 물병을 다시 돌려받았을 때 케이틀린은 병 바닥에 알약 두 개가 가라앉아 있는 것을 발견했다.

얼른 뒤돌아보았을 땐 엄마가 이미 약을 한 주먹 털어 넣은 후였다. 얼마나 양이 많았던지 다 삼키지도 못하고 혀에 몇 알이 남아 있었다. 엄마는 그 자리에서 의식을 잃고 고꾸라졌다. 좌석에 침이 홍건하게 고였다.

"구급차를 부를까?" 여동생이 물었다.

"계속 달려!"

케이틀린이 꽥 소리를 질렀다. 자매는 병원 앞에 차를 대기가 무섭게 뛰어내려 소리치기 시작했다.

"엄마가 뒷좌석에 쓰러져 있어요! 의사 좀 불러주세요!"

간호사들이 엄마를 응급실로 옮겨 위세척을 시작했다. 위를 다 비워내자 한 간호사가 씻기는 것을 도와달라고 했다.

"미안해, 언니. 난 못하겠어."

여동생이 밖으로 뛰쳐나가며 말했다. 케이틀린은 혼자 열심히 오물을 치웠다. 이번에도 엄마는 중환자실에 들어갔다가 정신병동으로 옮겨졌다. 하지만 이제 진이 다 빠지도록 괴롭다는 느낌은 안 들었다. 그녀의 강박증, 엄마나 아빠가 죽을지도 모른다는 두려움이 서서히 사그라드는 것 같았다. 그 모든 광기의 상황들이 그녀를 더는 안달복달하지 않는 상태로 몰아넣었다.

가족이 살던 집은 결국 압류당했다. 엄마는 아버지와 헤어져 혼자 살 아파트로 이사했다. 하루는 밤에 엄마가 전화를 받지 않아 케이틀린이 아파트로 찾아갔다. 죽어 있는 엄마를 발견하게 될지도 몰라 각오를 했다. 열쇠로 문을 열었지만 사슬 잠금 장치가 걸려 있었다. 한 발을 문틈에 넣고 어깨 힘으로 문을 벌려 사슬을 끊으려고 했다. 좁은 틈새에 몸을 밀어 넣고 계속 밀어붙인지 얼마 안 돼 벌어진 틈으로 몸이 쏙 빠지는가 싶더니 어느새 아파트 안에 들어와 있었다. 사슬은 그대로였다.

"이게 어떻게 된 거지? 저도 어리둥절했어요."

그때의 상황이 얼마나 황당했는지 설명하면서 케이틀린은 웃음을 터뜨렸다. 마른 몸매가 그렇게 유용할 줄 누가 알았겠는가. 엄마는 의식을 잃고 쓰러져 있었다. 구급차를 불렀다. 응급실에 도착해서도 케이틀린은 울지 않았다. 대신 위세척이 끝난 뒤 엄마에게 설교했다.

"한걸음에 달려가 사슬을 뚫고 들어가는 딸이 없었으면 엄마는 죽었을 거예요. 엄마는 남편하고 세 딸이 끊임없이 험한 일을 겪으면서 엄마 곁을 지켜왔는데도 그 모든 노력이 부족하게 만들어요. 엄마가 잘 살아갈 마음을 먹지 않으니까요. 우린 푸대접을 받아 온 거예요. 우린 아무 잘못도 없어요. 우리가 엄마를 이렇게 만든 게 아니에요. 엄마가 그걸 우리의 문제로 만들고 있다고요."

"나는 그런 식으로는 생각해 본 적이 없구나."

엄마가 눈물을 흘리며 대꾸했다. 조나단을 여전히 사랑하듯 케이틀린은 엄마를 여전히 사랑했다. 하지만 그녀는 조나단도 엄마도 그녀를 사랑한다는 걸 확인받으려고 하진 않았다.

"진심을 다해 남을 사랑하면 제 마음도 편했어요. 하지만 나 자신을 사랑하면서 마음이 편한 적은 한 번도 없었어요. 그런 생각은 아예 하지도 않았죠."

그러나 이젠 아니었다. 노마의 수업이 결국 의미가 있었다. 케이틀린은 오른손을 드러냈다. 액자를 박살냈던 손은 아물었고 팔목에 새로 새긴 문신이 보였다. 곁쇠 모양이었다. 그녀가 어렸을 때 곁쇠 수집을 하도록 도와준 아버지는 마침내 마음의 평화를 찾았고 불행했던 결혼생활을 서서히 내려놓는 중이었다. 케이틀린이 그 문신을 새길 때 함께 갔었다. 아버지는 언제나 케이틀린에게 절대로 도중에 포기하지 말라고 얘기해왔는데, 그녀는 이제 앞으로 나아가려는 노력도 하고 있었다. 그 문신은 케이틀린이 지금 자기 앞에 놓은 모든 문들을 열 수 있음을 상징했다. 그녀만이 마법의 열쇠를 가졌다. 그녀는 이제 자기 운명의 주인이었다.

케이틀린은 킨 대학교의 심리학 석사 과정을 두 달 앞당겨 마쳤다. 그리고 빛나는 추천서들에 힘입어 일찌감치 일자리를 얻었다. 가을부터 한 중학교의 심리상담가로 새 경력을 시작하게 된 것이다. 그리고 박사 학위를 목표로 공부 중이었다.

"내가 모든 사람을 변화시킬 순 없어요. 그들이 내리는 결정을 바꿀 수도 없죠. 가장 많은 걸 성취하는 때는 '내가 해야 할 일을 하겠다'라고 다짐하는 때예요."

조나단과 케이틀린의 이야기는 끝나지 않았다. 2011년에 그들은 다시 관계를 이어가기로 했다. 시작은 장거리 연애였다. 조나단은 2주에 한 번씩 뉴저지로 날아왔다. 케이틀린도 샌디에이고를 여러 번 다녀왔다. 허나 두 사람 모두 상대방이 없는 인생이 얼마나 무의미한가를 깨달으면서 그 거리가 거추장스러워졌다.

1년 넘게 서로 떨어져서 지낸 후, 조나단은 뉴저지로 돌아왔다. 2012년에는 케이틀린과 동거를 시작했다.

"둘 다 예전의 그 대단했던 연애로 다시 돌아갈 수 있을 거라 생각했던 것 같은데, 그런 일은 일어나지 않았죠."

그들은 얼마 지나지 않아 다시 헤어졌고 조나단은 함께 살던 아파트에서 나왔다. 그 모든 과정을 지나오며 케이틀린은 자신의 트라우마를 수용하고 살아온 경험이 결국 직업적인 삶에는 도움이 되었다는 사실을 깨달았다.

"노마 박사님이 그렇게 보였어요."

케이틀린과 노마는 교통사고 후 몇 달이 지나서야 다시 만났다. 케이틀린은 노마가 얼마나 심하게 다쳤는지 미처 알지 못했다. 다만 정신건강 프로젝트를 둘러싼 의견 대립 때문에 둘 사이가 멀어지는 것은 말이 안 된다고 생각했다. 케이틀린이 아는 한, 노마는 자기 자신에 대해 한 번도 변명을 한 적이 없었다.

"그런 점 때문에 모두가 그분을 존경하죠. 그건 쉬운 일이 아니에요. 용감해야 할 수 있는 일이죠."

케이틀린이 말했다.

"교수님은 저에게 용감해지는 법을 보여주셨어요."

「죽음을 바라보는 관점」 수업 중에서

글쓰기 과제 버킷 리스트 쓰기

살 날이 1년 밖에 남지 않았다면 죽기 전에 무엇을 하고 싶은지 써보세요.

죽기 전에 꼭 하고 싶은 일들(예시)

- 비행기 타기
- 나이아가라 폭포, 그랜드 캐니언, 피라미드, 할리우드 사인 보기
- 런던, 우루과이, 샌디에이고, 이탈리아, 암스테르담, 시카고, 라스베가스 가보기
- 스키 타러 가기
- 뉴욕 양키스의 월드 시리즈 경기 보러 가기
- 마라톤 뛰기
- 조나단과 디즈니 월드 가기
- 자동차로 전국 일주하기
- 돌고래와 함께 수영하기
- 빌리 조엘 만나기

- 심리학 박사 학위 따기
- 패러세일링 하기
- 굴착기 운전하기
- 다른 나라에서 살아보기
- 요리 배우기
- 동물 보호소 열기
- 학습 장애와 행동 장애를 가진 아이들을 위한 학교 열기
- 부검을 끝까지 해내기
- 서핑 배우기
- 노래방에서 노래 부르기
- 캠핑하기
- 유람선 여행 중에 가족 상봉하기
- 자유의 여신상에 가기
- 여동생들하고만 여행 가기
- 춤 배우기

다시 세상으로

PART 3

Chapter 17.

평화에 이르는 길

교통사고가 난 후 노마는 어쩔 수 없이 휴식을 가졌다. 사람들이 시중을 들어주고, 그녀의 입맛에 맞게 요리하고, 너그럽게 대했다. 침실은 2층에 있었는데, 그녀가 어지럼증이 심해 계단을 오르내리기 힘들어하자 노먼이 1층 거실 벽난로 옆에 있는 소파에 쉴 자리를 만들어주었다. 필요하다 싶을 때는 담요와 베개를 가져와 곁에서 잤다.

하지만 그녀는 무기력한 기분이 드는 게 싫었다. 평소 같으면 하고 있었을 일들, 휴강 중인 수업, 관심과 손길이 필요한 학생들, 'Be the Change' 프로젝트 등을 생각하면 소파에 파묻혀 귀중한 시간을 낭비하고 있는 것만 같았다. 자원봉사 활동도 고민이었다. 사고가 나기 전에 여자 교도소 수감자들과 교류를 막 시작한 단계였는데 발길을 뚝 끊은 셈이 되어버렸다. 노마는 그들이 버림받았다고 느끼는 걸 원치 않았다.

딸들은 학교에 가고 노먼은 일하러 나갔다. 새 학기는 그녀 없이 시작되었다. 그녀가 집안에 있는 동안에도 삶은 밖에서 계속되었다. 조바심과 위기감이 속에서 부글부글 끓었다. 소파에 누워서 과연 무엇을 할 수 있을까? 그녀는 1월 12일에 아이티에서 발생한 지진의 참상을 TV로 시청했다. 여진이 수백 건 이어진 진도 7.0의 대형 지진이었다. 23만 명이 죽고 30만 명이 부상을 당했다.

나는 간호사야. 아이티에서 도움을 주고 있어야 하는데. 그녀는 카리브 해 의료 선교에 참여한 적이 있었다. 아이티와 연줄이 있는 지역 간호 단체에 연락해 회원들과 봉사 활동을 추진하려 했다. 그러나 그 계획은 성사되지 않았다. 주치의가 강하게 만류했기 때문이다. 아무리 경험이 많고 취지가 좋아도, 아직은 해외여행을 하거나 재난 지역에서 활동할 수 있는 몸 상태가 아니라는 말에 노마는 수긍할 수밖에 없었다.

그 주에는 프레스톤 랜돌프라는 친한 영화 제작자와 이야기를 나눴다. 그는 노마가 북미 인디언의 한증막에 현장 학습을 나갔을 때 한 학생의 소개로 알게 된 사람이었다. 프레스톤은 사우스다코타 주 보호구역에서 가난에 허덕이며 살아가는 인디언들에 관한 다큐멘터리를 만들고 있었다. 그는 그곳에서 수천 명의 인디언들이 프로판가스로 음식을 해 먹지만 연료비를 감당할 형편이 되지 않는다고 말했다. 1월의 눈보라가 몰아치면 특히 어린이와 노인들이 얼어 죽을 위험에 처한다고도 했다.

프레스톤은 그곳 주민들에게 줄 코트 수백 벌과 장갑 수백 켤레, 담요 수백 장을 모았고 자신이 신던 부츠들도 트럭에 실었다. 열악한 환경에서 살아가는 사람들이 있다는 사실을 세상에 알리고, 지진을 겪은 아이티와 홍수 피해를 입은 뉴올리언스에 손을 내밀었던 바로 그 미국인들에게 이제는 고통받는 북미 원주민들에게도 눈을 돌려 달라고 촉구하는 편지도 썼다.

노마는 이웃 주민이자 온라인 신문 〈허핑턴 포스트〉 참여 블로거이기도 한 크리스 로다를 찾아가 사우스다코타 인디언들에 관한 글을 쓰겠다는 약속을 받아냈다. 그 글은 1월 27일자 〈허핑턴 포스트〉에 실렸다. 로다는 프레스톤의 편지와 함께, 독자들이 최소 120달러인 프로판가스 배달료를 직접 내줄 수 있도록 가스 회사의 주소도 게재했다. 이미 배달료를 세 번 지불한 친구 노마 보위를 통해 이 사연을 알게 되었다는 말도 빼놓지 않았다.

또 다른 블로그인 '데일리 코스Daily Kos'는 1월 29일에 로다의 기사를 다시 싣고 계속해서 그 사안을 다뤘다. MSNBC 〈카운트다운 위드 키스 올버만Countdown with Keith Olbermann〉이란 프로그램의 프로듀서들이 블로그 기사들을 읽고는 소속 기자들에게 취재 지시를 내렸다.

2월 8일, 올버만은 자기 쇼의 30초짜리 꼭지에서 북미 원주민 부족들의 상황을 얘기했고, 다음 날 밤 다시 그 문제를 언급했다. 그 쇼의 웹사이트는 '샤이엔강의 수우족 폭풍 구호 비상 원조Cheyenne River Sioux Tribe Storm Relief Emergency Assistance'라는 단체와 연결돼 있었다. 24시간이 채 지나지 않아 약 18만 5,000달러의 기부금이 쌓였다. 2월 12일에 부족 공무원들은 에너지 동력의 95퍼센트가 복구되었음을 알렸다. 올버만이 시청자들에게 말했다. "여러분이 '샤이엔강 수우족 폭풍 구호 비상 원조'에 기부하신 금액이 약 25만 달러로 집계되었습니다."

올버만은 곤경에 처한 북미 원주민들에게 관심을 가져줘 고맙다는 메시지를 로다와 데일리 코스의 블로거들에게 전했다.

노마는 2010년 2월 중순 강단에 복귀했다. 사고를 당한 지 두 달 만이었다. 폐차 상태인 밴을 검은색의 날렵한 현대 투어링 해치백으로 교체했다. 아직 몸이 완전히 회복되었다는 느낌은 안 들었지만, 그게 그녀를 단념시키진 못했다. 오래 집에 들어앉아 TV로 세상 이곳저곳이 무너지는 광경을 지켜봤기 때문인지, 노마는 삶과 죽음에 대한 수업을 가능한 많은 사람들에게 할 수 있길 바라며 그 어느 때보다 활기차게 학생들을 만났다.

그녀는 지속적으로 뉴스를 모니터했다. 1월 12일의 아이티 지진 후 몇 달 동안 더 많은 비극이 잇따랐다. 칠레와 중국에서 더 참혹한 지진이 일어났으며, 리비아와 인도와 러시아 그리고 지중해 한복판에서 비행기 추락 사고가 발생해 폴란드 대통령을 포함한 447명이 목숨을 잃었다. 2월 12일에는 앨라배마 대학교에서 생물학 회의장에 걸어 들어온 한 교수가 동료 여섯 명에게 총을 쏴 그중 세 명이 숨지는 사건이 있었다. 1월부터 3월 말까지 아프가니스탄에서 군인 133명이 사망한 일도 잊어선 안 되는 사건이었다.

4월 20일, 1999년에 콜럼바인 총기 난사 사건이 일어났던 날에는, 영국 에너지 기업 BP사 소유의 석유시추선 딥워터 호라이즌이 멕시코 만에서 폭발해 열한 명이 숨지는 사고가 발생했다. 사망자의 유족들에 관한 뉴스가 흘러나오는 가운데 킨 대학교에서는 노마의 죽음학 수업 수강생들이 희생된 노동자들에 대해 토론을 벌였다. 학생들은 머리에 총상을 입은 시신으로 발견된 앨라배마 임대선박의 선장, 윌리엄 알렌 크루즈의 자살에 관해 의견을 나눴다. 그는 유출된 기름을 제거하는 작업을 돕고 있었다. 유족은 그가 걸프 해안에 끔찍한 재앙이 불어닥칠 거라며 몹시 괴로워했다고 언론에 알렸다. 학생들은 노동자들의 죽음과 집단 사망의 또 다른 형태로서 기름 오염이 미칠 영향들에 관해 토론했다. 기름이 수천 배럴 더 바다로 쏟아져 나오는 가운데 몇 주가 흘렀다. 해양 생태계 파괴, 어민들의 생계, 새우 서식지에 관한 보도가 뉴스를 장악했다.

다른 마을, 다른 도시 또는 다른 주의 사람들이 노마의 죽음학 수업에 등록할 방법은 없었다. 그래서 노마는 결심했다. 본인과 「죽음을 바라보는 관점」 수강생들이 그들에게 직접 가기로.

그들은 에릭슨의 발달 단계 중 일곱 번째에 나오는 생산성의 덕목을 전파할 계획이었다. 에릭슨이 말한 7단계는 자신을 넘어 타인을 돌보고, 무언가를 만들어 남기거나 다른 사람이 생산하도록 돕고자 하는 욕구가 본격화되는 시기다. 이 시기에는 이타적 '돌봄'이 창조와 생산이라는 행위로 확장된다.

7월에도 기름은 계속해서 바다로 흘러나오고 있었다. 여름 학기 수업이 끝나자마자 노마는 킨 신입생이던 딸 베카를 포함해

'Be the Change' 학생 일곱 명을 데리고 자동차 여행길에 올랐다. 멕시코 연안으로 가서 허리케인 카트리나 구호 활동을 돕고, 해변에서 기름 제거 작업을 하는 사람들에게 생수를 전달한 다음 가능한 다른 도움을 주기 위해서였다.

'같이 갈래요?'

노마가 떠나기 직전 나에게 이메일로 물었다. 출발하는 날 아침, 나는 킨 대학교에 더플백을 메고 나타났다. 노마는 렌트카를 가져오느라 늦어지고 있었다. 죽음학 수업에서 알고 지낸 학생 한 명이 눈에 띄었다.

"우리 일정이 어떻게 돼요?"

나는 여행 준비로 너무 바쁜 노마에게서 최종 목적지가 멕시코만이라는 것 외에는 우리가 어떤 활동을 하게 될지 상세한 계획을 듣지 못했다.

"처음엔 버지니아 공대에 들를 예정이에요."

나는 침을 꿀꺽 삼켰다. 2007년의 대규모 총격 사건과 그곳에서 희생된 프랑스어 교수의 장례식을 취재한 후 버지니아 공대에는 간 적이 없었다. 그 학생이 설명하길, 노마는 버지니아 공대 희생자들에게 조의를 표하는 것이 수강생들에게 좋은 가르침이 될 것으로 생각했다고 한다.

당연히 그랬겠지. 어느 누가 자동차 여행길에 그 근처를 지나면서 미국 역사상 최대 규모의 학교 총격 사건 현장을 한번 둘러보지 않겠는가?

아홉 명의 그룹은 노마가 빌린 밴에 짐을 싣고 출발했다. 낮부터 밤늦게까지 차를 몰아 체인 레스토랑인 와플 하우스에 들러 식사를 하고 로어노크Roanoke에 있는 출장용 호텔 홀리데이 인에서 잠을 잔 후, 다음 날 아침 버지니아 공대에 도착했다. 노마는 호텔 겸 회의장 '더 인'에 밴을 주차했다. 3년 전 그 아침에 수많은 방송국 차량과 위성 안테나가 가득한 곳에서 사색이 된 한 아버지가 기자들을 붙들고 딸의 생사 여부를 캐묻던 곳이었다. 우리는 그 석조 건물에서 사건 현장인 노리스홀까지 걸어갔다.

노리스홀이 강의실로 다시 개방된다는 건 상상도 할 수 없는 일 같았다. 한때 시신과 피로 뒤덮였던 곳에서 누가 수업을 듣고 싶겠는가? 학교는 그런 건물을 가지고 무엇을 할 수 있을까? 허물어 버려? 아니면 판자로 막아버려?

그러나 모두의 예상을 깨고 그 건물의 나무로 된 이중문이 열렸다. 복도에는 피난 경로를 상세히 알려주는 표지판과, 수상한 행동을 하는 사람이 보이면 얼른 신고하라고 안내하는 다른 표지판이 '안전 파수꾼'이란 이름으로 걸려 있었다. 건물 내 전등은 모두 켜져 있었고 2층으로 올라가는 계단에는 통행에 방해가 될 만한 것이 하나도 없었다.

한 사람씩 차례로 2층 서관에 다다랐다. 그곳의 바닥은 황금색 보드와 마호가니 톤의 목재로 반짝반짝 빛났다. 벽은 옅은 노란색으로 칠해졌고, 터키석, 감귤, 사과, 황금, 장미, 아쿠아마린의 색의 그림들로 장식되었다. 이사야 하우스처럼 밝고 쾌활한 분위기였다. 일행의 왼쪽으로는 유리벽이 둘러져 있었다. 벽에는 '평화 연구 및 폭력 방지를 위한 센터'라는 글자가 써 있었다. 우리는 유리문 뒤에 있는 두 남자를 발견했다. 노마가 유리문을 노크한 뒤 등산용 가방 차림새로 어색하게 들어가 자기소개를 하는 동안, 나머지는 복도에서 기다렸다.

우리는 예고도 없이 불쑥 나타난 셈이었다. 얼마 있다가 노마가 모두에게 들어오라고 손짓했다. 길고 성긴 회색 턱수염과 발그레한 낯빛을 한 백발의 키 작은 남자가 다가왔다. 그는 폴란드어 억양으로 말했다. 나는 그를 전에 본 적이 있었다. 그의 아내이자, 학생들에게 마담 쿠튀르로 통하던 그 프랑스어 교수의 장례식장에서였다. 사고 유가족인 예르지 노왁은 모두를 안으로 반갑게 들였다. 킨 학생들은 그의 이름을 '저지Jersey'라 부르며 재밌어했다.

그는 마담 쿠튀르의 큰딸이 평화 센터에 대한 아이디어를 맨 처음 냈고, 그 연장선상에서 노리스홀을 폭력 방지 프로그램의 본부로 변모시키자는 제안을 자신이 하게 된 거라고 설명했다. 대학 측은 여러 제안들 중 그의 것을 선택했으며, 레이시 파운데이션Lacy Foundation이란 단체에서 후원한 5만 달러에 힘입어 센터가 출범되었다.

우리가 서 있던 바로 그 방이 마담 쿠튀르가 프랑스어를 가르치던 211호 강의실이었다. 나는 그곳이 예전에 어땠는지 알고 있었다. 당시 총격 사건을 다뤘던 내 기사에 강의실 풍경이 묘사돼 있었다. 오버헤드 스크린에 '브리트니 스피어스가 크리스티나 아길레라보다 결혼을 더 많이 했다'로 해석되는 프랑스어가 떠 있던 것에서부터 고동색 카펫과 가벼운 철제 책상들까지. 나는 어떤 학생이 어디에 앉아 있었고 어떤 학생이 무슨 옷을 입고 있었는지도 알았다. 파란색 스웨터를 입은 학생, 베레모를 쓴 학생, 사관후보생 복장을 한 학생……. 그들이 어디에 쓰러져 있었는지도 알았다.

예르지의 새 사무실은 개조된 그 공간에 들어서 있었다. 현실은 그런 것이었다. 지난 한 해 동안 예르지는 거의 날마다 아내가 목숨을 잃은 바로 그 자리로 출근을 해왔던 것이다.

Chapter 18

비극 이후에 한 일들

예르지가 기억하다시피 총격 사건이 있고 몇 주 후, 그 일대 화훼업자들이 트럭 한가득 꽃을 싣고 버지니아 공대 캠퍼스로 왔다. 그중 한 트럭은 다년생 식물 한 종류로 채워져 있었는데, 진분홍과 흰색의 작은 꽃잎들이 줄기에 대롱대롱 매달린 그 식물은 '피 흘리는 심장bleeding heart'이란 별명으로 알려진 금낭화였다. 캠퍼스의 정원 관리자는 사건이 발생한 2007년 4월 16일 이후 그런 꽃들을 넘치도록 받았다.

'피 흘리는 심장'에는 마담 쿠튀르 교수를 기념하는 의미가 있었다. 노마의 제자들이 노리스홀 2층을 둘러보고 방문했던 '한 원예학 정원Hahn Horticulture Garden'에서 지금도 볼 수 있다. 조슬린 쿠튀르 노와 교수가 살아 있었다면 꽃의 진가를 알아봤을 것이고, 남편과 함께했던 원예학에 대한 사랑도 몇 배나 더 깊어졌을 것이다. 남편 예르지는 날씨와 병원균과 포식자의 위협에 대한 식물의 반응, 스트레스를 연구하며 인생을 보낸 사람이었으니까.

마담 쿠튀르는 블루 리지 마운틴Blue Ridge Mountain이 내다보이는 빨간 벽돌집 뜰에서 천수국과 양귀비를 가꾸며 시간을 보내는 걸 좋아했다. 2007년에 구입한 집이었다. 부부는 뒷마당에 차광막을 덮은 데크와 헛간, 테라스를 짓고, 마당이 내려다보이는 발코니를 만들고, 돌 정원을 꾸민다는 야심찬 조경 계획을 세웠다. 그런데 공사를 앞둔 그 집에서 산 지 불과 5주 만에 총격 사건이 벌어진 것이다. 아내가 살해당하기 전 일요일에 예르지는 우거진 덩굴장미의 가지를 정리하면서 오후를 보내고 있었다. 그가 어두워지기 전에 작업을 끝내자고 했지만, 마담 쿠튀르는 더 일을 하겠다며 남편에게 전지가위를 달라고 했다. 그녀는 아직 정리되지 않은 가지들을 다듬느라 30분을 더 정원에서 보냈다. 장갑을 꼈는데도 가시에 찔려 다음 날은 여기저기 상처가 난 채로 출근했다.

그 월요일 아침, 수업 전에 마담 쿠튀르는 외국어 부서에 들러 동료와 쌀쌀한 봄 날씨에 관해 대화를 나눴다. 밖에는 이른 봄날의 눈송이가 바람에 작은 소용돌이를 이루며 내리고 있었다. 동료에게 말한 대로 마담 쿠튀르의 걱정은 하나밖에 없었다. 정원의 꽃나무들이 서리를 잘 견뎌줄까?

요즘도 예르지는 공개적으로 아내의 죽음에 대해 말하는 것이 너무나 고통스러웠다. 노마는 그에게 자신의 이야기를 글로 써서 발표해 보라고 권했다. 슬픔이나 고통을 겪는 학생들에게 내주는 과제 같은 거였다. 그는 감당하기 어려웠던 일들과 자신의 심경을 써서 《외상학Traumatology》이라는 학술지에 기고했다. 킨 그룹이 방문했을 때 그는 그 에세이를 복사해 학생들에게 나눠주었고, 노마가 나중에 차 안에서 큰 소리로 읽었다.

그 글에서 예르지는 어째서 아내가 사건 현장인 노리스홀에서 수업을 하고 있을 거란 생각을 하지 못했는지 설명했다. 외국어 강의는 여러 건물에서 진행되는데, 그는 아내가 다른 홀에서 수업하고 있다고 생각했던 것이다. 아내가 전화를 받지 않았지만 수업 중에는 꺼놓는 경우가 많았기 때문에 이상하게 여기지도 않았다. 오후 2시가 막 지나서, 딸이 다니는 중학교의 누군가가 전화를 걸어왔을 때야 불안감이 엄습했다. 아내가 아직 딸 실비아를 데리러 오지 않았다는 것이었다. 그는 학교로 전화를 걸어 아내가 어디서 수업을 하고 있었는지 물었다. 수화기 저편에서 들려온 대답은 끔찍했다.

"노리스홀이에요."

예르지는 실비아를 데리러 갔고, 4시경에 같이 버지니아 공대의 회의장 '더 인'으로 향했다. 거기엔 이미 다른 가족들이 모여서 사랑하는 자녀와 형제의 소식을 애타게 기다리고 있었다. 시간이 한참 지나서야 그녀가 어느 병원에도 없다는 걸 알게 되었다. 처음에는 이를 다행이라고 여겼다.

예르지는 일단 집으로 돌아왔다. 핫라인hotline이 설치된 후, 그는 서너 시간 동안 전화통을 붙잡고 새로 들어온 소식이 있는지 확인했다. 전혀 없었다. 기자들이 전화를 걸어와 최신 정보를 요구했다. 그 와중에 예르지는 17년의 결혼생활 동안 아내에게 하지 못했던 말들을 떠올리며 괴로워했다. 내가 자기를 얼마나 소중히 여기는지 그녀는 알까? 아직 생사를 확인하지 못한 상태였으나, 날이 저물도록 사랑하는 이의 소식을 듣지 못한 다른 많은 가족들처럼 그도 무서운 예감이 들기 시작했다.

밤이 깊어지자 실비아가 엄마 침대에 누워 있겠다고 말했다. 엄마 냄새를 맡고 싶었던 것이다. 밤 11시 30분, 부총장에게서 전화가 왔다. 교육부 학장과 함께 찾아오겠다고 했다. 얼마 전 이사한 줄 모르고 예전 집으로 가는 바람에 그들은 한 시간이 지나서야 도착했다. 예르지는 그들을 안으로 들였다.

"고통은 없었다고 합니다." 부총장이 말했다.

"총알이 머리를 관통했다는군요."

끔찍했지만 그 이야기를 들으니 순간 위안이 되었다.

'고통스럽지는 않았겠구나.'

그날 아침, 승희 조는 12분 만에 무려 174발을 난사해 노리스 홀에서 학생 스물다섯 명과 교직원 다섯 명을 사망케 하고 학생 스물다섯 명에게 부상을 입혔다. 그보다 앞서 기숙사에서는 학생 두 명을 죽였다. 오전 9시 51분에 쏜 마지막 총알은 자신에게 향한 것이었다.

그 강의실에서 여섯 명은 살아남았고 열두 명은 죽었다. 프랑스어 수업에서 딱 한 사람만 총을 맞지 않았다. 생존자들은 어깨, 쇄골, 복부, 둔부, 무릎, 팔, 등, 머리에 무차별적으로 총을 맞았다.

부총장 일행이 떠난 뒤, 예르지는 딸이 어떻게 하고 있는지 보러 갔다. 잠들었을지 모른다고 생각했는데 깨어 있었다. 실비아는 엄마 침대에서 내려오려고 하지 않았다. 딸과 단 둘이 있어야 할 시간이었다. 예르지는 억장이 무너지는 것 같았다. 열두 살짜리에게 그 엄청난 소식을 어떻게 전한단 말인가.

그는 양팔로 딸을 감싸 안고 엄마에게 일어난 일을 귀에 속삭였다. 그리고 함께 울었다. 한참 뒤에 정신을 차린 실비아가 자기 반의 한 남자애 얘기를 했다. 2년 전 그 애가 엄마를 암으로 잃었다는 것이었다. 그 아이는 슬픔을 견뎌냈고 지금은 잘 지낸다고 했다. 실비아는 아빠에게 말했다.

"우리도 그렇게 될 거야."

다음 날 아침, 예르지는 할 일이 너무 많아 머릿속이 복잡했다. 친척과 친구들에게 전화해 소식을 알리고, 장례식장을 알아보고, 장례식 비용과 보험 문제를 따져보고, 쇄도하는 언론의 인터뷰 요청과 집에 찾아오는 기자들의 질문에도 응해야 했다. 그날 커피와 꽃, 카드, 음식, 위로의 말을 전하러 들른 사람이 백 명은 되는 듯했다. 하지만 그가 정말로 무너져버린 건 사건 발생 이틀째부터였다.

막 성장하는 10대 소녀의 질문들에 앞으로 어떻게 대답을 해줄 것인가? 게다가 요리부터 아이 양육과 공과금 납부까지 많은 일을 아내가 도맡아 해왔다. 이제 그 모든 일을 혼자 헤쳐 나가야 한다. 또 그는 장례식 준비에 대해선 생각해 본 적도 없었다. 어디서부터 시작해야 할지 막막하기만 했다.

아침 7시, 예르지가 망연자실해 있던 중에 현관 벨이 울렸다. 따뜻한 커피를 들고 찾아온 이웃이었다. 그녀는 도울 일이 있다면 언제든 돕고 싶다고 말했다. 예르지는 그녀의 호의를 받아들였다. 곧 지역사회 전역에서 많은 사람들이 그를 도우러 왔다. 한 동료는 예르지가 볼일을 보러 간 사이에 그의 집 앞에서 인터뷰에 응하며 언론을 상대했다. 다음 날에는 친척과 친구들이 세계 각지에서 속속 도착하기 시작했는데, 적십자사가 그들을 공항에서 실어 날랐다.

아이의 학교 선생님들은 가정 방문을 해 공부 스케줄을 짜주고 밀린 숙제를 따라잡도록 도왔다. 예르지의 아내 이름으로 추모 기금이 조성되었다. 모금액은 캠퍼스에 그녀를 위한 정원을 짓는 일에 쓰일 예정이었다. 기부금이 미국 각지에서 쏟아져 들어왔다.

6일이 지났다. 추모의 촛불들은 깜박이다 사그라졌고, 노리스홀 밖의 추모비에 쌓인 장미와 카네이션도 시들었다. 날씨는 따뜻해졌고 학생들은 캠퍼스로 돌아왔다. 조문객들은 말라죽은 꽃을 치우고 가지고 온 싱싱한 꽃들을 놔두었다.

예르지는 일요일 저녁이 되어서야 아내의 시신을 볼 수 있었다. 그는 가장 먼저 안에 들어가서 다른 사람들이 그녀를 보는 게 괜찮을지 어떨지를 결정하겠다고 말했다. 마침내 그 시간이 찾아왔을 때, 방에 들어간 그는 많은 세월 동안 그를 '달링'이라 불렀던 여인의 시신을 바라보았다. 그는 아내의 손에서 덩굴장미 가시에 찔린 자국을 찾아냈다. 왼손 손가락들 사이에 왜 피가 말라붙었는지도 알아냈다. 총알이 결혼반지를 할퀴고 지나가 이마 왼편을 맞힌 것이다.

장례식이 끝난 뒤 그는 아내의 유골을 캐나다 노바 스코샤의 케이프 포추Cape Forchu 위에 뿌렸다. 연애 초기에 보러 갔던 등대가 그곳에 있었다. 언론 매체가 다 철수한 후에 예르지는 아내를 추억하며 앞으로 어떻게 살아갈 것인지 곰곰이 생각하기 시작했다. 의붓딸이 평화 센터를 세우면 좋을 것 같다고 제안했는데 그 아이디어에 계속 마음이 갔다.

예르지는 희생자 추모비를 바라보기가 힘들었다. 약 30센티미터 너비의 석회암 평판 서른두 개에는 조슬린 쿠튀르 노왁을 비롯한 총격 사건 희생자들의 이름이 하나하나 새겨져 있었다. 그 돌들은 잔디밭 위에서 아치형을 이루었다. 그는 '평화 연구 및 폭력 방지 센터'를 출범시키기 위해 원예학과에 휴가를 냈다. 그리고 장례식을 치른 지 2년 뒤엔 노리스홀 2층 서관에 자리한 새 사무실로 들어갔다.

'식물은 고독한 유기체가 아니다.'

예르지가 쓴 에세이의 내용이다.

'스트레스를 견디는 능력은 뿌리를 둘러싼 토양에서 다른 유기체들과 나누는 상호작용에서 나온다.'

예를 들면, 피 흘리는 심장인 금낭화는 한여름에 죽어서 다음 해 봄까지 휴면한다. 하지만 그것의 정수가 되는 것은 땅 밑에서 계속 살아간다. 땅속 수분을 흡수한 꼬투리 안에 씨가 생겨서, 뿌리줄기라는 복잡한 지하 생명 체계로 잘 자라는 것이다. 이 주된 줄기의 일부는 날씨가 따뜻한 달에 지면을 뚫고 나와 물과 이

산화탄소를 흡수하는 잎을 만들어 낸다. 그런 성분들은 대다수 생명처럼 피 흘리는 심장이 생존하는 데 필요한 당으로 변환되며, 그 과정에서 부산물을 공기 중으로 배출한다. 우리가 생존하는 데 필요한 산소다.

그 식물이 성숙하면 심장 모양의 꽃을 피워 다음 세대로 씨를 퍼뜨릴 준비를 한다. 그렇게 핀 꽃은 한 계절 동안만 눈에 보일 것이다. 한편, 땅 밑에서는 뿌리줄기가 겨울 동안 양분을 저장하고 공동체의 이익을 위해 일을 한다. 당을 뿌리줄기를 둘러싼 흙으로 보내 박테리아 같은 미생물이 마음껏 먹게 하는 것이다. 그 보답으로 박테리아는 흙에서 질소를 흡수하고 그것을 비료로 전환해 더 강하고 더 회복력이 좋은 식물을 만들어 낸다.

'인생은 언제나 나에게 뿌리줄기를 기반으로 살아가는 식물처럼 생각되었다.'

심리학자 칼 융이 《기억, 꿈, 사상》에서 이렇게 말했다.

'그 식물의 진정한 삶은 뿌리줄기에 감춰져 있다. 땅 위로 나타나는 부분은 여름 한철에만 생명이 지속된다. 그런 다음 시들어버린다. 하루살이처럼 덧없는 발현이다. 생명과 문화의 끝없는 성장과 소멸을 생각하면 절대적인 허무를 느끼지 않을 수 없다. 그러나 나는 영원한 변화의 흐름 아래서 살아가고 존속하는 그 무언가에 대한 감각을 결코 잃어버린 적이 없다.'

예르지가 보기에는 사람도 식물과 그리 다를 게 없었다. 스트레스를 많이 받으면 사람들은 그것을 견디기 위해 서로를 필요로 하고 공동체의 도움을 필요로 한다. 그들은 에릭슨이 말한 생산성의 산 증거가 된다. 그래서 예르지는 석 달 만에 노마와 그녀의 제자들을 버지니아 공대로 다시 초대했다. '평화 연구 및 폭력 방지 센터' 출범 이후 첫 주요 행사에서 프레젠테이션을 부탁했던 것이다. 그들은 비폭력을 주제로 활동하는 세계 각지의 전문가들을 만날 예정이었다.

노마는 이번엔 누구를 데려갈지 미리 생각해 두었다. 이사야 하우스의 두 소녀였는데, 아이시스가 그중 한 명이었다. 그 행사가 비폭력에 관한 회의였으므로 결코 제외해선 안 되는 학생이 한 명 더 있었다. 노마가 참가할 의향이 있냐고 물었을 때 이스라엘은 자신의 근무 일정을 조정해 볼 것이며 운전이든 뭐든 필요한 일은 다 하겠노라고 대답했다. 100퍼센트 합류였다.

이스라엘은 운전석에 올라타 운전면허증을 차광판에 꽂고 힙합 음악을 틀었다. 분홍색 킨 대학교 티셔츠 위에 초록색 군용 점퍼를 입은 아이시스는 앞 조수석에 앉았다. 이스라엘은 열 명이 탄 밴을 이끌고 772킬로미터의 여행길에 시동을 걸었다.

고속도로를 일곱 시간 달린 끝에, 그들은 기조연설 시간에 맞춰 버지니아 공대에 무사히 도착했다. 일행은 캠퍼스 내 호텔 로비에서 다음 날 있을 프레젠테이션을 연습하느라 밤을 꼬박 새다시피 했다. 이스라엘과 달리 학생들 대부분은 청중 앞에서 발표한 경험이 없어 초긴장 상태였다. 자기 대사를 더듬거리기도 했고, 로버트 애그뉴Robert Agnew의 '일반긴장이론General Strain Theory'과 에이브러햄 매슬로우Abraham Maslow의 '욕구 단계Hierarchy of

Needs' 같은 심리학 개념에 대한 설명을 잊어버리기도 했다.

그들은 프레젠테이션에서 이론만 다루고 싶진 않았다. 노마의 상담 실습에서 얻은 교훈을 바탕으로 몇몇은 폭력 및 차별과 관련된 개인적인 경험을 들려주기로 했다. 이튿날 아침 7시, 학생들은 킨 대학교 티셔츠를 입고 회의실에 모여 마지막 연습을 했다. 몇몇 청중이 처음으로 강당에 들어서기 시작하자 노마가 시간을 확인했다. 프레젠테이션이 곧 시작될 텐데 강당은 거의 비어 있었다.

"다들 어디 있지?" 노마가 말했다.

"더 기다려야 하나?"

하지만 그럴 수 없었다. 이제 시작할 시간이었다. 사람들이 얼마 오지 않은 이유는 곧 알 수 있었다. 교수들과 다른 전문가들이 참석하지 않을 예정이었기 때문이다. 세계적인 명성의 교수들과 학자들은 2층 대회의장에 있었다. 프레젠테이션과 회의가 같은 시간에 열리도록 되어 있었던 것이다.

예르지는 2년 전 기획 단계에서는 회의를 둘로 나눌 생각은 하지도 않았었다. 그의 머릿속 그림에서는 언제나 학생이 중심이었다. 그러나 6개월 전, 대학 관계자들이 교수와 연구자를 위한 회의를 창설해 예르지의 계획을 발판으로 이용하려고 했다. 그들은 그 회의에 아동의 도시 폭력 노출 문제에 대한 하버드 메디컬 스쿨 전문가들, 미 교육부 소속 연설자, 반사회적이고 폭력적인 행동과 신경심리학 분야의 저명한 연구가 등 그들만의 강연자를 초빙했다.

킨 학생들은 그런 구분이 이해가 가지 않았고 모든 상황이 예르지에게 불공평한 것으로 생각되었다. 왜 학생과 교수가 함께 발표할 수 없는가? 박사 학위와 국제적인 명성을 가진 사람들이 학생들의 의견을 듣는 것은 중요하지 않은 일인가?

버지니아 공대 부총장 겸 교육학과장이 연단으로 올라가 개회사를 짧게 하고 내려왔다. 그러고는 바로 강당 밖으로 나갔다. 사회자가 말했다.

"그럼, 킨 대학교 대표단을 앞으로 모시겠습니다."

일행은 강당 앞쪽에 모여 있었고, 청중석에는 열일곱 명 정도가 앉아 있었다. 노마는 둘째 줄에서 학생들을 응원했다. 얼마 안 되는 청중이었지만 자리에 있는 것만으로도 학생들의 노력을 가치 있어 보이게 만드는 얼굴이 있었다. 그들과 가까운 곳에서 집중한 표정으로 귀를 기울이고 있는 사람, 예르지였다.

자기 차례가 오자 이스라엘은 자기가 개과천선하기 전에 저질렀던 범죄에 대해 이야기한 뒤, 지금은 경찰이 되기 위해 훈련 중이라고 했다. 그는 10대 노숙자 쉼터 프로젝트를 소개하면서, 이사야 하우스 주변 지역에서는 9월 이후만 해도 강간 87건, 살인 105건, 강도 2,000건 이상이 일어났다고 설명했다.

마이크를 건네받은 아이시스는 엄마가 어떻게 마약을 했고, 어떻게 자신을 때렸으며, 감옥에서 어떻게 11년을 보내게 되었는가를 이야기하다가 끝내 눈물을 보이고 말았다.

"저는 제가 성공할 거라고 믿지 않았습니다."

하지만 지난 학기에 그녀는 전 과목 올 A를 받았고 이제는 이사야 하우스 출신의 다른 두 소녀와 함께 킨 대학교 입학을 준비하고 있었다. 한 여자 졸업생은 노마의 'Be the Change' 그룹을 위한 모금 행사에서 아이시스의 사연을 듣고는 등록금에 쓰라며 1만 달러를 후원했다. 쉼터에서는 2011년도 가을 학기에 다섯 명이 더 킨 대학교에 지원서를 냈다.

프레젠테이션이 끝나자 예르지가 자리에서 일어났다. 노마와 학생들에게 걸어가는 그의 얼굴이 꽃잎처럼 발그레했다. 그는 학생들을 한 명 한 명 포옹했다. 눈가는 촉촉하게 젖어들었고 만면에 미소가 번졌다.

예르지는 이스라엘에게 가장 공감이 되었다고 말했다. 이스라엘은 그가 폴란드 군대에서 근무할 때 책임졌던 병사들을 연상시켰다. 병사들은 군인이 되기 전엔 범죄자들이었고 예르지의 과제는 그들을 인간답게 만드는 것이었다. 그는 용케도 범죄자들 중 일부를 개과천선시켰고 이를 자기 인생 최대의 성공으로 여겼다.

버지니아 공대에서 돌아오자마자 'Be the Change'는 더 많은 집 꾸미기 프로젝트에 참여하면서 본격적으로 활동을 이어갔다. 그 중에는 세 아이 중 두 아이가 휠체어 신세인 한 싱글맘을 위한 집 꾸미기도 있었는데, 그 엄마는 나중에 킨 대학교에 입학했다. 그들은 버지니아 공대 총격 사건 희생자의 아버지가 참여하는 캠퍼스 토론 행사를 주관했을 뿐 아니라, 이사야 하우스와 킨 출신의 젊은 여성들에게 장학금을 제공한 국제 앰네스티 북동 지역 회의와 오메가 연구소Omega Institute의 여성 및 능력 회의에도 찾아갔다.

'Be the Change' 학생들은 근처 러트거스 대학교에 다니던 열여덟 살 타일러 클레멘티의 자살 사건 후에 집단 괴롭힘에 대한 경각심을 높이고자 캠퍼스에서 보라색 리본을 1만 개 이상 나눠주었다. 게이였던 클레멘티는 자신이 사랑하는 남자와 로맨틱한 행위를 하는 것을 룸메이트가 몰래 영상에 담아 인터넷에 유포한 것을 알고는 2010년 9월에 조지 워싱턴 브리지에서 뛰어내렸다.

그 그룹은 오퍼레이션 PB&JOperation PB&J라는 활동도 개시했다. 매주 땅콩버터 젤리 샌드위치를 200~300개 정도 만들어 과일, 주스, 스낵과 함께 종이봉투에 담아 뉴어크 펜역 주변의 노숙자들에게 나눠주는 활동이었다. 노숙자들에게 먹을 것을 나눠주는 데 드는 돈은 매주 100달러에 달했는데, 학생들은 모금으로 충당하려고 노력했다. 그게 여의치 않을 때는 노마가 지갑을 열었다. 또한 학생들은 미주리 주 조플린에서 발생한 토네이도 피해자들을 위해 의류와 장난감을 모았고, 구호 물품들을 노마와 노먼이 여름 방학 동안 직접 전달했다.

이사야 하우스 출신 소녀 여섯 명은 킨 대학교에 입학했다. 2011년 9월, 신입생이 된 아이시스는 '오퍼레이션 PB&J' 같은 활동에 참여하고 있었다. 그녀도 노숙자였을 때 그런 구호품에 의지해 살았었다.

2011년, 'Be the Change'는 공식적인 비영리단체가 되는 작업에 들어갔다. 노마는 학생들이 언젠가 그 단체에서 정식 직원이나 인턴 자격으로 경력을 쌓고 세계 각지를 돌아다니며 지역봉사 프로젝트를 실행할 수 있기를 바랐다. 그 그룹은 근방의 유니버시티 하이스쿨University High School의 'Be the Change' 클럽에 영감을 주었다. 또 뉴올리언스에 사는 캔디 챙Candy Chang이라는 여성이 한 폐가의 벽면을 주민들의 두려움과 희망, 꿈을 적는 거대한 칠판으로 바꿔놓은 데서 힌트를 얻어 캠퍼스에 '내가 죽기 전에'라는 벽을 만들었다.

유니버시티 하이스쿨에서는 'Be the Change'의 대학생들과 고등학생들이 어느 비 내리는 오후에 힘을 모아 붉은 벽돌 벽면을 검은색 칠판으로 탈바꿈시켰다. 그리고 차례대로 '죽기 전에 나는 ( )을 하고 싶다'라는 문장을 완성했다. 수십 개의 선언이 흰 글씨로 벽면을 가득 채웠다.

"죽기 전에 나는 사랑에 빠지고 싶다."
"죽기 전에 나는 아내이자 엄마가 되고 싶다."
"죽기 전에 나는 한 생명을 구하고 싶다."

기말고사 에세이 죽음 교육의 목적

죽음 교육이 왜 필요하다고 생각하는지 쓰세요. 자신의 생각을 뒷받침하는 사례나 경험을 들어 에세이로 완성해 봅니다.

Chapter 19.

끝나지 않는 생

나는 세상을 떠난 고등학교 친구 산기타의 폴라로이드 사진을 오랫동안 간직하고 있었다. 누군가가 장례식 후에 잘 보관하고 있으라며 내게 건네고는 찾아가지 않았다. 나는 그의 행방을 몰라 사진을 봉투에 넣어서 담아두고는 잊어버리려고 했다. 그리고 정말 잊었다.

세월이 흘러 그 사진이 기억나서 찾으려고 했는데 찾을 수가 없었다. 사라져 버렸다. 내 손이 미치지 않는 곳으로, 기억 저편으로.

산기타의 엄마 파니타와는 16년 동안 전혀 왕래가 없었지만 나에겐 마무리해야 할 기말 과제가 하나 남아 있었다. 나는 그녀가 피지로 돌아갔으리라 생각하고 있었다. 하지만 알고 보니 그녀는 산기타가 살해된 곳에서 북쪽으로 겨우 20분 떨어진 곳에 살고 있었다.

2010년 어느 일요일 아침, 워싱턴 주 린우드에 사는 엄마와 외할머니를 만나고 나서 회색빛이 도는 파란색 집에 도착했다. 앞마당에 세워진 알록달록한 킥보드를 지나 현관문을 두드렸다.

파니타가 문을 열어주었다. 그녀는 산기타처럼 길고 윤이 나는 흑발과 동그란 구릿빛 얼굴, 반짝이는 눈동자를 지녔다. 다른 점이 있다면 눈가에 잔주름이 조금 더 보였다는 것뿐이었다.

파니타는 내가 고교 시절에 쓴 딸에 관한 기사를 기억하고 있었다. 그녀는 방에서 기념품과 사진을 한아름 가지고 나왔다. 그중에는 똑같이 꽃무늬 옷을 입고 똑같이 앞머리를 뒤로 넘겨 핀을 꽂은 모녀가 둥근 지붕의 스튜디오를 배경으로 미소 짓고 있는 사진도 있었다.

파니타는 산기타의 아빠와 이혼한 뒤에 피지에서 미국으로 이민을 왔는데, 처음엔 아는 사람이 별로 없었다고 했다. 딸과 달리 그녀는 친구들을 만들지 못했다. 산기타가 그녀의 가장 친한 친구였다.

"그 애와 정말 많이도 웃었지." 그녀는 자장가의 음을 놓지 않는 것처럼 '많'을 길게 늘이며 말했다. 그들의 삶은 고달팠다. 파니타는 남편 없이 혼자서 산기타와 산기타의 오빠를 키웠다. 처음에는 공영 주택단지에서 살다가 파니타가 닌텐도에 취직하면서 린우드 아파트로 이사했다. 그리고 월세와 생활비를 벌기 위해 주말에도 다른 일을 했다.

파니타는 딸이 살해되던 그 아침에 딸의 곁에 있어주지 못했다. 그게 긴 세월 동안 깊은 한으로 남았다.

"그날 아침 눈을 떴는데 감기 기운이 좀 있더라고. 하루 쉴까 싶었어. 그런데 결근한다고 알려야 하는 게 좀 내키지 않았지."

그녀는 어둑한 새벽녘에 무거운 몸을 일으켜 샤워실로 향했다. 살인자가 그때 이미 딸을 기다리고 있었을까? 그녀는 늘 이게 궁금했다. 어둠 속에 숨어 있었을까? 그녀가 주차장을 떠나는 걸 지켜보면서?

"그 애는 자고 있었어. 침실 문을 열려고 했는데 잠겨 있더라고. 현관문을 이중으로 잠그고 차에 올라탔지."

경찰이 찾아온 건 회사에 도착한 지 서너 시간이 지났을 때였다. 장례식 후에 파니타는 직장을 모두 그만두었다. 일하느라 딸을 잃은 것 같아서였다. 집에서 몇 시간이고 딸의 사진만 들여다보았다. 빨간 신호등이 켜 있어도 무시하고 차를 몰았다. 날마다 딸의 꿈을 꾸었다. 딸이 꿈에 나타나지 않으면 화가 났다.

파니타의 아들, 파네쉬는 원래 문제가 많은 아이였는데 그 사건 이후 더 나빠졌다. 산기타가 죽기 전에 파니타는 아들의 옷을 몽땅 쓰레기통에 처넣은 적도 있었고 다른 식구를 시켜 그를 잡아 차에 태워 오기도 했다. 하지만 아들은 가출해서 마약과 도둑질에 발을 들였고 갱들과 어울려 다녔다. 그러다 결국 철창 신세를 졌다.

몇 주일이 어느새 몇 달이 되고 몇 년이 되었다. 파니타는 매일 밤 사원에 가서 기도와 명상에 매달렸다. 아침마다 오래도록 산책을 하고 요가를 했다. 향과 양초를 피워놓고는 소리 내어 울었다.

"그 애가 내 주위에 있는 게 느껴졌어요."

그녀의 아들은 마흔네 번이나 수감되었다. 주거 침입이나 절도 같은 범죄들로 교도소를 들락날락하며 4년 반을 보냈다. 가풍에 따라 파네쉬는 2006년에 중매결혼을 했다. 허나 그것도 그의 행실을 바꿔놓지는 못했다.

여동생이 죽었을 때 그는 심장을 잃어버린 것처럼 고통스러웠다. 이제 세상의 그 누구도 그를 따뜻하게 다독여줄 사람은 없었다. 아내가 아이를 낳으러 병원에 갈 때 그는 동행조차 하지 않았고, 분만 후 몇 시간이 지나서야 슬그머니 나타났다. 그는 첫 아이를 품에 안은 아내를 물끄러미 바라보았다. 묘한 감정이 밀려들었다. 아이의 존재에서 강렬한 무언가가 느껴졌다.

파니타와 내가 식당에서 이야기를 나누고 있을 때 한 여자아이가 뒤뚱뒤뚱 걸어 들어왔다. 분홍색 줄무늬 양말, 분홍색 원피스, 꽃 모양의 스팽글이 달린 주황색 자수 스웨터를 입고 있었고 머리는 뒤로 빗어 넘겨 하나로 묶은 모습이었다.

"아가야."

파니타가 아이를 무릎에 끌어다 앉히며 말했다.

"여기 누가 있는지 보렴."

아이가 나를 빤히 쳐다보았다. 눈동자가 유독 큰 것 같았다. 긴 속눈썹이 그 위를 부채처럼 덮고 있었다. 파니타가 아이의 말총머리를 풀자 검은 머리칼이 어깨 밑으로 흘러내렸다. 아이는 세 살 된 파니타의 손녀였다. 아이의 미들네임은 산기타였다.

파네쉬는 일자리를 구했고 아내는 둘째를 낳았다. 또 딸이었다. 첫째 딸이 태어나면서 그는 정신을 차렸다. 교도소에는 발길을 끊었고 헌신적인 아버지와 남편으로 거듭 났다. 지난 3년 간 그렇게 살았다. 집을 사기 위해 파니타와 힘을 모았다. 파니타 역시 집과 가까운 곳에 새 직장을 잡았다. 아들의 집에서 아기를 돌봐줄 사람이 필요하면 그녀는 항상 주저 없이 휴가를 신청했다.

아이가 할머니의 가슴에 얼굴을 파묻자 파니타는 아이를 감싸 안으며 코를 비볐다. 그녀가 나를 보며 말했다.

"우리, 사는 게 이렇게 달라졌어."

토론 수업 존재와 삶에 대하여

사람은 무엇을 통해 기억되고, 그 기억은 어떻게 이어진다고 생각하는지 이야기해 봅니다.

산기타, 너는 졸업할 기회를 가졌어야 했고, 좋은 남자와 사랑에 빠졌어야 했고, 네 어머니가 늙어 가는 모습을 지켜보았어야 했고, 소식이 끊긴 어린 시절 친구를 십수 년 뒤에 페이스북에서 우연히 발견하는 기회도 가져야 했어. 네가 나한테 보낼 메시지가 상상돼. '어머 얘, 나 기억하니? 나 이제 애 엄마야. 그동안 잘 지내고 있었지. 경제적으로는 좀 힘들기도 했지만 그래도 잘 살아왔어.'

그럼 나는 네가 새 차에 입을 맞추던 2학년 그날을 떠올리겠지. 널 그냥 보내고 싶지 않았는데. 차 좀 태워달라고 내가 얼마나 졸랐니. 그 밤이 절대 끝나지 않게 하겠다고 서로 맹세했었지. 평생 작별 인사 같은 건 하지 말자고 얼마나 많이 다짐했는데.

너를 사랑으로 추억하며.

_에리카 하야사키의 작별 편지

Chapter 20.

살아남았다는 사실

2011년 8월 22일

그날은 노마의 생일이었다. 매년 혼자 생일을 보내려고 하는 그녀에게 이번엔 제발 그러지 말라고 몇 달 전부터 설득하고 있었다. 뉴욕에서 캘리포니아로 돌아간 상태였지만, 나는 노마 교수에게 이스트 코스트로 다시 날아갈 테니 버지니아의 뉴포트 뉴스로 데리러 와달라고 했다. 거기는 그녀가 어린 시절 외할머니와 가장 행복한 시간을 보냈던 곳이며, 어른이 되어 자신의 생일 다음 날 외할머니를 땅에 묻은 곳이기도 했다. 생일과 함께 여행하자고 계획한 게 벌써 몇 년째인데 그녀는 번번이 취소했다.

노마가 내 메시지에 바로 답장하지 않았지만 그러려니 했다. 그녀가 과거를 떠올리려 하지 않는다는 걸 알고 있었고, 생일 전후로는 사람들과 함께 있는 것조차 싫어한다는 것도 알고 있었다. 생일 후엔 그 정도가 더 심해진다는 것도. 그 시기에는 가족에게도 곁을 주지 않았는데 그녀가 그 시간을 함께 보내고 싶어할 마지막 사람이 있다면 내가 아닐까 하는 생각이 들었다. 어쨌든 나는 비행기에 올랐다.

노마는 자신의 수업이 더 많은 사람들에게 알려지기를 바랐던 터라 2008년 초부터 그녀를 따라다니겠다고 했을 때 선뜻 동의했다. 하지만 3년이 지나도 여전히 자기를 쫓아다니며 면밀한 질문을 던질 줄은 몰랐을 것이다.

"한번 기자는 영원한 기자군요."

그녀는 내 질문에 이렇게 대꾸하곤 했다. 그럼 나도 똑같이 받아쳤다.

"한번 간호사는 영원한 간호사고요."

나는 노마의 생일 전날 도착했다. 다음 날 아침 늦게 답장이 왔다. 여행을 함께하기로 마음먹었다는 내용이었다. 우리는 뉴햄프셔에 있는 그녀의 오두막집에 가기로 했다. 나는 일이 잘되어가는 것 같아 기분이 좋았다.

한 시간 뒤, 만나기로 한 쇼핑센터 주차장에 검정 해치백 승용차를 몰고 온 노마가 나타났다. 알고 보니 나만 그녀를 압박하고 있던 게 아니었다. 그날 아침 노마는 고집을 꺾고 큰딸이 챙겨준 생일상을 받으러 간 것이다.

내가 조수석에 앉자마자 그녀가 나를 보며 말했다.

"내 마음이 바뀐 것 같아요."

"우리 여행에 관해서요?"

"아뇨. 우리의 행선지에 관해서요."

그녀는 버지니아 주에 있는 외할머니의 고향이 자신을 자꾸 끌어당기는 느낌이라고 했다.

"그럼 마음이 이끌리는 곳으로 가야죠."

우리는 버지니아 쪽으로 차를 돌렸다. 그날 밤 노마 아버지의 고향인 볼티모어에 도착해 저녁식사로 게살 케이크를 먹었다. 생일 디저트도 없었고, 생일을 맞은 손님을 위해 축하 노래를 불러주거나 박수를 쳐주는 웨이터들도 없었다. 노마는 솔직하게 말했다. 그런 거 하나도 원치 않는다고.

이튿날 아침 그녀는 리틀 이탈리아Little Italy를 차로 돌아다니면서 여기는 아버지와 할아버지가 살던 동네고, 저 콘도는 바뀌기 전엔 공동 연립주택들이었고, 저 상가 건물엔 한때 스파게티 가게들이 있었고, 하면서 손가락으로 가리켜가며 설명했다.

운전 중에 그녀는 운전석과 기어 패널 사이에서 카드를 하나 꺼냈다. 오래전 아버지가 보내준 생일 카드였다. 카드에는 이렇게 쓰여 있었다.

'너는 많은 것을 이뤘고, 고통스러웠던 과거의 기억도 잘 이겨냈지. 넌 승리한 거야. 그래서 내가 널 예뻐하는 거란다.'

버지니아에 거의 다 왔을 때 운전 교대를 했다. 노마는 뒤로 자리를 옮겨 신부 파티 초대장을 몇 장 꺼냈다. 자살한 엄마를 둔 한 젊은 여성에게 신부 파티를 열어주기로 했다고 노마가 말했다. 며칠 뒤에는 웨딩드레스를 함께 골라주기로 약속을 한 상태였다.

노마는 뒷좌석에 앉아 초대장을 쓰려다가 울퉁불퉁한 도로 때문에 차가 덜컹거려 포기하고 말았다. 대신 페이스북에 접속해 어제 미처 읽지 못한 생일 축하 메시지 수백 통을 확인했다. "이런 세상에, 뉴저지에 지진이 났구나!"

그녀는 나에게 큰 소리로 소식을 전했다. 지진은 바로 몇 분 전에 이스트 코스트를 뒤흔들었다. 노마의 학생들과 이웃들이 진동을 느꼈다며 글을 올리고 있었다.

"기다려봐요." 그녀가 최신 정보를 클릭하며 말했다. 알고 보니 진앙은 버지니아 주 리치몬드에서 멀지 않은 곳이었다. 우리는 좀 전에 리치몬드를 떠났고 지진이 났을 때는 그곳으로부터 차로 약 20분 거리에 있었다. 차가 덜컹거렸던 건 도로 때문이 아니라 지진 때문이었다. 어쩌면 어머니가 우리에게 메시지를 보내려고 하는 건지도 모른다고 그녀가 농담을 던졌다.

노마는 휴대전화로 《뉴욕 타임스》 기사를 검색했다. 지진은 워싱턴 D.C.를 비롯해 미 동부 지역에서 발생한 진도 5.8의 강진으로, 그곳의 국립 대성당National Cathedral과 맨해튼의 월 스트리트, 메인Maine 주와 조지아 주까지 피해를 입었다. 지질학자들은 버지니아 중부 역사상 최고의 강진이라고 발표했다.

한편 며칠에 걸쳐 버지니아와 뉴욕 시, 뉴저지에 타격을 입힐 강력한 허리케인이 동북부를 향해 몰려오고 있었다. 그 다음 주 노마가 집으로 돌아갈 즈음엔 그녀의 집이 물에 잠기고 전기가 끊어질 판이었다. 허리케인 아이린Irene이 몰아닥친 후 다음 학기까지 석 달 동안 그녀는 모텔에서 지내게 될 것이었다.

하지만 노마도 나도 그에 대해서는 까맣게 모르고 있었다. 우리는 그저 싱어송 라이터와 어쿠스틱 락 위주의 음악이 나오는 라디오 방송에 주파수를 맞춘 채 유유자적 길을 달리고 있었다.

"나에겐 위험 버튼이 없어요." 노마가 늘 하던 얘기처럼 위험에서 빠져나와야 할 때를 알려주는 명확한 감이 없었던 것이다. 우리는 뉴포트 뉴스로부터 10킬로미터 정도 떨어져 있었고, 하늘은 푸르고 맑았다.

노마와 나는 크리스토퍼 뉴포트 대학교, 11세기에 북아메리카를 최초로 발견한 유럽인 레이프 에릭슨의 조각상, 남북전쟁 탐방로를 지나쳤다. 그러고는 키 큰 소나무와 꽃사과나무 그늘이 진 슈 레인Shoe Lane이라는 좁은 도로로 접어들었다. 열대초원 양식의 저택들 앞에는 나무에 매달린 그네들이 바람에 흔들리고 있었다. 둥근 기둥으로 지붕을 받치고 잔디밭을 완만하게 경사지게 한 집들도 눈에 띄었다.

우리는 녹색 페인트가 군데군데 벗겨지고 덤불에 꽃이 핀 하얀 집의 진입로로 들어섰다. 높은 언덕에 자리한 그 집 밑에 차를 세우고 천천히 걸어 올라갔다. 바싹 마른 개울 옆으로 노마의 외할머니가 심은 층층나무 두 그루가 서 있었다.

"항상 느끼는 건데 나무 위 오두막에 할머니가 계실 것만 같아요."

나무를 올려다보며 노마가 말했다. 예전엔 집이 회색이었다고 그녀는 기억했다. 편찮으셨던 외할머니가 돌아가시기 얼마 전에 집을 파셨다고 했다. 울타리에 걸린 명패에는 이제 '빌'이라는 이름이 적혀 있었다.

"진입로 끝에 차를 세워두고 걸어 올라가곤 했어요. 외할머니가 현관 입구에 서서 손을 흔들고 계셨어요. 얼마나 좋아하셨는지 몰라요. 작은 다이아몬드 두 개와 큰 다이아 하나가 박힌 목걸이를 늘 하고 계셨던 게 기억나요."

노마는 굴러다니던 솔방울을 우드득 밟으면서 현관 계단을 올라갔다.

"벨을 눌러볼까요? 분명히 아무도 없을 거예요."

노마의 말대로 벨을 눌렀는데 대답이 없었다. 화요일 오후였으니 거주자들은 일하러 나갔을 것이다.

"바로 여기가 할머니 침실이었어요."

커튼이 드리워진 창문을 가리키며 노마가 말했다.

"저기가 뒷마당이고, 뒷집에 살던 여자애랑 친하게 지냈었죠."

우리는 차에 다시 올라 제임스강James River이 내려다보이는 만으로 향했다. 사람들이 거기서 게를 잡고 낚시를 하는 동안 그녀는 책을 가져와 공부하곤 했다. 외할머니가 손녀에게 하사했던 공원 안의 사자 상들은 불룩 내민 가슴 그대로 그곳에 있었다.

"다음에는 간단하게 묘지로 현장 학습을 나가야겠어요."

외할머니를 묻은 추모 공원의 이름을 떠올리려 애쓰면서 노마가 말했다. 우리는 GPS 상에 나오는 가장 가까운 묘지, 가든 오브 레스트에 도착했다. 노마가 지도를 얻으러 사무실에 들어갔다. 묘지 관리인이 할머니의 묘가 있는 곳까지 직접 안내해 주었다. 그의 가족묘가 노마네 가족묘 가까이에 있었다.

"편히 있다 가세요." 인사를 남기고 그는 내려갔다.

노마가 편평한 묘비 한 쌍을 응시했다. 둘 다 대리석에 황동 명판을 붙인 묘비였다. 하나는 노마의 증조 외할머니 것이었다. 셀리아 W. 헤이플리치Celia W. Hayflich, 1887~1984. 외할머니의 묘비에는 금색 꽃무늬가 새겨져 있었다. 로잘리 H. 스타인Rosalie H. Stein, 1910~1990. 노마는 증조 외할머니와 증조 외할아버지가 유대인 학살을 피해 러시아에서 배를 타고 엘리스 아일랜드로 왔다고 말해주었다. 두 사람은 뉴욕에서 모자 제조 사업에 뛰어들어 돈을 벌었다고 한다.

노마는 무덤에 얹을 돌멩이를 찾아 묘지 주변을 돌아다녔다. 납작한 돌멩이 두 개를 주워 와서는 책상다리를 하고 앉아 명판 위에 놓았다.

에릭슨이 말한 생의 첫 번째 단계에서는 아이가 적절한 사랑을 받지 못하면 불신이 아이의 생명을 위협한다. 마지막 단계에서는 그 사람이 적절한 삶을 살지 않은 경우, 절망감이 죽어가는 그의 마지막 시간을 어둡게 만든다. 에릭슨이 말했다시피, 사랑의 보살핌과 더불어 신뢰가 확립되면 희망은 생의 첫 번째 단계에서 싹을 틔운다. 에릭슨은 저서에서 웹스터 사전Webster's Dictionary을 인용해 이렇게 말했다.

'신뢰(자아 가치의 첫 단계)는 여기서 '타인의 자아 통합(자아 가치의 마지막 단계)에 대한 확실한 의존'으로 정의된다. 나는 웹스터가 이 정의에서 아기보다는 비즈니스를, 믿음faith보다는 신용

credit을 염두에 둔 것은 아닐지 의문이 든다. 그럼에도 이 표현은 유효하다. 더 나아가 '아이를 돌보는 어른이 죽음을 두려워하지 않을 만큼 자아 통합을 이뤘다면, 건강한 아이는 삶을 두려워하지 않을 것이다'라는 정의를 통해 성인의 자아 통합과 유아의 신뢰 사이의 관계를 한층 더 구체화할 수 있을 것 같다.'

생의 각 단계는 독특한 도전들로 가득 차 있지만 에릭슨에 의하면 생존법을 배우는 개개인의 방식이 성격을 만든다.

때때로 이런 배움은 보통 사람들의 삶과 생애주기에서 교과서의 틀을 넘어 시험될 필요가 있었다. 그것이 바로 노마, 두려움 없이 죽음을 존중한 이 보기 드문 여성이 실행하는 일이었다. 발밑의 교실, 묘지에서 무척 즐거워했던 이 교수님 말이다. 본인도 한때 상처받았다고 느꼈기 때문에 그녀의 직관이 그녀를 상처받은 사람들에게로 이끌었다. 노마는 생의 마지막 단계에 이르기 훨씬 전에 에릭슨의 가르침에 깃든 가치를 이해하라고 학생들에게 당부했다. 성격을 창조하는 일에 그녀가 한몫 거든 것이다.

노마와의 이 여정에서 내가 조우했던 사람들은 타인을 위해 사는 것의 가치를 터득하고 있었다. 그러나 타인을 위해 사는 것만으로는 충분치 않았다. 케이틀린은 그 점을 깨달았고 조나단도 깨달았다. 그리고 모든 이들 중에서 그렇게 살아가기 위해 가장 열심히 일해야 했던 한 사람은 아마 노마였을 것이다.

노마는 샌들을 벗고 무덤 위로 몸을 수그렸다. 풀잎들이 발을 간지럽혔다. 무덤 주변으로 잡초들이 예쁘게 자라 있었다. 잠시 동안 그녀는 무엇에도 관심을 두지 않고 오로지 자신의 감정과 무덤 밑 조상들에게만 집중했다. 그러고는 손바닥으로 황동 명판을 문질러 광택을 내고 글자에 낀 흙먼지를 손톱으로 조심 스레 긁어냈다.

노마는 이 세상에 태어나 살기 위해 싸웠다. 하지만 자신이 어떻게든 살아남았다는 사실을 오랫동안 부끄러워했다.

집으로 오는 길에 그녀가 말했다.

"정말이지 처음으로, 그 모든 일들이 아주 오래전 일처럼 느 껴지네요."

기말고사 과제 죽음학 수업을 마치며

가족 중 누군가가 이 수업을 통해 무엇을 배우고, 무엇을 경험했는지 묻는다면 어떤 이야기를 들려주고 싶은지 쓰세요.

내가 이 수업을 택한 이유 중 하나는 죽음에 대한 불안감을 없애고 싶어서였다. 정말로 그렇게 된 것 같다. 나는 이제 두려움이 내 삶을 좌지우지하게 내버려두지 않을 것이다.

삶은 이렇게 이어진다

오늘 노마 보위와 그녀의 제자들을 찾고 있다면 정원에서 땀을 흘리고 있는 그들을 발견하게 될지도 모른다. 그들은 벌레들이 이따금씩 나오는 흙을 손으로 퍼내고, 씨를 뿌리고, 거기서 토마토와 수박, 멜론, 당근, 장미가 자라날 때를 상상하며 기대에 부풀어 있다. 박하와 백합을 심은 다음엔 뿌리줄기가 뻗어나갈 길을 정리하고 있다.

그들은 먼저 킨 대학교에서 추모 정원에 씨를 뿌렸다. 그곳에서 「죽음을 바라보는 관점」 수강생들과 캠퍼스 공동체는 고인이 된 사랑하는 이들을 기릴 수 있었다. 이후에 마담 쿠튀르를 추모하는 버지니아 공대의 정원에서 영감을 얻어 'Be the Change' 멤버들이 뉴어크 전역의 버려진 땅을 공동체 정원으로 탈바꿈시켜 왔다.

뉴어크 정원 프로젝트는 2012년, 노마와 한 학생이 노인 요양 시설 옆에 있는 공터를 발견했을 때부터 시작되었다. 그곳은 그 지역에서 마약 거래가 공공연히 벌어지는 수백 군데의 공터 중 하나였다. 노마와 그 학생은 'Be the Change'를 불러들여 잡초가 무성하고 쓰레기로 뒤덮인 그 황무지에 공동체 정원을 짓자고 제안했다. 노인 요양 시설의 한 입주자가 뉴어크의 중심부인 센트럴 워드의 시의원 다린 샤리프와 접촉했고, 그가 이 프로젝트를 위해 길을 터주었다. 공터가 정원으로 변모하는 과정을 지켜보며 샤리프는 노마와 학생들에게 큰 감명을 받았다. 그는 동네에서 '시장'으로 통했던 리카 젠킨스라는 여성을 추모하는 의미로 또 하나의 공원을 만들자고 했다. 변화를 기다리고 있는 곳은 범죄율이 가장 높은 구역들 중 하나인 사우스 14번가의 버려진 땅이었다. 리카 젠킨스는 그 전 해에 세상을 떴는데, 노마 팀은 유족에게서 정보를 얻어 리카가 좋아했던 꽃들을 심었다.

샤리프는 노마가 정원 개조 작업을 위해 사비를 털고 있음을 알게 되었다. 뉴어크에 공터가 너무도 많아서 그에게는 'Be the Change'가 작업을 계속해나갈 생각이라면 후원할 용의가 있었다. 샤리프는 'Be the Change'가 회의를 하고 모금이나 다른 행사들을 열 수 있도록 시내에 사무실을 마련해 주었다. 나무 마루와 주방, 침실, 책상, 소파가 갖춰진 사무실이었다. 'Be the Change'는 시 전역의 공터를 계속 변모시킬 예정이다.

2011년부터 'Be the Change' 학생들은 뉴어크 펜역 역사와 주변에서 노숙하는 사람들에게 1만 개가 넘는 땅콩버터 젤리 샌드위치와 간단한 도시락을 나눠주었으며, 다른 지역에서도 지속적으로 활동했다. 이들은 첫 방문 후 세 차례 더 버지니아 공대에 가서 그곳 학생들과 교육자들, 활동가들을 만났다. 예르지 노왁은 2011년에 '평화 연구 및 폭력 방지 센터' 일선에서 은퇴했으나 여전히 인연을 이어가고 있다.

'Be the Change'가 봄 방학 때 멕시코 연안으로 떠나는 봉사 여행은 연례행사가 되었다. 학생들은 앨라배마 주 터스컬루사Tuscaloosa를 찾아 2011년 토네이도의 생존자들에게 의류와 음식 등 구호품을 전달했다. 이스라엘은 정원 프로젝트를 비롯한 여러 행사에 활발히 참여했다. 그중 한 프로젝트는 158명의 목숨을 앗아가고 단독주택과 아파트 약 8,000채를 무너뜨린 미주리 주 조플린의 토네이도 생존자들에게 물, 식량, 장난감을 약 272kg 보내는 것이었다. 또한 'Be the Change'는 2013년에 오클라호마 주 무어Moore의 토네이도 생존자들을 위한 기프트 카드 모금 행사에서 2,000달러 이상을 모았다.

'Be the Change'는 루이지애나에서 정기적으로 '유나이티드 세인츠 리커버리 프로젝트'와 팀을 이뤄, 허리케인 카트리나로 집을 잃은 주민들을 위해 집을 재건하는 일을 돕고 있다. 2010년 그 연안에 머무는 동안 학생들은 '레드Red'라는 별명을 가진 한 어부와 친해졌다. 키가 2미터에 가까운 그는 머리카락이 붉은 색이었고 체격이 떡갈나무처럼 거대한 사람이었다. 2010년 BP 기름 유출 사건이 터지기 전에는 새우잡이 배, 굴잡이 배, 임대 선박 두 척에서 일했다. 그러나 그의 많은 이웃들처럼 기름 유출 재난이 발생하는 바람에 일자리를 잃고 말았다.

2010년 크리스마스 직전, 레드는 뉴저지에 있던 노마에게 전화를 걸어 하소연했다.

"여기 어부들 사는 게 사는 게 아니에요. 공과금 밀린 건 물론이고 크리스마스가 코앞인데 아이들한테 조그만 선물 하나 사 줄 돈이 없어요. 고기를 잡을 수가 없으니 전부 빈털터리가 될 수밖에요. 마약쟁이에 알코올중독자, 가정폭력범이 얼마나 늘었는지 몰라요."

노마와 'Be the Change'는 즉각 행동에 나서 장난감을 기증받고 5,000달러를 모금해 배송비로 썼다. 레드는 감사의 말을 전해 왔다.

"크리스마스 선물이 필요한 어부, 새우 잡는 사람, 굴 캐는 사람, 게 잡는 사람 모두 장난감을 들고 집에 갈 수 있었어요." 팀에서는 다음 해 크리스마스 시즌에도 어부 가족들에게 장난감을 보냈다.

그 뒤 2012년 10월 말에는 트라이 스테이트 에어리어Tri-State Area, 즉 3개 주에 걸친 지역이 대규모 자연 재해의 희생자가 되었다. 허리케인 샌디Sandy가 뉴욕 일부와 뉴저지 해안선을 휩쓸고 지나간 것이다. 뉴저지 친구들이 자신들에게 베풀었던 일을 잊지 않고 있던 레드는 미시시피의 지역 뉴스 방송에 나가 저들의 재건을 돕기 위해 연장함을 들고 뉴저지로 떠날 계획임을 밝혔다. 곧 그의 전화기가 불이 나기 시작했고, 며칠 만에 기부금과 지원 물자가 쏟아져 들어왔다. 그중에는 바퀴가 열여덟 개 달린 이삿짐 트럭이 있었는데, 레드는 거기에 음식과 구호품을 가득 실었

다. 그 트럭으로 뉴저지까지 가는 데에는 이틀하고도 반나절이
걸렸다.

뉴저지에 도착한 그는 먼저 와서 이미 열심히 일하고 있던 노마와 그녀의 제자들을 우연히 만났다. 'Be the Change'는 킨에서 겨우 42킬로미터 떨어진 마을 유니언 비치Union Beach 구호 작업에 집중했다. 허리케인 샌디가 그 마을의 주택 2,100채 중 1,600채를 파괴하거나 손상을 입힌 상태였다. 학생들은 매일 그곳에 방문해 방호복과 마스크를 착용하고 침수된 지하실을 치우거나 쓰레기를 운반했다. 다른 학생들은 집을 잃은 이재민들에게 음식을 먹이고 함께 요리를 했다. 이스라엘은 아홉 시간짜리 태풍 구호 교대 근무를 섰다. 레드는 지원 물자와 기증품을 유니언 비치에 내려놓고, 생존자들에게 식사를 제공하고 설거지를 하면서 한 달을 보냈다.

노마는 여러 해 동안 함께 일했던 많은 젊은이들과 계속 소식을 주고받는다. 졸업 후에도 뒷걸음질 치지 않고 자신의 삶을 꾸려나가는 젊은이들 중에는 조나단과 케이틀린도 있다.

케이틀린과 1년을 함께 살았던 아파트에서 나오고 몇 달 뒤, 조나단에게 새 여자친구가 생겼다. 케이틀린은 그에게 새로 시작한 연애가 잘되기를 바란다는 내용의 이메일을 보냈다.

"가끔 저 자신이 얼마나 다르게 느껴지는지 몰라요. 믿기지 않을 정도예요. 예전 같았으면 무너져버렸을 일인데 이번에는 그렇지 않았어요."

케이틀린은 그렇게 말했다.

그녀는 중학교 심리상담가로 새로운 경력을 잘 쌓아가고 있다. 그녀의 개인적 경험들이 아이들과 관계를 맺는 데 도움이 된다고 한다. 또한 최악의 강박 장애를 극복했기에 더는 불안을 잠재우기 위해 전전긍긍하지 않는다. 그녀의 버킷 리스트에서 이제 아홉 항목에 줄이 그어졌다. 나이아가라 폭포, 그랜드 캐니언, 우루과이, 샌디에이고, 시카고에 가 봤고 조나단과 디즈니 월드에도 갔다 왔다. 패러세일링과 캠핑을 해봤으며 노래방에서 마이크도 잡아봤다. 2015년에는 심리학 박사 학위를 딸 것이다.

조나단은 여전히 전국을 돌아다니면서 청중에게 감동을 주길 바라는 마음으로 자신의 가족사를 공개한다. 수천 명의 청중 앞에도 서 봤다.

노마의 「죽음을 바라보는 관점」 수업으로 말할 것 같으면 폭발적인 인기를 누리며 매 학기 순식간에 수강 신청이 마감되며, 어떤 때에는 3년치 대기자 명단이 있을 정도다. 현장 학습 목록에는 새로운 장소로 화장터가 추가되었다. 노마는 또 'Be the Change'가 일군 몇몇 정원 근처의 버려진 묘지를 보존하는 일을 비롯해 더 많은 프로젝트를 강의 계획에 넣었다. 「죽음을 바라보는 관점」의 학생들은 어느 봄날 묘지에서 만나 100년 전에 새겨진 글자를 덮은 이끼와 덩굴 식물을 걷어내고, 묘비를 깨끗하게 닦고, 잡초를 뽑고, 무성하게 자란 풀을 잘라낼 것이다.

그리고 2013년 3월, 노마는 킨의 인권협회에서 수여하는 '뛰어난 인권 교육자 상Outstanding Human Rights Educator Award'을 받았다.

진행 중인 'Be the Change' 프로젝트를 보고 싶다면 학생들
이 만든 영상들을 아래의 홈페이지에서 확인할 수 있다.

thedeathclass.com/be-the-change

이 책은 서사적 논픽션이다. 등장인물들은 실제 존재하거나 존재했던 사람들이며 그들의 이야기는 모두 사실이다. 어떠한 사건도 꾸며내지 않았고 어떠한 인용문도 지어내지 않았다. 4년이란 세월 동안 나는 늘 녹음기를 손에 들고 이 책에 등장하는 인물들의 주변을 맴돌며 수천 시간을 보냈다. 또 필요하다면 뭐든 기록해두었고 때로는 증빙 자료가 될 만한 것들은 사진을 찍어두었다.

나는 심리학, 철학, 과학에 이르기까지 죽음과 임종 및 정신건강을 주제로 한 책과 논문을 100편 가까이 읽고 그 분야의 전문가들을 인터뷰했다. 그런 학문적 연구는 대부분 이 책에 소개된 이야기들에 녹여냈다. 이 책의 에피소드는 무엇보다 '사람들'에 관한 이야기다. 주요 인물이었던 이스라엘은 가명이다. 그가 선배로서 도움을 준 어린 조직원의 이름 역시 가명을 썼다. 신변 보호차원에서 한 조치였다. 그 외에 다른 이름들은 전부 진짜다.

그리고 나는 크게 세 가지 형태로 취재했다. 첫 번째는 '몰입 저널리즘immersion journalism'으로, 몰래 관찰하는 방식의 취재라고 할 수 있다. 많은 경우 나는 주변에서 일어나는 사건을 포착해 가급적 관심을 끌지 않고 그 배경에 섞이려고 애쓰는 기자였다.

두 번째는 '참여 저널리즘participatory journalism'이다. 나는 능동적인 수강생이 되고, 글쓰기 과제를 성실히 수행하며, 현장 학습에 따라나서는 등 가능한 적극적으로 참여하는 태도로 취재에 임했다. 그럼으로써 그 여정에 감정적으로 영향을 받았을 뿐 아니라 내 경험을 글로 쓰는 일도 가능해졌다.

세 번째는 '서사적 재구성narrative reconstruction'이다. 과거에 일어난 사건은 당시로 돌아가 그것을 기록한다는 게 불가능하다. 따라서 나는 목격자와의 인터뷰, 일기 또는 일지, 강의 과제, 사진, 비디오, 신문, 경찰 보고서, 진료 기록, 법원 문서 등 다양한 자료들을 수집했다. 어떤 경우에는 주변 상황을 포착하기 위해 사건이 발생했던 장소를 다시 찾았다.

나는 노마 보위의 학생들을 50명 이상 인터뷰했고 그들 외에 수십 명의 학생들과도 알고 지냈다. 아쉽게도 그들 모두의 사연을 여기에 다 담을 수는 없었다. 이 책의 주요 등장인물들은 나의 철저한 조사와 밀착 취재에 지극히 협조적이고 개방적이었다. 나는 그들이 살아온 과정은 물론이고 그들의 생각과 감정을 올바르게 기록했는지 확인하기 위해 그들을 찾고 또 찾았다. 나는 한 사람의 말투와 버릇, 추억과 정서를 포착하고자 그들의 화법을 종종 쓰면서 서술자로서 최선을 다했다. 어떤 경우에는 그들이 자신의 느낌을 묘사한 것을 그대로 옮겨놓기도 했다. 나는 특정 순간에 대한 그들의 해석을 신뢰하기로 했지만, 인간의 기억에 오류가 있을 수 있다는 점을 무시하진 않는다.

이 책에서 서사적 재구성 방법으로 쓴 몇몇 에피소드는 부족한 취재를 보충할 만한 자료나 목격자가 전혀 없었다. 그런 경우에 나는 관련된 주요 인물의 회상에 의존하면서 감정이 북받치는 경험과 연결된 기억을 포함시키기로 했다. 여러 연구 결과가 보여주듯 우리의 마음은 그런 기억을 보존하는 경향이 있다.

우리의 모든 기억이 없다면 이야기는 이야기가 아니게 될 것을 알기에, 나는 이 책을 쓰도록 나를 자신의 삶과 마음속으로 들어가게 해준 그들에게 감사하다. 기억이 없다면 우리 삶의 특별함은 이해받지 못할 것이다. 또 죽은 사람은 언제까지나 그저 죽은 사람일 뿐일 것이다. 그러므로 이 책은, 분명한 사실 속에서 은유와 의미를 발견할 수 있음을 깨달으며 나로서는 최대한 진실에 접근시킨, 기억과 기록에 관한 책이다.

에릭슨의 단계 이론

단계	위기/갈등	긍정적 결과
유아기	신뢰 대 불신	환경과 미래에 대한 믿음, 선한 힘이 실제로 존재한다는 감각, 자신의 안팎에 그 힘이 있음을 느낌
초기 아동기	자율성 대 수치심과 의심	통제 의식, 독립성, 타당성, 자아 존중감
유희 연령기	주도성 대 죄책감	활동을 주도하고 목적의식을 계발하는 능력
학령기	근면성 대 열등감	세상이 어떻게 돌아가는지 배우고, 이해하고, 조직하는 능력
청소년기	정체성 대 역할 혼란	강한 정체성을 가지고 자신을 고유한 인간으로 봄
초기 성인기	친밀감 대 고립감	타인에게 헌신하고 자신을 먼저 사랑함으로써 타인을 사랑하는 능력
성인기	생산성 대 침체기	가족과 사회에 대한 책임감, 후대에 가치(돈·지혜·창의성 등)를 남기려는 노력, 사람이나 대의, 더 큰 보편적 목적에 헌신함
죽음으로 가는 노년기	자아 통합 대 절망	성취감, 온전함과 용기를 지닌 채 죽음에 직면하려는 자세, 자신의 생애주기와 그 삶에서 중요한 존재가 된 사람들을 포괄적으로 수용함

부정적 결과	해결책 또는 덕목	노년에 최고조에 이르는 긍정적 결과
의심과 미래에 대한 두려움, 실망과 불만이 가득한 세상에서 삶의 의미를 찾기 어려움	희망	상호 의존에 대한 올바른 인식, 삶과 인간성과 세상이 그리 나쁘진 않다는 생각
수치심과 자기 의심, 자기 가치에 대한 부정	의지	출생부터 죽음까지 자기 삶의 생애주기를 받아들임
죄책감 또는 무능력함	목적의식	유머, 연민, 회복력
열등감, 눈에 띄지 않기를 바람	능력	겸손과 삶의 흥망성쇠, 기쁨과 실망을 수용하는 자세
정체성 형성 실패, 불안정한 자기감	성실성	통합, 인생의 다양성과 복잡함을 이해함
진실한 관계 형성에 실패, 외로움과 고립감	사랑	인간관계, 친밀감, 진정한 사랑에 대한 이해
자기중심성, 자아도취, 타인과 공동체에 대한 무관심, 세상과의 관계가 단절됨	배려	감정이입과 염려
삶 전반에 대한 지속적인 불만, 지나온 선택에 대한 후회와 절망감, 죽음을 받아들이지 못하고 부정하는 태도	지혜	신체적 붕괴에도 흔들리지 않는 안정된 자아

* 위 내용은 에릭 에릭슨의 저작물과 노마 보위의 강의에 근거함.

- Albom Mitch, 모리와 함께 한 화요일*Tuesdays with Morrie*, New York: Broadway, 2002.

- Ariès Philippe, *죽음의 시간: 지난 천 년 동안 죽음에 대한 서구적 태도의 역사The Hour of Our Death: The Classic History of Western Attitudes Toward Death over the Last One Thousand Years*, 2nd ed. New York: Vintage Books, 1982.

- Ariès Philippe, *죽음에 대한 서구적 태도: 중세부터 현재까지 Western Attitudes Toward Death: From the Middle Ages to the Present*, The Johns Hopkins Symposia in Comparative History, The Johns Hopkins University Press, 1975.

- Bakwin Harry, "병원에서 유아와 아동에 대한 간호The Hospital Care of Infants and Children." *The Journal of Pediatrics* 39, no. 3, September 1951, p.383~390.

- Bakwin Harry, "유아의 외로움Loneliness in Infants." *American Journal of Diseases in Children* 63, no. 1, 1942, p.30~40.

- Bauby Jean-Dominique, *잠수종과 나비: 죽어가며 쓴 인생 회고록 The Diving Bell and the Butterfly: A Memoir of Life in Death*,

New York: Vintage, 1998.

- Becker Ernest, *의미의 탄생과 죽음: 정신의학과 인류학에서의 관점 The Birth and Death of Meaning: A Perspective in Psychiatry and Anthroplogy*, New York: Free Press, 1962.

- Becker Ernest, *죽음의 부정The Denial of Death*, New York: Free Press, 1973.

- Becker Ernest and Daniel Liechty, ed. *어니스트 베커 독본The Ernest Becker Reader*, Seattle: University of Washington Press, 2005.

- Blackmore Susan, *죽다 살아남: 임사 체험Dying to Live: Near-Death Experiences*, Amherst, N.Y.: Prometheus, 1993.

- Bryant Clifton D., ed. *죽음과 임종에 대한 안내서Handbook of Death and Dying*, Thousand Oaks, Calif.: Sage Publications, 2003.

- Bryant Clifton D., and Dennis L. Peck, eds. *죽음과 인간 경험의 백과 사전Encyclopedia of Death and the Human Experience*, Thousand Oaks, Calif.: Sage Publications, 2009.

- Butler Robert N. "성공적인 노화와 생애 회고의 역할Successful Aging and the Role of the Life Review." *Journal of the American Geriatric Society* 22, no. 12, 1974, p.529~535.

- Byock Ira, *잘 죽어가기: 삶의 마지막에서의 평화와 가능성Dying Well: Peace and Possibilities at the End of Life*, New York: Riverhead Books, 1997.

- Coles Robert, Erik H. Erikson, *그의 연구활동의 성장The Growth of His Work*, Boston: Little, Brown, 1970.

- Doka K.J, "무너지는 금기: 죽음 교육의 부상The Crumbling Taboo: The Rise of Death Education." In *Coping with Death on Campus*, ed. E.S. Zinner. San Francisco: Jossey-Bass, 1985, p.85~95.

- Durlak Joseph A., "죽음 교육을 통해 변화하는 죽음에 대한 태도 Changing Death Attitudes Through Death Edcuation." In *Death Anxiety Handbook: Research, Instrumentation, and Application*, ed. Robert A. Neimeyer. Washington, D.C.: Taylor & Francis, 1994.

- Durlak Joseph A. and Lee Ann Riesenberg, "죽음 교육의 영향The Impact of Death Education." *Death Studies* 15, no. 1, 1991, p.39~58.
- Erikson Erik H., 유년기와 사회*Childhood and Society*, 2nd ed. New York: W.W. Norton, 1993.
- Erikson Erik H., 간디의 진실*Gandhi's Truth*, New York: W.W. Norton, 1993.
- Erikson Erik H., 정체성과 생애주기*Identity and the Life Cycle*, New York: W.W. Norton, 1994.
- Erikson Erik H., 정체성: 젊음과 위기*Identity: Youth and Crisis*, New York: W.W. Norton, 1994.
- Erikson Erik H., 통찰과 책임감*Insight and Responsibility*, New York: W.W. Norton, 1964.
- Erikson Erik H., 통찰과 책임감: 정신분석학적 통찰의 윤리적 함의에 대한 강의*Insight and Responsibility: Lectures on the Ethical Implications of Psychoanalytical Insight*, New York: W.W. Norton, 1972.
- Erikson Erik H., 에릭 에릭슨 독본*The Erik Erikson Reader*, Ed. Robert Coles. New York: W.W. Norton, 2001.
- Erikson Erik H. and Joan M. Erikson. 완성된 생애 주기*The Life Cycle Completed*, extended version, New York: W.W. Norton, 1998.
- Feifel Herman, 죽음의 의미*The Meaning of Death*, New York: McGraw-Hill, 1959.
- Friedman Lawrence J., 정체성의 건축가: 에릭 에릭슨 전기*Identity's Architect: A Biography of Erik H. Erikson*, New York: Scribner, 1999.
- Gibran Khalil, "죽음Death," 예언자*The Prophet*, Eastford, Conn.: Martino Fine Books, 2011, p.50.
- Goleman Daniel, 감성 지능*Emotional Intelligence*, New York: Bantam Books, 1995.
- Hall G. Stanley, "사망 공포와 불멸Thanatophobia and Immortality," *American Journal of Psychology* 26, no. 4, 1915, p.550~613.

- Hendrin Herbert, 미국에서의 자살*Suicide in America*, new and expanded ed. New York: W.W. Norton, 1996.
- Hoare Carol Hren, 성인기 발달에 대한 에릭슨: 미발표 논문에 실린 새로운 통찰*Erikson on Development in Adulthood: New Insights from the Unpublished Papers*, New York: Oxford University Press, 2001.
- Holden Janice Miner, Bruce Greyson, and Bebbie James, 임사체험 편람: 30년에 걸친 조사*The Handbook of Near-Death Experiences: Thirty Years of Investigation*, New York: Praeger, 2009.
- Hoover Kenneth, 정체성의 미래: 에릭 에릭슨의 유산에 대한 100년간의 성찰*The Future of Identity: Centennial Reflections on the Legacy of Erik Erikson*, New York: Lexington Books, 2004.
- Karen Robert, 애착의 형성: 최초 관계와 그들이 우리의 사랑하는 능력을 형성하는 방식*Becoming Attached: First Relationships and How They Shape Our Capacity to Love*, New York: Oxford University Press, 1998.
- Kastenbaum Robert, "죽음과 관련된 불안Death-Related Anxiety." In *Anxiety and Stress*. Ed. Larry Michelson and L. Michael Ascher, New York: Guilford Press, 1987.
- Kastenbaum Robert, 죽음, 사회, 인간의 경험*Death, Society, and Human Experience*, 10th ed. NJ: Pearson, 2009.
- Kastenbaum Robert, 죽음, 사회, 인간의 경험*Death, Society, and Human Experience*, 11th ed. NJ: Pearson, 2011.
- Kastenbaum Robert, 죽음의 심리학*Psychology of Death*, 3rd ed. New York: Springer, 2006.
- Keen Sam, "어니스트 베커와의 대화A Conversation with Ernest Becker." *Psychology Today* 7, no. 11, April 1974, p.70~80.
- Keltner Dacher, 연민 어린 본능: 인간의 선함에 대한 과학*The Compassionate Instinct: The Science of Human Goodness*, New York: W.W. Norton, 2010.

- Kirwin Barbara, *미친 사람, 나쁜 사람, 결백한 사람: 재판 중인 범죄자의 심리—법정심리학자의 이야기The Mad, the Bad, and the Innocent: The Criminal Mind on Trial—Tales of a Forensic Psychologist*, Boston: Little Brown, 1997.
- Knott J. Eugene, "모두를 위한 죽음 교육Death Education for All." In *Dying: Facing the Facts*. Ed. Hannelore Wass. Washington DC: Hemisphere, 1979.
- Konner Melvin, *유년기의 진화: 관계, 감정, 심리The Evolution of Childhood: Relationships, Emotion, Mind*, Cambridge Mass.: The Belknap Press of Harvard University Press, 2010.
- Kramer Robert, ed. *차이의 심리학: 오토 랑크의 미국 강연A Psychology of Difference: The American Lectures of Otto Rank*, Princeton, N.J.: Princeton University Press, 1996.
- Kübler-Ross Elisabeth, *죽음은 대단히 중요하다: 삶과 죽음과 사후 세계에 대하여Death is of Vital Importance: On Life, Death, and Life After Death*, New York: Station Hill Press, 1995.
- Kübler-Ross Elisabeth, *죽음과 임종에 대하여On Death and Dying*, New York: Scribner, 1997.
- Kübler-Ross Elisabeth, *사후 세계에 대하여On Life after Death*, rev. 2nd ed. Berkely, Calif.: Celestial Arts, 2008.
- LeDoux Joseph, *감정적 뇌The Emotional Brain*, New York: Simon & Schuster, 1996.
- Leviton Daniel, "죽음 교육의 범위The Scope of Death Education." *Death Education* 1, 1997, p.41~55.
- Lieberman E. James, *의지의 행동: 오토 랑크의 삶과 업적Acts of Will: The Life and Work of Otto Rank*, Free Press: updated ed., Amherst, Mass: University of Massachusetts Press, 1993.
- Long Jeffrey, *사후세계의 증거: 임사체험의 과학Evidence of the Afterlife: The Science of Near-Death Experiences*, New York: HarperOne, 2011.

- Lynch Thomas, *장의사업: 장의사 활동에서 비롯된 삶의 연구The Undertaking: Life Studies from the Dismal Trade*, New York: W.W. Norton & Company, 2009.

- Maslow Abraham, *인간 본성의 더 넓은 범위The Farther Reaches of Human Nature*, New York: Arkana, 1993.

- Menaker Esther, *오토 랭크: 재발견된 유산Otto Rank: A Rediscovered Legacy*, New York: Columbia University Press, 1982.

- Mitford Jessica, *죽음의 미국적 방식The American Way of Death*, New York: Fawcett, 1983.

- Mitford Jessica, *죽음의 미국적 방식 재고The American Way of Death Revisited*, New York: Vintage, 2000.

- Moody Raymond, *삶 이후의 삶Life After Life*, New York: HarperOne, 2001.

- Moone Edward F., "에릭 에릭슨: 도덕적-종교적 발달의 예술가Erik Erikson: Artist of Moral-Religious Development." In *Kierkegaard's Influence on the Social Science*. Ed. Jon Steward. Burlington, Vt. Ashgate, 2010.

- Neimyer Robert, ed. *죽음 불안 편람: 연구, 계측, 적용Death Anxiety Handbook: Research, Instrumentation, and Application*, Washcington D.C.: Taylor Francis, 1994.

- Neimeyer Robert and David Van Brunt, "죽음 불안Death Anxiety." In *Dying: Facing the Facts*, 3rd ed. Ed. Hannelore Wass and Robert A. Neimeyer. Philadelphia: Taylor & Francis, 1995.

- Nietzsche Friedrich, *바그너의 사례The Case of Wagner*, Trans. Walter Kaufmann. In *The Birth of Tragedy and The Case of Wagner*. New York: Random House, 1967.

- Nietzsche Friedrich, *힘에의 의지The Will to Power*, Trans. Walter Kaufmann. New York: Random House, 1967.

- Nuland Sherwin B., *우리는 어떻게 죽는가: 삶의 마지막 장에 대한 성찰How We Die: Reflections on Life's Final Chapter*, New York:

Vintage, 1995.

- Page Andrew C., "두려움과 공포증Fear and Phobias." In *Encyclopedia of Human Emotion*. Ed. David Levinson, James J. Ponzetti Jr., and Peter F. Jorgenson. New York: Macmillan, 1999.

- Paradis Cheryl, *광기의 측정: 정신장애자의 내면과 불안감을 주는 범죄자의 심리The Measure of Madness: Inside the Disturbed and Disturbing Criminal Mind*, New York: Citadel, 2010.

- Parnia Sam, *우리가 죽으면 어떻게 되는가?: 삶과 죽음의 본성에 대한 획기적인 연구What Happens When We Die?: A Groundbreaking Study into the Nature of Life and Death*, Carlsbad, CA: Hay House, 2007.

- Payne Malcolm and Reith Margaret, *사회 사업: 삶의 마감과 말기 환자 간병에 있어서Social Work: In End-of-Life and Palliative Care*, Chicago: Lyceum Books, Inc., 2009.

- Pyszczynski Tom, Jeff Greenbert, Sheldon Solomon, "죽음과 관련된 의식적, 무의식적 생각에 대한 방어의 이중 처리 모델: 공포 관리 이론의 확대A Dual-Process Model of Defense Against Conscious and Unconscious Death-Related Thoughts: An Extension of Terror Management Theory." *Psychological Review* 106, no. 4, 1999, p.835~845.

- Quindlen Anna, *행복한 삶으로의 짧은 안내서A Short Guide to a Happy Life*, New York: Random House, 2000.

- Rando Therese A., ed. *상실과 예상되는 슬픔Loss and Anticipatory Grief*, New York: Lexington Books, 1986.

- Rank Otto, *심리학과 영혼: 그 기원과 개념적 진화와 영혼의 본성에 대한 연구Psychology and the Soul: A Study of the Origin, Conceptual Evolution and Nature of the Soul*, Trans. Gregory C. Richter and E. James Lieberman. Baltimore, Md.: Johns Hopkins University Press, 2002.

- Roazen Pau, *에릭 에릭슨: 상상의 능력과 한계Erik H. Erikson: The*

Power and Limits of a Vision, Northvale, N.J.: Jason Aronson, 1997.

- Schopenhauer Arthur, *비관주의와 인간 본성과 종교에 대한 연구: 문답 등Studies in Pessimism on Human Nature and Religion: A Dialogue, Etc*, www.digireads.com, 2008.

- Schopenhauer Arthur, *살려는 의지: 아르투어 쇼펜하우어의 엄선된 저작물Will to Live: Selected Writings of Arthur Schopenhauer*, Ed. Richard Taylor. New York: Fredrick Ungar, 1967.

- Schopenhauer Arthur, *의지와 표상으로서의 세계The World as Will and Representation*, vol. 1 Trans. E.F.J. Payne. New York: Dover Publications, 1966.

- Screech MA. ed. Michel de Montaigne, *수상록The Essays: A Selection*. London: Penguin Books, 1993.

- Shneidman Edwin S., *자살 심리The Suicidal Mind*, New York: Oxford University Press, 1996.

- Spitz René A., *인생의 첫 해: 대상 관계의 정상적이고 일탈적인 발달에 대한 정신분석학적 연구The First Year of Life: A Psychoanalytic Study of Normal and Deviant Development of Object Relation*, 34d ed. New York: International Universities Press, 1965.

- Strack Stephen, ed. *죽음과 의미에 대한 탐구: 헤르만 페이펠을 기리는 에세이Death and the Quest for Meaning: Essays in Honor of Herman Feifel*, Northvale, N.J.: Jason Aronson, 1997.

- van Lommel, P., R. van Wees, V. Meyers and I. Elfferich, "심장마비 생존자의 임사체험: 네덜란드에서의 전향적 연구Near-Death Experience in Survivors of Cardiac Arrest: A Prospective Study in the Netherlands." *The Lancet* 358, no. 9298, 2001, p.2039~2045.

- Wass Hannelore M., David Miller, Gordon Thornton, "공립학교에서의 죽음 교육과 슬픔/자살 중재Death Education and Grief/Suicide Intervention in the Public Schools." *Death Studies* 14, no. 3, May-June 1990, p.253~268.

- Webb Marilyn, *좋은 죽음: 삶의 마지막을 재형성하려는 미국의 새*

로운 탐색*The Good Death: The New American Search to Reshape the End of Life*, New York: Bantam, 1999.

- Yalom Irvin D., 태양을 응시하며: 죽음의 공포를 극복하다*Staring at the Sun: Overcoming the Terror of Death*, San Francisco: Jossey-Bass, 2009.

THE DEATH CLASS

THE DEATH CLASS

삶의 끝에서 만난 수업

초판 1쇄 인쇄 2026년 2월 6일
초판 1쇄 발행 2026년 2월 19일

지은이 에리카 하야사키
옮긴이 이은주
책임편집 이가람
콘텐츠 그룹 정다움, 전연교, 김신우, 정다솔, 문혜진, 기소미
디자인 R DESIGN 이보람

펴낸이 전승환
펴낸곳 책읽어주는남자
신고번호 제2024-000099호
이메일 book_romance@thebookman.co.kr

ISBN 979-11-24038-28-4 (03840)

• 북모먼트는 '책읽어주는남자'의 출판브랜드입니다.

• 이 책의 저작권은 저자에게 있습니다.

• 저작권법에 의해 보호를 받는 저작물이므로 저자와 출판사의 허락 없이 무단 전재와 복제를 금합니다.

• 이 책의 일부 또는 전부를 재사용하려면 반드시 저작권자와 출판사 양측의 동의를 받아야 합니다.

• 책값은 뒤표지에 있습니다.